AMADA IMORTAL

Volume 2

Obras da autora publicadas pela Editora Record:

Amada imortal

Cate Tiernan

AMADA IMORTAL

Volume 2

CAIR DAS TREVAS

Tradução
Regiane Winarski

GALERA RECORD
RIO DE JANEIRO • SÃO PAULO
2013

CIP-BRASIL. CATALOGAÇÃO-NA-FONTE
SINDICATO NACIONAL DOS EDITORES DE LIVROS, RJ

Tiernan, Cate
T443c   O cair das trevas / Cate Tiernan; tradução Regiane Winarski. - Rio de Janeiro: Record, 2013.
(Amada imortal; 2)

Tradução de: Darkness Falls
ISBN 978-85-01-09266-3

1. Ficção americana. I. Winarski, Regiane. II. Título. III. Série.

13-0745   CDD: 813
                                   CDU: 821.111(73)-3

Título original em inglês:
Darkness Falls

Copyright © 2010 by Gabrielle Charbonnet

Publicado mediante acordo com Rights People, London.

Todos os direitos reservados.
Proibida a reprodução, no todo ou
em parte, através de quaisquer meios.
Os direitos morais do autor foram assegurados.

Texto revisado pelo novo Acordo Ortográfico da Língua Portuguesa.

Composição de miolo: Abreu's System

Direitos exclusivos de publicação em língua portuguesa somente para o Brasil adquiridos pela
EDITORA RECORD LTDA.
Rua Argentina 171 – Rio de Janeiro, RJ – 20921-380 – Tel.: 2585-2000
que se reserva a propriedade literária desta tradução.

Impresso no Brasil

ISBN 978-85-01-09266-3

Seja um leitor preferencial Record.
Cadastre-se e receba informações sobre nossos
lançamentos e nossas promoções.

Atendimento e venda direta ao leitor:
mdireto@record.com.br ou (21) 2585-2002

Com amor para minhas primeiras leitoras,
Nina e Piera — obrigada pela ajuda.

CAPÍTULO 1

uero você.

A voz de Reyn, grave e insistente, pareceu chegar a mim de todos os ângulos. E não era de surpreender, já que ele me rodeava irritantemente enquanto eu enchia um grande vidro com o arroz basmati do saco de dez quilos que nós tínhamos na despensa.

Veja só: "nós". Estou usando muito o termo "nós", como se eu pertencesse a River's Edge, a central de reabilitação para imortais rebeldes. Meio que um programa de 12 passos. Que, no meu caso, estava mais para 110 mil passos. Eu morava em River's Edge havia apenas dois meses e não tinha ideia de quanto tempo levaria para desfazer mais de 450 anos de mau comportamento. Pelo menos várias semanas mais, com certeza. Provavelmente uns sete ou oito anos. Ou mais. Afe.

Cheguei mais perto da grande bancada da cozinha e torci para não derramar arroz para todos os lados, porque Deus sabe que seria um saco limpar tudo.

— Você também me quer.

Eu conseguia praticamente ouvir os punhos dele se abrindo e fechando.

— Não, não quero. Vá embora.

Bem-vindo ao circo de horrores das façanhas amorosas de Nastasya. Não é para os de coração fraco. Nem para os de estômago fraco. Essa expressão existe?

Nastasya: *c'est moi*. Uma das simpáticas imortais da área. Exceto pela simpatia. Se for para ser sincera. Alguns meses atrás, eu me dei conta de que me diverti tanto a ponto de chegar a um nível desprezível de indiferença depravada, então procurei ajuda com River, uma imortal que conheci em 1929. Agora eu estava aqui, na área rural de Massachusetts, aprendendo a me unir à natureza, à magick, à paz, ao amor, à harmonia etc. Ou pelo menos tentando não sentir vontade de me jogar de cabeça num triturador de madeira.

Havia outros imortais aqui: quatro professores e, atualmente, oito alunos. Como eu. E Reyn, o garoto viking maravilha. Por exemplo.

Reyn: a pedra no meu sapato, o pesadelo do meu passado, o destruidor da minha família, a constante irritação do meu presente e, ah, é, o cara mais gostoso, mais perfeito, mais lindo e incrível que já vi em 450 anos. Aquele cuja imagem assombrava meu cérebro enquanto eu tremia na minha cama fria e estreita. Aquele cujos beijos febris eu revivi incessantemente enquanto ficava deitada e exausta, sem conseguir dormir.

Que beijos febris, você pergunta? Bem, uns dez dias atrás tivemos derrames cerebrais repentinos e simultâneos e cedemos à inexplicável e esmagadora química que crescia entre nós desde minha chegada. Isso foi seguido de perto pela arrasadora descoberta de que a família dele tinha matado todo mundo na minha família, e que minha família tinha matado muitos da família dele. Essa era nossa herança compartilhada. E estávamos loucos um pelo outro. Divertido, não é? Quero dizer, quando ouço sobre a dificuldade de casais que são de religiões diferentes, ou em que um é vegano, penso que só precisam de um pouco de perspectiva.

Seja como for, desde nossa sessão de pegação/descobertas horríveis, Reyn continuou atrás de mim com a persistência e impiedade do invasor do inverno. Mas, mesmo assim, noite após noite, ele — que chutou e derrubou centenas de portas, atravessou à força centenas de portas, colocou fogo em centenas de portas — não foi bater na minha.

Não que eu quisesse, e nem que saberia o que fazer se ele batesse.

Você está tonto por ser jogado no meu mundo desse jeito? Eu me sinto do mesmo jeito todas as manhãs, quando abro os olhos e vejo que ainda sou eu e que ainda estou aqui.

Do lado de fora, a luz do sol do final de dezembro, tão fraca e cinzenta quanto água de lavar louça, tinha sumido rapidamente e passado a uma escuridão vista hoje em dia apenas em áreas rurais. Que era onde eu estava.

— Por que você está evitando isso?

Em geral, Reyn mantinha as emoções sob um controle intenso, mas eu sabia como ele podia ser. Nos primeiros cem anos da minha existência, Reyn e seu clã aterrorizaram a Islândia, minha terra natal, assim como a Rússia e o norte da Escandinávia, conquistando para si o título de Açougueiro do Inverno. Na época, eu não sabia que era ele, claro; só que os invasores eram selvagens sedentos por sangue, responsáveis por pilhar, saquear, estuprar e queimar completamente dezenas de vilarejos.

Agora, o Imbecil do Inverno dormia a duas portas de mim! Cumpria tarefas da fazenda e colocava a mesa do jantar e fazia um monte de outras coisas caseiras! Era totalmente assustador. E, é claro, devastadoramente atraente. Mas eu ainda achava impossível acreditar que seu atual status "civilizado" não pudesse ser arrancado como um lenço de papel molhado, revelando o saqueador que eu sabia que ele era por dentro.

Enchi o vidro, posicionei cuidadosamente o saco sobre a mesa e fechei a tampa do recipiente. Um punhado de respostas cínicas e sarcásticas vinha aos meus lábios, e apenas dois meses antes eu as jogaria na cara dele tal como o carro de James Bond cuspia pregos. Mas eu estava tentando *crescer*. *Mudar*. Por mais que fosse um clichê nauseante e por mais doloroso e difícil que fosse, eu ainda estava aqui. E, enquanto estivesse, tinha que continuar tentando.

Que noção revoltante.

— Eu prefiro evitar coisas — falei com sinceridade enquanto tentava pensar em alguma coisa mais forte.

— Você não pode evitar *isso*. Não pode *me* evitar.

Ele estava tão perto que eu conseguia sentir o calor do seu corpo pela camisa de flanela que ele vestia. Eu sabia que abaixo daquela camisa estava a pele firme, macia e bronzeada que toquei e beijei. Senti um desejo quase irresistível de encostar o rosto no peito dele, de traçar com o dedo a eterna cicatriz de queimadura que eu sabia que estava lá. Aquela igual à que eu tinha na nuca. A que mantive escondida por mais de quatro séculos.

— Eu poderia, se você me deixasse em paz — observei com irritação.

Ele ficou em silêncio por um momento, e senti seus olhos dourados examinando meu rosto.

— Não vou te deixar.

Promessa? Ameaça? Você decide!

Fui salva de ter que pensar em uma defesa melhor pelo som de vozes se aproximando da cozinha, vindas da sala de jantar.

Essa casa, River's Edge, já foi uma casa de orações Quaker. O andar de baixo tinha alguns escritórios, uma pequena sala de trabalho, uma de visitas, uma de jantar grande e simples, e isto, uma cozinha um tanto inadequada que tinha sido reformada pela última vez nos anos 1930. Antes disso, minha moradia mais recente foi um apartamento caro e badalado em Londres, com uma vista incrível do Big Ben e do Tâmisa. Tinha porteiro, serviço de limpeza e um restaurante no térreo. Mas minha vida aqui era... melhor.

Como falei, todo mundo aqui é imortal, e somos um grupo bem divertido. Na verdade, não, considerando que estávamos aqui porque nossas vidas tinham falhado miseravelmente de muitas maneiras, cada uma diferente da outra. Existe realmente uma River, de River's Edge. Ela é a pessoa mais velha que já conheci, nascida em 718 em Gênova, na Itália, quando ainda havia um rei lá. Mesmo entre os imortais, ficávamos impressionados. Ela é dona deste lugar, reabilita pessoas como nós que estão lutando contra suas inclinações mais sombrias e é a única no mundo em quem até eu confio um pouco.

Quanto a mim, tenho 459 anos, apesar de ter a aparência (e, pelo visto, a maturidade) de uma garota de 17. Reyn tem 470. E parece um cara muito gostoso de 20 anos.

A porta de vaivém se abriu, então Anne, Brynne e River entraram, falando e rindo, com as bochechas rosadas do ar frio de fora. Estavam carregando sacos de compras, que colocaram em várias bancadas. Produzimos a maior parte de nossa comida, na verdade, mas River ainda comprava alguns itens no único mercado da cidade, o Pitson's.

— E eu falei: isso é um *bigode*? — contou Anne, e os outros quase caíram de tanto rir. — E se ela pudesse ter me matado, mataria.

River se recostou na bancada da cozinha e limpou lágrimas dos olhos.

Reyn murmurou alguma coisa e saiu pela porta que dava para a noite escura e gelada, sem casaco. Não que eu ligasse. Nem um pouco.

— Ah, deusa, não rio assim desde... — River parou de falar, como se estivesse tentando se lembrar. Acho que ela estava pensando em desde que Nell (outra aluna daqui, que, aliás, tinha tentado me matar) ficou louca e teve que ser sobrecarregada de tranquilizantes mágickos para ser levada embora. Só um palpite.

— Ele está bem? — perguntou Brynne, gesticulando para a porta. Ela estava aqui havia uns dois anos, eu acho, e, de todos os alunos, era de quem eu me sentia mais próxima. *Próxima* sendo um termo relativo. — Interrompemos alguma coisa?

Os olhos castanhos dela se arregalaram com interesse e especulação repentinos. Na noite em que surtou, Nell gritou que tinha visto Reyn me beijando. Tive esperanças de que as pessoas atribuíssem isso aos delírios histéricos de uma louca, mas houve muitos olhares significativos desde então para que eu pudesse mentir para mim mesma com eficiência.

— Não — respondi, fazendo cara feia, então levei o saco de arroz para a despensa e coloquei o vidro na prateleira.

— Bem — falou Anne, aparentemente decidida a deixar o assunto "Reyn" de lado —, a grande notícia é que minha irmã vem me visitar!

Anne era uma das professoras e parecia ter cerca de 20 anos, com cabelos pretos e lisos num corte Chanel, além de olhos redondos e azuis, mas eu sabia que ela tinha 304 anos. Apesar de ser 150 anos mais nova do que eu, ela parecia anos-luz à frente em termos de conhecimento, sabedoria, magick... OK, tudo.

— Você tem irmã?

Por algum motivo, eu ainda ficava surpresa quando conhecia imortais com irmãos. Quero dizer, é claro que muitos tinham, mas, em geral, eu sentia que a maior parte era de criaturas solitárias. Tipo, depois de 70 ou 80 anos, qualquer um se cansaria da família, não importasse o quanto ela fosse legal. Trezentos anos era um tempo longo demais para ficar fazendo festa de aniversário para todo mundo, sabe?

— Várias. E dois irmãos — disse Anne. — Mas Amy é mais próxima de mim em idade. Não nos vemos há quase três anos.

Irmãs imortais que eram próximas. Eu não conhecia muitas assim. Estava começando a sentir que tinha passado quatro séculos vivendo com uma espécie de visão reduzida, uma existência variada porém limitada, preferindo não ver, não *saber* tantas coisas.

Por fim, Anne e Brynne saíram para arrumar a longa mesa de jantar, e River tirou as compras das sacolas e me entregou algumas coisas para colocar na geladeira.

— Está tudo bem? — perguntou River.

— Nessa frase, *bem* significa torturada, confusa, insone e preocupada? — perguntei. — Se for, então sim, estou supimpa.

River sorriu. Ela teve mil anos para desenvolver a paciência necessária para lidar com gente como eu.

— Sou a pior pessoa que você já teve aqui? — Não sei o que me levou a fazer essa pergunta, mas é possível tomar muitas decisões ruins em 450 anos. *Muitas.*

River pareceu surpresa.

— Pior em que sentido? — Em seguida, balançou a cabeça. — Deixa para lá. Não importa como define "pior", porque você não é. Nem de longe.

Eu estava morrendo de vontade de perguntar quem tinha sido a pior, e de que maneira, mas ela não contaria. Em seguida, me ocorreu que Reyn, por exemplo, era obviamente pior do que eu, provavelmente pior do que a maior parte dos imortais que tinham ido ali doentes para voltarem a ser inteiros. Reyn tinha massacrado cidades inteiras, escravizado incontáveis pessoas, pilhado e saqueado e tudo mais. Quero dizer, sou uma fracassada em vários sentidos, mas ninguém pode me acusar de nada disso.

Ainda assim, Reyn era quem eu queria. Mais do que qualquer outro. O carma tinha me atirado num universo infinito de ironia.

— Então Anne tem uma irmã, é? — falei, tentando desajeitadamente mudar de assunto.

— Tem. Ela é muito legal. Você vai gostar dela.

— Sei por que não tenho irmãos — comentei, fugindo do pensamento rapidamente —, mas tenho a sensação de que não encontrei muitos outros imortais que têm.

Não considerei se ia gostar da irmã de Anne ou não. Não gosto da maior parte das pessoas. Consigo tolerá-las bem, mas gostar? Muito difícil.

— Acho que você vai descobrir que imortais que têm menos de 400 anos talvez tenham irmãos — explicou River, lavando as mãos na pia da fazenda. — E os mais velhos do que isso raramente têm.

— Por quê? — perguntei. — Você ainda tem irmãos, certo?

— Tenho quatro — disse River. Ela se virou para mim, o rosto quase sem rugas formando uma expressão pensativa, então tirou uma mecha de cabelo grisalho da testa e deu de ombros. — É meio incomum para alguém da minha idade.

— Por quê? — perguntei de novo. Alguma coisa genética esquisita dos imortais?

— Antigamente — começou, devagar —, os imortais tinham o hábito de matar os outros que estivessem por perto para tomar seus poderes.

Meus olhos se arregalaram.

— O quê?

— Você sabe que podemos fazer magick Tähti, a que não destrói outras coisas? — perguntou, e eu assenti. — E sabe fazer magick Terävä, na qual, em vez de canalizar seu próprio poder, você tira o poder de outra coisa e a destrói no processo?

Eu fiz que sim com a cabeça. Toda aquela coisa do bem contra o mal. Ok. Eu estava começando a entender.

— Você pode tirar esse poder de plantas, animais, cristais... e pessoas. — Ela apertou os lábios. — Pode tirar o poder de uma pessoa e usar como se fosse seu. Mas isso a mata, é claro. Ou pior.

Devia ter me ocorrido que uma coisa assim podia acontecer. Pareceu burro e constrangedoramente ingênuo eu não ter chegado a essa conclusão. Mas não cheguei.

River viu a surpresa no meu rosto.

— Você sabe que podemos ser mortos — disse ela, gentilmente.

Uma dor se contorceu dentro de mim; uma tão familiar, parte da minha vida há tanto tempo que parecia natural senti-la a cada respiração. Sim, eu sabia. Meus pais tinham sido mortos na minha frente. Eu tinha visto meus dois irmãos e duas irmãs também sendo mortos, decapitados. Caminhei por um tapete encharcado com o sangue deles. Então, nada de irmãos. Tentei engolir, mas senti um nó na garganta.

— Se um imortal mata outro, ele pode tirar a força vital das vítimas e acrescentar a seu próprio poder — prosseguiu River. — Além disso, é uma pessoa a menos para tentar matá-lo.

Minha respiração estava fraca agora, com minha rápida incursão nas lembranças da família parecendo entorpecer tudo que ela estava dizendo.

— Entendo — falei, com voz fraca. — Então era isso que o pai de Reyn estava tentando fazer quando matou minha família. Enquanto Reyn vigiava o corredor.

River assumiu uma postura solene e passou uma das mãos pela minha bochecha.

— Sim.

CAPÍTULO 2

River comprou essa propriedade, com suas várias casas e cerca de 60 acres de terra, em 1904, eu acho. Como a maioria dos imortais, ela foi uma pessoa, depois fingiu morrer e voltou como a filha perdida que veio retomar a propriedade. Todos os imortais têm vários nomes, histórias, passaportes e tudo mais. Costumamos ter redes de excelentes falsificadores, e mantemos os melhores por perto como as pessoas fazem com seus estilistas e cabeleireiros favoritos. Mas sinto saudades da época antes das identidades com foto e números de seguro social. É bem mais complicado hoje em dia ir de país em país, de encarnação em encarnação.

Meu quarto, como todos os outros, era no segundo andar. Eles são bem vazios, com apenas uma cama, uma pia e poucos outros itens. Eu tinha acabado de colocar roupas limpas em meu pequeno armário quando ouvi o sino do jantar. Como animais atendendo à chamada para a refeição diária, todos do meu corredor saímos dos quartos e descemos. Falei "oi" para outros alunos: Rachel, que era do México e acho que tinha 320 anos, e Daisuke, do Japão, que tinha 245. Jess, que só tinha 173, mas parecia bem mais velho, assentiu rigidamente para Reyn, que estava fechando a porta do quarto. Tentei não pensar em Reyn dormindo ali, deitado na cama...

Na grande sala de jantar, largamente mobiliada, a longa mesa estava posta para 12 pessoas. Sobre um buffet de carvalho estavam tigelas fumegantes, e um grande espelho de moldura dourada o refletia na outra parede. Quando entrei na fila atrás de Charles, outro aluno, captei um vislumbre do meu reflexo no espelho. Antes de vir para cá, eu tinha ficado presa na onda gótica dos anos 1990, com cabelo preto espetado, maquiagem pesada e a palidez esquelética de um drogado. Com ainda mais ironia, agora eu estava completamente diferente de qualquer aparência que eu podia ter tido nos últimos 300 anos, porque eu estava com a minha. Meu cabelo estava com sua cor loura platinada natural, comum no meu clã da Islândia. Meu rosto fino e meu corpo magro demais estavam mais cheios, e agora eu tinha aspecto mais saudável. Sem lentes de contato, meus olhos estavam em sua cor escura natural, quase pretos. Será que algum dia eu deixaria de me surpreender por estar com minha cara normal?

Peguei um prato e entrei na fila. Outra mudança na minha vida tinha sido minha alimentação. A princípio, a comida simples, quase toda vinda de nossas próprias terras, me deu vontade de vomitar. Há um limite para o tanto de fibras que uma garota aguenta. Agora eu estava mais acostumada; acostumada a colher, cavar, preparar e comer, quando era minha vez de fazer qualquer uma dessas atividades. Eu ainda daria muita coisa por champanhe e um bolo de chocolate molhadinho, mas não gritava mais silenciosamente quando dava de cara com couve crespa.

— Oi, todo mundo — disse uma voz, e eu levantei o olhar para ver Solis (professor) vindo da cozinha.

Eu tinha ouvido falar que ele era originalmente da Inglaterra, mas, como a maior parte de nós, tinha um sotaque neutro inidentificável. Brynne tinha me contado que ele tinha uns 413 anos, mas parecia estar chegando perto dos 30. Asher, na outra extremidade da mesa, era o quarto professor e também companheiro de River — eu não achava que fossem casados. Ele era originalmente grego, e era uma das pessoas com aspecto de mais velho aqui, o que significava que, aos 636 anos, parecia ter trinta e poucos. Os três, além de River, faziam o melhor que podiam para nos ensinar sobre ervas e cristais, óleos e essências, feitiços e magick, estrelas, runas, sigils, metais, plantas, animais etc. Basicamente, todas as coisas que havia nesse maldito mundo. Porque tudo era conectado de alguma forma; conosco, com magick, com poder. Eu vinha tendo aulas havia cerca de cinco semanas e minha cabeça já parecia prestes a explodir. E ainda estava, tipo, na pré-escola mágicka. Tinha um longo caminho pela frente. Eu odiava pensar nisso.

— Solis! — disse Brynne, balançando o garfo para ele.

Como sempre, Brynne estava usando uma combinação colorida de faixa no cabelo, lenço, suéter, um macacão e botas pesadas. O fato de ela ser linda, do tipo alta, magra e com aparência de modelo adolescente, ajudava o visual a funcionar. Ela tinha 204 anos, era filha (com mais dez irmãos!) de um americano ex-dono de escravos e de uma ex-escrava.

Eu me sentei à mesa, passando a perna sobre o banco comprido com cuidado para não bater em Lorenz com um dos meus All Star de cano alto. Eu odiava esses bancos. Cadeiras. Cadeiras teria sido a melhor solução ali. River devia montar uma caixa de "ideias" em algum lugar para podermos dar sugestões úteis. Eu tinha várias, na verdade.

— Você voltou! — disse Anne, beijando Solis em uma bochecha e depois na outra.

Solis sorriu, parecendo mais do que nunca um surfista californiano. O cabelo louro escuro se encaracolava ao redor da cabeça como uma auréola bagunçada e, de alguma forma, ele sempre tinha a quantidade certa de barba desarrumada, nem longa nem curta demais.

Houve um coro de "olás" e "bem-vindos", e River também o beijou.

Mantive a cabeça baixa e comecei a mexer no meu... Meu Deus, o que *era* isso? Ensopado de abobrinha? Quem *pensaria* em algo como *ensopado* de abobrinha? E *por quê*?

— Nastasya? — A voz de Solis me fez levantar o olhar, com a boca cheia de uma maçaroca que eu não conseguia engolir por acreditar que meu estômago me odiaria para sempre e começaria a rejeitar até comida boa.

— Hummm — consegui dizer, em seguida engoli com força. Desculpa, estômago. — Oi.

— Como você está?

Meu Deus, que pergunta capciosa. Quando ele me viu pela última vez, todo mundo tinha acabado de ouvir Nell gritar que tinha visto Reyn e eu nos pegando.

Nell amara Reyn. Por anos. Desesperadamente. E ele, sendo um idiota desatento, não reparou. E então, Reyn e eu meio que... explodimos. E isso deixou Nell louca. Ou *mais louca*. Eu precisava acreditar que ela já estava com um braço na camisa de força antes mesmo de eu chegar a River's Edge.

Seja como for, Solis tinha acompanhado Nell até o que suponho ser uma espécie de hospital psiquiátrico para imortais que estavam completamente pirados. Agora, estava de volta. E o fato de ele estar aqui trazia de volta à vida aquele cenário perturbador e vergonhoso.

— Estou bem — respondi, e então bebi um pouco de água.

Será que eu sabia magick suficiente para transformá-la em vinho, me perguntei. Ou melhor, gim? Provavelmente não.

— Que bom — disse ele com tranquilidade, e desdobrou o guardanapo.

— Solis — chamou Charles. Era difícil para ele parecer solene, com o cabelo vermelho intenso, olhos verdes, sardas e rosto redondo e alegre, mas estava fingindo bem. — Como está Nell?

É, pode escancarar, Chuck. Vá em frente. Nós *encaramos* as coisas aqui. Não temos *medo* de *emoção*...

— Ela não está bem — contou Solis, se servindo de água. — Está enlouquecida e furiosa, na verdade. Mas nas mãos capazes de Louisette, e com os curandeiros de lá, acho que vai ficar bem. Um dia.

Charles balançou a cabeça — era uma pena, uma garota tão legal... — e voltou a atenção para a refeição.

— Minha tia Louisette já conseguiu criar uma cura profunda em pessoas bem mais perturbadas do que Nell — tranquilizou River. — Nell sabe que vamos enviar para ela nossos bons pensamentos e desejos.

Não consegui evitar uma olhadela na direção de Reyn. O rosto dele estava parado e o maxilar tenso enquanto ele empurrava a comida pelo prato sem comer. Imaginei se ele se sentia responsável de alguma forma, por não ter reparado que Nell o desejava. Eu não sabia.

— Ah, pessoal, tenho certeza de que vocês estão cientes — disse River —, mas amanhã é véspera de Ano-Novo. Parece incrível que este ano esteja quase acabando! Vamos fazer um círculo especial amanhã à noite, como fazemos todos os anos. Espero que todos estejam lá; eu adoraria que déssemos as boas-vindas para o Ano-Novo juntos.

E lá se foram meus planos de ir para Nova York e ser esmagada na Times Square.

Na verdade, não. Era uma noção incrível para mim, mas eu não estava com vontade nenhuma de sair daqui, de ir beber com estranhos, de ficar cercada de luzes e barulho e caos. Luzes, barulho e caos foram meus companheiros por opção no último século, deviam estar se sentindo bem abandonados.

Ou talvez nem tivessem reparado que fui embora. Talvez meus amigos Innocencio, Boz, Katy, Cicely e Stratton ainda estivessem fornecendo bastante diversão para eles. Eu tinha passado tanto tempo com os mesmos amigos que não reparei no quanto estávamos ficando inúteis. Eu não tinha reparado em Innocencio aprendendo magick, trabalhando no desenvolvimento do poder que todos os imortais têm em algum grau. E então, certa noite, Incy usara sua magick para quebrar a coluna de um motorista de táxi que foi grosseiro conosco. Ele realmente *quebrou a coluna* do sujeito, deixando-o paralítico pela vida toda. E embora ele fosse uma pessoa normal e o "resto da vida dele" não fosse ser tão longo, comparativamente, ainda assim o mundo dele foi destruído em um instante, por um capricho. E esse foi um momento que me abriu os olhos. Para dizer o mínimo.

Eu suspirei e afastei meu prato, desejando ter cheesecake escondido no quarto. Frigobares individuais. Outra sugestão válida para River.

Depois do jantar, olhei o quadro de tarefas e, incrivelmente, vi que eu não tinha aulas, nem tarefas, nem nada para fazer hoje. Acontecia uma ou duas vezes por semana. Viva! Assim, subi a escada, tomei um banho quente e me encolhi na cama estreita com um livro sobre curas herbais irlandesas. Eu sei, não podia evitar: eu sempre seria uma garota festeira frívola e impulsiva.

Em pouco tempo, eu estava envolvida nas maravilhas e nos prazeres de boca-de-dragão, tanaceto, prímula e dente-de-leão. É claro que eu tinha nascido bem antes de haver qualquer tipo de medicina química, e as plantas eram os componentes principais dos remédios de todas as casas, assim como sangue seco de cervo, teias de aranha etc. Mas a adição de intenção mágicka mudava as propriedades e usos dessas plantas. Tanto. Para. Aprender.

Eram coisas impressionantes, e eu só tinha me dispersado uma ou duas vezes quando desisti e deixei que meus olhos se fechassem. Eu não estava completamente adormecida; ainda sentia a intensa luz do abajur através das pálpebras, ainda tinha uma certa consciência do meu pequeno quarto e da noite negra lá fora. Mas eu estava perdendo os sentidos, sonhando, e me vi despertando em uma floresta. Centenas de anos atrás havia florestas para todos os lados, e chegar do ponto A ao ponto Qualquer Outro Lugar quase sempre envolvia passar por uma floresta. Não sou grande fã. Uma árvore ocasional, claro, tudo bem. Um bosque pequeno do qual consigo ver o outro lado, tudo bem. Mas de florestas, não. Elas são escuras, parecem infinitas e é incrivelmente fácil se perder nelas ou ficar confusa, sem falar que são cheias de barulhos e coisas voadoras e galhos estalando atrás de você. Na minha experiência, era melhor evitar.

Mas aqui estava eu. Me sentia como sendo eu mesma, mas também podia me ver, de alguma forma, como acontece em sonhos. Eu parecia estar na minha época pré-River, com cabelo preto, maquiagem pesada nos olhos, magra demais e pálida. Isso foi normal para mim durante anos. Agora, em retrospecto, eu achei que parecia Edward Mãos de Tesoura, mas sem as mãos úteis. Imediatamente percebi que me sentia nervosa e perdida ao andar pelas árvores, empurrando a vegetação grossa e baixa que diminuía minha velocidade. Meu rosto e meus braços estavam arranhados e ardendo. O chão estava densamente coberto por anos de folhas caídas, e a sensação era a de andar na lua.

Eu estava perturbada, cada vez mais, e procurava alguma coisa que eu não sabia o que era. Só sabia que tinha que achar essa coisa de alguma forma, que saberia quando encontrasse e que o tempo estava acabando. Eu odiava estar nessa floresta e tentava ir mais rápido, o que significava apenas que eu me arranhava mais. Já tinha perdido a esperança de encontrar o caminho de volta para meu local de origem. Eu até tinha desistido de encontrar o caminho para sair dali, mas segui em frente, procurando, procurando, me sentindo mais tensa e com medo a cada passo.

A luz estava diminuindo, o tempo estava passando e o medo tomava conta de mim conforme a noite caía. Eu estava à beira das lágrimas, da histeria; queria desesperadamente fogo, um amigo, ajuda. Mas não podia parar, alguma coisa ruim aconteceria se eu parasse. E então, à minha esquerda! Parecia fogo! Eu me virei rapidamente e segui em direção à luz, com o cheiro reconfortante de fumaça de madeira chegando a mim através das árvores. Ouvi uma voz. Ela estava... cantando? Estava cantando. Passei por alguns galhos de azevinho e cheguei a uma pequena clareira, onde havia uma fogueira ardendo desenfreadamente dentro de um círculo de pedras.

— Nas.

Virei a cabeça de repente ao ouvir a voz. Olhei e dei de cara com Innocencio, meu melhor amigo havia cem anos, saindo da escuridão da floresta.

— Incy! O que você está fazendo aqui?

Ele sorriu, parecendo sobrenaturalmente lindo. Os olhos dele eram tão escuros que vi pequenas chamas refletidas neles. Encarei-o, me sentindo alarmada, e estiquei as mãos em direção ao calor do fogo.

— Estava esperando por você, querida — falou Incy, com uma voz tão doce e sedutora quanto vinho. — Venha, sente-se, é melhor se aquecer.

Ele apontou para um grande tronco caído na beirada da clareira. Eu não queria... Tudo em mim estava gritando: *Corra!* Mas meus pés me levaram até o tronco e me sentei nele. Eu não queria estar ali, não queria estar com ele, mas, por outro lado, o fogo era reconfortante e agradável...

— Você passou muito tempo longe, Nasty. Senti tantas saudades... Todos sentimos.

Ainda sorrindo, ele gesticulou para os arredores, e examinei a área em busca da minha antiga gangue. Não havia ninguém ali além de mim e de Incy, e comecei a me perguntar por quê.

E então, eu vi. O fogo... Havia um crânio no fogo, com as chamas enegrecendo e devorando pedaços de pele. Minha boca se abriu em um grito surdo e horrorizado. O fogo estava *cheio* de ossos, era *feito* de ossos. Eu soube em uma fração de segundos que eram Boz e Katy, e talvez Stratton e Cicely também. Incy os tinha matado e estava queimando os corpos. Fiquei de pé em um salto, mas Incy sorriu para mim de novo; ele já tinha me pegado. Não havia escapatória. De repente, o fedor horrível e ácido de cabelo e carne queimada encheu meu nariz e boca, me sufocando e me deixando nauseada. Eu não conseguia respirar. Tentei gritar, mas nenhum som saiu. Tentei correr, mas meus pés estavam literalmente presos ao chão; raízes grossas, escuras e retorcidas cobriram meus pés, me prendendo no lugar, e começaram a subir por minhas pernas.

Toc toc.

Eu sufoquei de novo, e no instante seguinte me sentei de supetão e abri os olhos. Eu estava ofegante, com olhos arregalados, coberta de suor frio... e no meu quarto em River's Edge.

Toc toc.

Minhas mãos estavam posicionadas como garras, minha respiração, entrecortada. Tentei me recompor. Senti a energia de Reyn do lado de fora da porta e, em um segundo, eu estava de pé.

Respirei com força, tentando me acalmar.

— O que você quer? — perguntei através da porta, tentando fazer uma voz normal.

Eu me sentia como se tivesse pulado de uma ponte, e me recostei na porta, tremendo. Olhei para o relógio na mesa de cabeceira: eram quase 22h. A maior parte das pessoas estaria em seus quartos a essa hora, e muitas delas já estariam dormindo. Nossos dias começavam cedo demais.

— Abra a porta — disse a voz grave de Reyn.

— Por quê?

— Apenas abra. — Ele já parecia exasperado. Eu estava ficando melhor.

Eu não tinha medo *dele*, e para me convencer disso, abri a porta e cruzei os braços. E foi bem nessa hora que tive a percepção abençoadamente normal de que eu não tinha penteado nem desembaraçado meu cabelo depois do banho, e que tinha adormecido com ele molhado. Devia estar achatado de um lado da minha cabeça em um emaranhado. Junto com a falta de maquiagem, as marcas de travesseiro na bochecha e o conjunto feminino de meias felpudas, ceroulas, cachecol e cardigã, eu tinha certeza de que nunca tinha exibido um visual tão atraente.

Reyn inclinou a cabeça de leve e olhou para mim.

— Você está bem? — perguntou. — Parece...

— Foi por isso que me acordou? — retruquei. — Para comentar sobre minha *aparência*?

Foi um alívio enorme fazer isso, brigar sem motivo com o deus viking. Em contraste com, vamos dizer, ver seu ex-melhor amigo queimando todos seus outros amigos na floresta.

— Vem comigo — disse Reyn. — Quero te mostrar uma coisa.

Francamente, eu esperava algo mais original.

— É sério? — falei. — Só isso? Foi isso que você conseguiu elaborar?

Ele franziu a testa, e é claro que ficou mais bonito ainda. Reyn não era um garoto bonito; suas feições eram angulares, seu maxilar distinto, sua boca, rígida. Seu nariz era um pouco torto e tinha um calombo na parte de cima, por ter sido quebrado sabe-se lá quantas vezes. E ele tinha se vestido para me impressionar tanto quanto eu fizera: jeans que ainda tinham feno preso na bainha, botas surradas e uma camisa de flanela tão velha que o colarinho estava prestes a cair.

Eu queria comê-lo vivo.

Esqueça que falei isso. Choque atrasado.

— Estou falando sério — insistiu, com a aparência tão séria quanto possível. — Tem uma coisa que você precisa ver. No celeiro.

Meus olhos se arregalaram.

— Você está de *brincadeira*?

Ele sorriu com impaciência.

— Não é um truque. Pensei que você ia gostar de ver, e por acaso está no celeiro.

O celeiro era onde demos nosso primeiro e ardente beijo, onde a boca e as mãos dele tinham despertado terminações nervosas que eu pensava estarem mortas havia muito tempo. Todas as vezes que eu me lembrava disso, dos músculos rígidos dele, da urgência, eu precisava sufocar um choramingo audível.

O celeiro também foi onde tivemos a descoberta terrível de nossa história compartilhada; o pai dele, o líder do clã de invasores predadores, tinha invadido o castelo do meu pai. Eles mataram todo mundo, exceto por mim; eu estava escondida debaixo do corpo da minha mãe. Mas minha mãe arrancara a pele do irmão de Reyn usando magick, e meu irmão mais velho cortou a cabeça do irmão dele. Mais tarde, quando o pai dele e alguns outros tentaram usar o amuleto da minha mãe, eles foram incinerados. Reyn os viu virar cinzas na frente dele, bem perto.

Anne tinha me contado que ele vinha trabalhando no objetivo de não saquear mais por quase trezentos anos. Eu desconfiava que houvesse mais coisa envolvida do que escrever *Não vou saquear vilarejos* cem vezes em um quadro-negro.

E ele e eu nos agarramos como adolescentes enlouquecidos.

Veja meu comentário referente a: carma, acima.

Ele suspirou de novo; eu era um saco. Então disse:

— Por favor.

Ah, ele ia jogar sujo.

Dei um suspiro óbvio e pesado, então coloquei uma calça jeans por cima da ceroula. Não me dei ao trabalho de amarrar os tênis, e apertei o cachecol ainda mais ao redor do pescoço enquanto seguia Reyn pelo corredor silencioso. Na verdade, eu estava animada por estar saindo um pouco do quarto, visto que achava que ainda conseguia sentir um leve cheiro de pele queimada.

Do lado de fora, o ar estava úmido e frio, transformando meu nariz em gelo. Eu odiava o quanto podia ficar escuro por aqui. Desde que consegui chegar a uma cidade, eu morei nelas. A dez metros da casa, fomos envolvidos por uma escuridão aveludada que parecia uma mortalha sufocante. Cheguei mais perto de Reyn, sabendo que, apesar de tudo, ele me protegeria de trolls ou tubarões terrestres ou melhores amigos assassinos ou outras coisas que estavam soltas pela noite. Quando chegamos ao celeiro, eu praticamente pulei pela porta em direção ao relativo calor do ar com aroma de feno.

Estava escuro e silencioso lá dentro, com apenas o som ocasional de um cavalo. Havia dez baias, apesar de só seis estarem ocupadas com os cavalos de River. Cuidar dos cavalos e limpar os estábulos eram algumas das tarefas das quais eu menos gostava. Por vários motivos.

No final do celeiro, Reyn parou. A porta da baia estava aberta, e ele gesticulou para que eu entrasse. Eu hesitei. Será que era apenas um plano sem rodeios para me jogar sobre o feno? Eu odiei o fato de sentir, por uma fração de segundo, um desejo tão forte que meus dedos formigaram e não tive certeza de qual seria minha reação.

Mas então, ouvi barulhos baixinhos.

Com uma sobrancelha erguida, passei a cabeça pela porta do estábulo... e vi River sentada no feno. Ela olhou para mim, sorriu e levou um dedo aos lábios.

Encolhida no feno, uma das cadelas da fazenda, Molly, gemeu baixinho. River disse algo reconfortante para ela. Vi uma, duas... seis coisas muito pequenas se contorcendo perto de Molly. Filhotes. Ajoelhei-me ao lado de River. Não sou uma pessoa que gosta de cachorros. Nem de gatos. Nem de bichos. Animais exigem cuidado, exigem que você pense em outra coisa que não você mesmo, e eu tinha parado de fazer isso séculos antes.

Mesmo assim. Até eu era programada para derreter um pouco ao ver filhotes gorduchos, com olhos e ouvidos fechados e pequenos focinhos cobertos de pelos finos.

— Molly fez um excelente trabalho — elogiou River, acariciando a cabeça da cadela.

Molly fechou os olhos; o trabalho estava terminado.

— São cachorros lindos — disse Reyn. Eu quase tinha esquecido que ele estava ali.

— São — concordou River. — Nós a acasalamos com outro pointer alemão. Mas… não consigo explicar este.

Ela apontou para o filhote menor, que lutava para sair de debaixo de um maior e mais vigoroso. River gentilmente o tirou dali e o colocou na extremidade da fileira de tetas, onde não seria esmagado.

Cinco dos filhotes pareciam Mollys em miniatura, com cabeças grandes e marrons, corpos cinzentos e claros com apenas uma sombra das manchas escuras que desenvolveriam depois. Mas o pequeno parecia vir de uma ninhada completamente diferente. Possivelmente de outra espécie. Era magro e tinha pernas longas em vez de ser fofo e gordinho, e talvez tivesse apenas metade do tamanho do filhote maior. Era quase todo branco, exceto por manchas grandes e vermelhas em um padrão irregular, como se alguém tivesse derramado um copo de vinho em cima dele.

— É o raquítico — constatou Reyn. — Tem alguma coisa errada com ele? Fenda palatina?

— Não que eu consiga perceber — respondeu River. — Pobre menina. Parece que todos os outros receberam mais alimento no útero. — Ela passou o dedo de leve na lateral do filhote. — Não é um milagre? Sempre fico maravilhada, sempre me impressiono com o milagre da vida.

Ela parecia sonhadora, quase melancólica; uma mudança inesperada do bom humor enérgico dela.

Mas então pareceu voltar a si e se levantou com graça delicada.

— Ótimo trabalho, Molly — disse ela de novo, e Molly balançou o rabo duas vezes. — Volto para dar uma olhada em você daqui a pouco. Descanse. — Outra batida.

Fiquei de pé, e nós três voltamos para o frio. River ficou na cozinha para fazer um caldo para Molly, e Reyn e eu voltamos para cima. Ver os filhotes me deixou com um humor estranho. Eu quase desejava não tê-los visto.

— Sempre tive cachorros de briga. — A voz de Reyn estava baixa enquanto subíamos a escada. — Metade lobos, ou mastins. Nós os deixávamos com fome, para que sempre estivessem prontos para atacar. Eu mandava um grupo à minha frente, depois chegava e pegava o que tinha sobrado.

Ele estava deliberadamente me lembrando de seu início selvagem, e a raiva aqueceu meu sangue. Abri a boca para dizer alguma coisa mordaz, cheia de desdém, mas então, parei. Por que ele diria isso? Será que estava tentando me mostrar o quanto tinha se desenvolvido?

— Você sente saudade? — perguntei. — Das batalhas? Das guerras? Das conquistas? — Eu não estava sendo depreciativa. Pela primeira vez.

Paramos do lado de fora do meu quarto. O corredor era pouco iluminado por pequenas luzes perto do chão. Estava quieto, silencioso; eu conseguia sentir os padrões de silêncio das pessoas dormindo.

Uma mínima sugestão de emoção passou pelo rosto de Reyn, com suas maçãs altas e olhos amendoados da cor de ouro velho. Eu me perguntei se ele mentiria para mim.

Ele desviou o olhar, como se estivesse envergonhado.

— Sinto. — Ele falou tão baixo que tive que me inclinar para ouvi-lo. — Foi o que me ensinaram. É o que faço bem. — Ele não olhou para mim.

Minha superioridade crítica desinflou um pouco.

— Quanto tempo faz?

Ele me lançou um olhar rápido, então o afastou.

— Desde que abri mão da liderança do meu clã, 308 anos. Não saqueio nem invado nada desde então. Mas guerras? Batalhas? Desde a Segunda Guerra Mundial.

Minha surpresa deve ter ficado evidente no rosto, porque Reyn se virou de novo, e um rubor cobriu suas bochechas.

— Enfim, achei que você ia gostar de vez os filhotes.

— Eu pareço mesmo o tipo de garota que gosta de filhotes?

Depois de ter mudado tanto nos últimos dois meses, eu não fazia ideia de que ideia eu passava para as pessoas agora.

Reyn passou a mão pela barba por fazer sobre o queixo.

— Não — disse ele, por fim. — Não. Nem filhotes, nem coelhinhos, nem bebês. Mas… você não precisa abrir mão dessas coisas, sabe.

Tudo bem, era hora de eu deixar a conversa. Estiquei a mão para a maçaneta. A mão firme e quente de Reyn me impediu.

— A maior parte de nós reluta em ter isso — falou, com a voz baixa no corredor pouco iluminado. — Reluta em ter amantes, filhos, cavalos. Lares. Porque perdemos tantos... Mas abrir mão de tudo isso significa que o tempo acabou com você, que o tempo *venceu*. Eu acho... que posso estar pronto para lutar contra o tempo de novo. Que posso estar forte o bastante para me arriscar.

Reyn era um homem de poucas e concisas palavras. Ele tinha acabado de dizer quase um parágrafo inteiro. E foi muito revelador. Será que tinha andado bebendo? Não consegui detectar.

Meu cérebro processou os pensamentos rapidamente, explorando todos os possíveis significados das palavras dele. Eu estava apavorada pelo que ele podia estar dizendo.

— Então... você vai ficar com um filhote? — perguntei, escolhendo a interpretação menos assustadora.

Ele parecia cansado. Olhar nos olhos dele era quase fisicamente doloroso, mas me recusei a ser a pessoa a piscar primeiro. Ele ergueu a mão e me forcei a não me encolher. Com um dedo, traçou uma linha que ia da minha têmpora até meu queixo, do mesmo jeito que River tinha feito com o filhote raquítico.

— Boa noite — falou.

CAPÍTULO 3

As pessoas na cidade de West Lowing (população de 5.031) pensam que River's Edge é uma pequena fazenda familiar de produtos orgânicos. O que até é verdade, de certa forma. O fato de que somos todos imortais e que a maior parte de nós está tentando superar vidas sem significado afundadas em um infinito de trevas, ou em trevas infinitas, é uma coisa que não anunciamos para ninguém de fora. Na verdade, escondemos. Mas, se alguém aparecesse, veria pessoas normais tirando ervas daninhas dos jardins, cuidando de campos, alimentando galinhas, cortando madeira e limpando estábulos.

Era de se pensar que essa vida saudável ao ar livre seria o bastante para qualquer um, mas alguns de nós (principalmente eu) tínhamos que ter empregos no mundo real também. Asher tinha explicado o motivo por trás disso, mas minha mente divagou depois de algumas palavras-chave como *emprego* e *salário mínimo*. Depois que ele sugeriu algo como guardar livros na biblioteca da cidade, eu comecei a chorar por dentro.

Mas, para a surpresa de todos, eu estava havia quase seis semanas lucrativamente empregada na farmácia MacIntyre's, na Main Street de West Lowing. A parte comercial da Main Street tinha quatro quarteirões, que incluíam cinco lojas vazias e abandonadas, um posto de gasolina fechado, uma loja de artigos varia-dos, um mercado, uma lanchonete, uma loja de cachorro-quente (que não vendia literalmente nada além de cachorro-quente) e, marcando o interesse de West Lowing na cozinha internacional, um lugar que vendia falafel e comida chinesa.

Bom... reabastecer prateleiras em uma farmácia em Manhattan já teria sido bem ruim. Eu estava reabastecendo prateleiras na farmácia MacIntyre's, na maldita West Lowing, Massachusetts. E, para melhorar essa bela imagem, meu chefe era um velho rabugento e amargo. Ele me odiava e gritava constantemen-te com minha colega de trabalho, filha dele. Eu nem conseguia imaginar como devia ser com ela em casa.

Mas era tudo parte da minha reabilitação: aprender a trabalhar e conviver bem com os outros.

Quando entrei pela porta da loja, um minuto antes de meu turno começar, Meriwether MacIntyre já estava limpando a bancada da frente com spray e um pano.

— Você ainda está em férias de Natal? — perguntei, passando por ela para pendurar meu casaco.

— Estou. Tenho mais dois dias — respondeu.

Meriwether era formanda na única escola da cidade. Era pelo menos 10 centímetros mais alta do que eu, com talvez 1,75 metro, e uma das pessoas mais sem graça que já conheci. Seu cabelo, sua pele e seus olhos eram basicamente do mesmo tom de castanho acinzentado, e a atitude dela era a de um coelho que sofreu violência doméstica. Eu culpava o pai horrível dela.

O Velho Mac, como eu o chamava, olhou com raiva para mim quando fui até o relógio de ponto e passei meu cartão com 15 segundos de antecedência. Dei um sorriso alegre e fui para a frente, onde Meriwether e eu tentávamos le-var a loja pelo menos para o século XX, se não desse para ser o XXI.

— Muito bem, temos algumas cestas para arrumar — avisou, apontando para as cestas azuis de plástico cheias de produtos que precisavam ser coloca-dos nas prateleiras. Andávamos rearrumando lentamente a loja, agrupando as coisas de uma maneira mais lógica em vez do jeito que fez sentido para o avô do Velho Mac, em 1924. Era engraçado pensar que, se eu tivesse passado por aqui em 1924, o que não é o caso, teria visto o avô do Velho Mac e sua loja novi-nha em folha.

— E olhe. — Meriwether se ajoelhou e me mostrou várias caixas novas: medicamentos homeopáticos. Eu tinha ficado no pé do velho para ter alguns desses em estoque, porque as pessoas viviam pedindo.

Juntei as mãos e fingi desmaiar; Meriwether sorriu.

— Se vocês não se importarem de trabalhar em vez de ficarem de papo, vão fazer valer seus salários! — gritou o Sr. MacIntyre do final do corredor.

Peguei uma caixa de cápsulas homeopáticas de equinácea, dei um enorme sorriso para ele e fiz sinal de positivo. Ele apertou os olhos para mim e saiu batendo os pés para os fundos da farmácia, onde atendia os receituários médicos das pessoas.

— Como você faz isso? — sussurrou Meriwether alguns minutos depois, enquanto mexíamos em ataduras Ace para abrir espaço para as coisas novas.

— O quê? — murmurei em resposta. — Ei, devíamos fazer isso em ordem alfabética, não é?

— É — concordou ela. — Você sabe, não ter um troço quando meu pai grita com você.

Bem, ao longo dos anos eu tinha vivido à mercê de invasores do norte, sem mencionar guerreiros vikings e cossacos. Desde que o Velho Mac não estivesse abrindo a cabeça dos meus vizinhos com um machado bem na minha frente, eu podia lidar com ele.

Mas eu não podia dizer isso.

— Talvez por ele não ser meu pai — respondi, baixinho. — É sempre pior quando é seu próprio pai. — Eu tinha perdido o meu aos 10 anos, então era apenas um palpite. Mas parecia que podia ser verdade. — E então, tem planos para a noite de Ano-Novo?

Meriwether sorriu, e pisquei de susto, surpresa com o quanto aquilo a transformou. Ela assentiu.

— Tem um baile na escola — murmurou. — E meu pai disse que eu posso ir. Pela primeira vez. Vou para casa da minha amiga e vamos nos arrumar juntas.

Isso soava como unhas arranhando um quadro-negro para mim, mas ela pareceu feliz, e fiquei contente por ela fugir do pai por um tempo.

— Nada de namorado? — perguntei.

Ela fez uma careta.

— Ninguém quer me convidar para sair. Todo mundo tem medo do meu pai. Mas tenho esperança de que um garoto chamado Lowell esteja lá. — Ela deu um suspiro profundo. — E você? — perguntou ela. — Tem planos?

Eu assenti.

— Nada de mais. — Só um círculo especial de magick com um bando de imortais. Mais do mesmo. — Só alguns amigos que vão se reunir. Vou tentar não dormir antes da meia-noite.

Como eu acordava *antes do amanhecer* atualmente, minha cabeça costumava cair no travesseiro antes das dez. Era… constrangedor. Eu antes me sentia tão mais legal… Mas, é claro, essa antiga sensação andava de mãos dadas com a de estar meio louca e não valer nada. Então, acho que eu não sentia tanta falta assim.

Alguém entrou, e Meriwether me deixou para ir atender. Ela voltou em poucos minutos, carregando alguns cartazes que ela e eu tínhamos feito para anunciar os produtos novos. Eu tinha zero talento artístico, mas Meriwether se saiu muito bem ao desenhar pessoinhas com expressões felizes encontrando coisas. Parei o que estava fazendo e começamos a pendurar os cartazes com fita dupla face grossa.

— Como é o *seu* pai? — falou Meriwether de repente, enquanto eu segurava um canto para que ela pudesse prender.

Eu hesitei. Não me perguntavam isso… havia séculos. Muito tempo mesmo. Rapidamente comparei meu pai, que tinha sido um rei sombrio e sedento de poder na Islândia medieval, com o Velho Mac. Não tinham muito em comum.

— Ah, ele morreu — admiti, e Meriwether fez uma careta.

— Sinto muito — sussurrou.

— Está tudo bem. Foi há muito tempo. — Haha, você nem faz ideia. Enfim, expirei com força, me permitindo pensar em meu pai, me lembrar dele por alguns segundos. Coisa que normalmente não faço. — Eu… eu me lembro dele como sendo meio severo — prossegui lentamente. — Minha mãe ficava bem mais tempo conosco. Ele parecia um sujeito carrancudo.

— Ele viajava a trabalho?

Ela apertou uma tira de fita adesiva no lugar, depois deu um passo atrás para admirar nosso cartaz colorido, com minhas palavras escritas cuidadosamente em um arco sobre as cabeças dos bonecos palito.

Ah, sim, é difícil pilhar e saquear e subjugar outros vilarejos de sua poltrona. Meu pai foi um rei da maneira com que homens poderosos eram reis em territórios menores, há muito tempo. Ele aumentou o território sob seu poder em quatro vezes durante os dez primeiros anos da minha vida.

Assenti.

— Ele nos ensinava algumas coisas às vezes — prossegui, sem nem saber por que estava me dando ao trabalho. — Ele era, hum, militar. Queria que fôssemos corajosos e durões. Meu irmão mais velho o idolatrava.

Sigmundur tinha tentado ser como *Faðir* de todas as maneiras. Tinha 16 anos quando morreu, mas já era austero e habilidoso com armas.

— Seu pai gritava?

Meriwether pegou o último cartaz e olhou ao redor em busca de um bom lugar para colocá-lo. Apontei para a frente do balcão da caixa registradora, e ela assentiu. Seguimos para lá e nos ajoelhamos para colar o cartaz.

— Quando ele gritava, parecia que a casa inteira sacudia — falei. — As pessoas que trabalhavam para ele tinham medo. — Eu nem tinha me dado conta disso até agora.

— Como meu pai

Meriwether tirou um pedaço de fita com cuidado e colou no lugar.

— É. — De uma maneira bizarra e completamente inexplicável.

— Meu pai sempre fica pior na época do fim do ano — contou Meriwether. Ouvimos o Velho Mac sair da área dos medicamentos e vir em nossa direção, então rapidamente nos calamos e nos separamos, concentradas e ocupadas com tarefas diferentes. Lentamente, voltamos para perto uma da outra e continuamos a arrumar caixas e vidros nas prateleiras.

— Você disse que foi por volta dessa época que sua mãe… — Não sou uma pessoa delicada ou sensível, e pisar nos sentimentos dos outros não costuma ser problema para mim. Mas eu gostava de Meriwether, e Deus sabia que ela já tinha passado por coisa demais sem precisar que eu piorasse.

— É. — Meriwether se concentrou em alinhar todas as pequenas caixas. — Estávamos voltando de uma festa de Natal, e o chão estava coberto de gelo. Meu pai não estava conosco.

— Você estava no carro?

Ah, meu Deus. Isso também aconteceu comigo; na verdade, foi assim que conheci River em 1929, na França. Mas a pessoa que morreu era praticamente uma estranha, e a morte dela não afetou minha consciência. Coisas assim não me afetavam, até o episódio do motorista de táxi, dois meses atrás. Parte do que estavam me ensinando em River's Edge era como sentir as coisas com o peso apropriado.

Meriwether assentiu sem olhar para mim. Eu imediatamente entendi: ela se sentia culpada por ter sobrevivido. E o pai não conseguia olhar para ela sem lembrar que a esposa e único filho tinham morrido. E ela, não.

— Sinto muito — falei, e deve ter sido a segunda vez na vida que essas palavras saíram da minha boca. Mas eu sentia muito mesmo por ela. Não havia como ela vencer nessa situação.

Lembrei-me de quando morava em uma pequena cidade perto de Nápoles, na Itália, nos anos 1650. Uma das últimas ondas da peste chegou, e os corpos estavam se amontoando. Mais tarde, li que metade do povo de Nápoles morreu naquele único surto. Metade do povo de uma cidade inteira. *Metade.*

Meu pequeno vilarejo foi muito afetado. Meus vizinhos morreram; os filhos deles morreram; o padre da cidade morreu. Pessoas que eram genuinamente boas e gentis, comigo e umas com as outras, todas morreram em questão de dias. Na terça-feira nossa vizinha estava trabalhando no jardim, e na sexta eu passei pelo corpo dela em cima da pilha de defuntos na rua.

Não eu. Tantas pessoas tão melhores do que eu morreram, e eu sobrevivi para prosseguir com minha vidinha feliz, porque, ei, aquela cidade tinha ficado um saco. Eu continuava a sobreviver. Uma vez atrás da outra.

Ao meu lado, Meriwether suspirou e olhou para a farmácia.

— É que... devia ter sido eu, sabe? Teria sido tão melhor para todo mundo... — Ela se levantou e levou as caixas vazias para fora, em direção aos cestos de reciclagem.

Eu me sentei sobre os calcanhares, incomodada com aquilo. Não era um pensamento novo; eu já o tinha visto em incontáveis filmes, já tinha lido em livros. Agora eu sabia que Meriwether se sentia assim de verdade, na vida real.

E eu? Será que já senti que *eu* devia ter morrido naquela noite, 450 anos atrás? Que talvez meu irmão mais velho devesse ter sobrevivido? Ele não teria fugido como eu fugi. Talvez ele tivesse assumido o poder da família, encontrado alguns seguidores e ido atrás de Reyn e do pai dele para vingar nosso clã.

Ou uma das minhas irmãs, talvez? Minha irmã mais velha, Tinna, era inteligente e corajosa. O rosto do meu pai se iluminava quando ela entrava em um aposento. Eu me lembro dela e da minha mãe trabalhando na cozinha. Tínhamos cozinheiros e empregados, mas em todas as Oestara, a Páscoa, minha mãe fazia seu pão especial de ovos. Ela e Tinna sovavam a massa lado a lado, rindo e conversando.

Minha irmã mais nova do que Tinna, Eydís, era a beleza da família e minha companheira mais constante. Seus cabelos eram longos, ondulados e de um louro avermelhado brilhante, como o sol quando surge no horizonte. Seus olhos eram claros e cinzentos. Mesmo aos 11 anos, ela era conhecida pela beleza, e basicamente todo mundo estava esperando ela ficar quatro anos mais velha para poderem *realmente* ver a beleza em que ela se tornaria quando adulta. Ela e eu fazíamos tudo juntas: inventávamos todos os tipos de brincadeiras, estudávamos juntas, dormíamos no mesmo quarto.

E havia também meu irmãozinho, Háakon. Ele era magro e pálido, quase delicado. Eu já pegara meu pai olhando para ele com uma expressão confusa, como se estivesse se perguntando como esse garoto tinha vindo da mesma união que tinha produzido o resto de nós. Mas Háakon era doce, não era tagarela e era um fiel seguidor meu e de Eydís quando marchávamos com varas nos ombros ou treinávamos lançamento de pedras.

Quando os invasores arrombaram a porta do escritório do meu pai, onde estávamos abrigados, eu estava agarrada às saias da minha mãe, apavorada. O pai de Reyn, apropriadamente chamado Erik, o Derramador de Sangue, saltou para a frente com um rugido, e eu senti o tremor do corpo da minha mãe quando ele cortou a cabeça dela. Ela caiu para trás bem em cima de mim, e eu fiquei deitada, coberta pelas saias largas do manto de lã, até que, menos de cinco minutos depois, tudo ficou em silêncio.

Eu devia ter morrido naquela noite? Sim. O pai de Reyn gritara que ninguém devia ser deixado vivo. Meus irmãos todos tinham espadas ou adagas nas mãos, crianças encarando um inimigo invencível. Eu fiquei acovardada atrás da minha mãe. E isso me salvou.

Por quê? Eu aceitei a atordoante realidade de que ainda estava viva, que minha família estava morta. Nunca questionei o porquê de ter sido assim, e nem se deveria ter sido assim. Até agora.

— Não te pago para ficar sem fazer nada! — O rugido do Velho Mac me assustou, e fui trazida de volta para o presente, onde meu chefe estava parado no corredor, com as bochechas vermelhas de raiva. Atrás dele, Meriwether fez uma cara infeliz. — E o que é esse lixo todo? — Ele indicou com raiva alguns dos nossos novos cartazes. — Ninguém disse que vocês podiam pendurar essas porcarias!

O rosto de Meriwether ficou vermelho, então o Velho Mac *arrancou nossos cartazes* e os jogou no chão. Eu trinquei os dentes para não gritar de fúria.

— Pai! — disse Meriwether, com o rosto desmoronando. — Nos esforçamos para fazer isso!

Ele se virou contra ela como se ela fosse uma cobra d'água e ele, uma fuinha.

— Ninguém pediu nada! Não preciso dos seus cartazes idiotas e horrorosos!

Os olhos de Meriwether brilharam.

— Não são idiotas... — começou ela, mas de repente o Velho Mac pegou uma embalagem plástica de cápsulas de vitamina C e jogou. Aconteceu muito rápido: os olhos dela se arregalaram, a voz dela engasgou e, antes que eu entendesse o que estava acontecendo, levantei a mão, sibilei alguma coisa e o pote fez um pequeno zigue-zague incerto para longe de Meriwether no último segundo. Ele bateu na parede atrás dela e rachou, depois caiu no chão. A tampa se abriu, e as cápsulas gelatinosas rolaram para todos os lados.

32

Todos ficamos parados no silêncio do choque. O Velho Mac parecia perplexo, mais do que perplexo. Estava meio cinza e se inclinou para o lado, instável.

— Eu… eu não queria… — balbuciou, com a voz trêmula.

E então, me dei conta: eu fiz magick rapidamente, sem pensar. Alguma coisa em mim foi até meu subconsciente antigo e encontrou sei lá que feitiço para desviar o pote.

Mas eu não tinha talento com magick branca. Não sabia o bastante. Então, a magick que surgiu era do tipo que um Terävä era capaz de fazer, exatamente o que eu era: eu tirei energia do Velho Mac para fazê-la.

Se eu dissesse qualquer coisa, sem dúvida tornaria essa situação bem pior, então Meriwether e eu apenas olhamos enquanto o Velho Mac balançava a cabeça, como se não estivesse acreditando que tinha feito uma coisa dessas. Em seguida, ele se virou desajeitadamente e desceu o corredor até a sala dos fundos, apoiando a mão em uma prateleira para se equilibrar.

O que eu tinha feito? Ah, Deus. Mas quais tinham sido minhas opções? Deixar Meriwether ser atingida pelo pote? Era de plástico, e nem era tão grande, mas teria doído mesmo assim.

Meriwether ficou em silêncio, com lágrimas descendo pelo rosto.

— Ele faz coisas assim? Joga coisas? Ele bate em você? — Porque eu teria que ir matá-lo se ele batesse.

Ela balançou a cabeça.

— Nunca fez nada parecido antes.

— Pareceu bastante arrependido — admiti. — Você disse que ele anda… muito infeliz agora. Além do mais, você sabe, ele é um idiota.

Por dentro, eu estava gritando por causa do mal que eu podia ter causado com meu feitiço.

— Vamos fazer o seguinte — falei em voz baixa. — Você vai ao banheiro, lava seu rosto e tenta se acalmar. Eu limpo essa sujeira. — Indiquei as cápsulas gelatinosas cor de mel que estavam espalhadas em um raio surpreendentemente grande. — Se ele tentar te impedir, dá uma joelhada no saco.

Isso despertou um leve toque de menos infelicidade no rosto de Meriwether. Ela assentiu e saiu andando, mas depois parou e olhou para mim.

— Como você fez aquilo? — A voz dela estava horrivelmente clara e suave.

Um enorme punho parecia apertar minhas entranhas.

— Fiz o quê?

— Você mexeu a mão e o pote desviou para o lado. — A voz dela estava baixa e solene, os olhos presos aos meus. — Eu vi. Teria me atingido bem no peito. Fiquei paralisada, não consegui me mexer.

Eu consegui dar um sorriso com cara de *Ah, por favor,* dando às minhas centenas de anos mentindo para as pessoas, principalmente para mim mesma, uma utilidade.

— Quem me dera — brinquei, e balancei a mão dramaticamente. — Shazam! Aquele Oreo é meu! — E dei uma risadinha casual.

Meriwether olhou para mim por mais alguns instantes, claramente repassando o incidente na cabeça, se perguntando se devia insistir, se perguntando se tinha mesmo visto alguma coisa. Mantive o rosto despreocupado e fui pegar a vassoura e a pá. Ela não estava mais lá quando voltei, e comecei a varrer tudo.

Mas eu estava tremendo, meu grito de pânico soando alto apenas aos meus ouvidos. Eu tinha feito magick fora da propriedade de River. Magick negra. Era bem possível que alguém, um imortal, conseguisse captar essa energia e me reconhecer em seus padrões. Alguém como Incy.

Tentei respirar normalmente. Não, claro que não, argumentei comigo mesma. Durou meio segundo. Foi só uma coisinha. Uma coisinha de nada. E eu seria muito cuidadosa no futuro e jamais faria algo assim novamente.

Fiquei repetindo isso para mim mesma sem parar durante todo o caminho até em casa. Mas não consegui não olhar pelo retrovisor, como se o diabo estivesse atrás de mim.

CAPÍTULO 4

Era outono quando cheguei a River's Edge pela primeira vez. As árvores estavam cor de chamas, com tons de vermelho e dourado e laranja, e o mundo estava começando a se fechar para o inverno. Agora, enquanto eu dirigia meu carro velho pela longa estrada de terra que levava à casa de River, as árvores estavam desoladas e nuas, como esqueletos apavorantes com apenas algumas poucas folhas marrons penduradas aqui e ali. Dois meses antes, o bosque parecera denso e impenetrável; agora, eu podia ver vinte metros adentro. Ficaria lindo na primavera.

Parei de repente, fazendo o carro balançar um pouco devido à inércia. Minhas mãos estavam ao volante. Eu me dei conta, surpresa, que planejava estar aqui na primavera. Queria estar aqui, queria ver as mudanças. Isso se minha pequena besteira na cidade não tivesse um efeito borboleta e destruísse completamente minha vida e as de todos ao meu redor.

Ei, se eu fosse um poço de otimismo, você acha que eu estaria aqui?

Quando fiz a última curva, a casa surgiu, grande e quadrada e branca. Ela tinha parecido austera e hostil quando cheguei, mas agora eu sentia um calor gentil dentro do meu peito enquanto me aproximava e parava ao lado da picape vermelha de River.

Fiquei sentada no carro um minuto "com meus sentimentos" — como Asher vinha tentando me ensinar —, coisa que eu odiava muito, de verdade. Tenho uma enorme habilidade em reprimir qualquer emoção. Mas ao que parece, mesmo que você reprima uma emoção *tão* bem que acabe não percebendo tê-la, *ela ainda está dentro de você.* Essa foi uma das percepções mais odiosas que tive desde que cheguei aqui. Todas as emoções que eu nem sentia estavam na verdade encolhidas dentro de mim como uma bile negra, consumindo minha alma até eu ficar muito, muito perto de enlouquecer. Nos últimos dois meses, eu vivenciei — e expressei — mais emoções do que nos cem anos anteriores.

E apesar de eu conseguir *meio que* entender a realidade de que era melhor assim, mais saudável, eu não conseguia me afastar da convicção arraigada de que, na verdade, era uma droga.

O que eu estava sentindo? Encostei a cabeça no volante e fechei os olhos. Pânico, é claro, como sempre sentia assim que meu cérebro se dava conta de que eu estava tentando encarar algo em vez de fugir. Eu ficava *muito* mais à vontade com a ideia de fugir.

Eu estava... feliz, eu acho, de estar aqui. Principalmente agora que Nell tinha ido embora e não estaria esperando para lançar seu próximo desejo raivoso contra mim. Eu estava ansiosa para entrar e ver todo mundo. Menos Reyn.

Mentirosa. Seu coração se acelera quando você o vê, suas mãos doem, seus lábios...

Está vendo, é por isso que reprimir emoções funciona tão bem para mim. Quem não ia querer evitar isso? Suspirei, e então alguém bateu na janela do carro, me dando um susto enorme. Eu não havia sentido ninguém se aproximar.

Virei a cabeça rapidamente, e ali estava ele: Reyn. Um metro e oitenta de desastre viking dourado.

No dia em que cheguei, eu parei desse jeito, apoiei a cabeça desse jeito e Reyn bateu na minha janela. Ele me deixou sem fôlego, de uma maneira ríspida, antipática, linda e duvidosa. Aqui estava ele, fazendo a mesma coisa de novo.

Mas eu não era aquela mesma sem-teto arruinada que praticamente rastejou até aqui no outono passado. Tirei a chave da ignição e abri a porta do carro bruscamente, quase o atingindo.

— Você gosta mesmo de espiar as pessoas — falei, em tom rude.

— Eu estava vendo se você tinha tido uma overdose ou algo parecido — disse ele, imitando meu tom.

— Overdose? Ah, meu Deus, nabo é tão viciante assim? — Arregalei os olhos. — Vou fugir dele *ainda mais* de agora em diante.

Saí andando rapidamente em direção à casa, e ele me acompanhou. O sol tinha se posto enquanto eu estava no carro, e era hora do crepúsculo, aquele momento mágicko entre o dia e a noite. A hora do dia em que parece que qualquer coisa pode acontecer. Qualquer coisa mesmo.

— Acabou de chegar do trabalho? — perguntou Reyn, e a cena toda era tão incongruente que eu ri. Ele virou os olhos ligeiramente estreitos e sérios para mim.

— Era isso que sua esposa dizia quando você chegava em casa? — Minha voz soou frágil no ar gelado, e só de pensar que ele provavelmente tinha tido *esposas* me fazia sentir como se levasse um soco no estômago. — "Como foi a pilhagem hoje, querido? O saque? Trouxe alguma coisa boa?"

Em um estalo, Reyn ficou furioso. Senti a mudança se abater sobre ele antes mesmo de olhar para seu rosto, de ver a tensão em sua boca, as sobrancelhas em forma de V. Um alarme instantâneo tocou dentro de mim, e eu me perguntei se conseguiria chegar à casa antes dele.

Quando ele falou, ficou claro que estava usando todo seu autocontrole para não, vamos dizer, me estrangular.

— Esse passado é só uma pequena parte de quem eu sou. — Sua voz estava tensa e controlada. — Assim como todas as coisas estúpidas, egoístas e destrutivas que *você* já fez são apenas *parte* de quem é.

Meu rosto ficou vermelho.

— Mas seu passado é muito pior do que o meu!

Ele fez uma pausa, lutando novamente para manter a raiva sob controle.

— Meu passado é pior do que o de muitas pessoas — concordou friamente, e se virou para me olhar de novo. — Como vai o presente? Como lhe parece o futuro?

Antes que eu pudesse responder, ele saiu andando, e fiquei para trás.

Assim que entrei pela porta da frente, senti uma excitação geral e uma energia no ar. No Yule, a casa fora decorada com ramos de sempre-viva e visco, mas tiramos esses enfeites dois dias atrás. Pendurei meu casaco felpudo no corredor, feliz por Reyn não estar por perto. River saiu da sala da frente assim que passei pela porta.

— Oi — cumprimentou ela com aquele sorriso tranquilo.

River era uma das poucas imortais que conheci que tinham o cabelo grisalho. O dela era brilhoso e liso, e caía pelos ombros quando não estava preso.

— Oi — respondi, tentando parecer calma e inabalada. — Estou indo ver o quadro de tarefas.

🌼 37 🌼

— Não precisa — disse River. — Não tem tarefas para ninguém hoje. Mas na sua cama tem uma lista de coisas a serem feitas antes do jantar. Não exatamente tarefas, mas coisas que vão ajudar você a se preparar para o círculo de Ano-Novo mais tarde.

— Ah. — Eu ainda tinha um relacionamento de amor e medo com círculos de magick. — Então... nada de fogos? Nem champanhe?

River sorriu, e seus olhos castanho-claros se iluminaram.

— Vai ter champanhe no jantar.

— Fogos?

Adoro fogos de artifício. Vi alguns shows maravilhosos na Itália e na China, centenas de anos atrás. Antes de todas essas leis chatas de segurança.

— Não, nada de fogos. Não nessa floresta, apesar de toda a umidade da neve. Mas aposto que você nem vai sentir falta.

Porque o círculo seria tão animado?

— Aah, vamos aprender a mudar de forma hoje?

Ela riu e me empurrou em direção à escada.

— Muito engraçado. Vá se arrumar. O jantar é às 20h. Vai ser mais tarde hoje.

Nada de mudança de forma. Eu estava brincando, mas quem sabia o que imortais poderosos eram realmente capazes de fazer? Fui para o andar de cima e cheguei em meu quarto sem a interferência de Reyn. Fechei a porta e girei o botão do pequeno aquecedor, para esquentar um pouco o ambiente. Como prometido, havia um bilhete sobre a minha cama, ao lado de um prato de vidro com sal e uma pequena bolsa de musselina que tinha cheiro de ervas. Peguei o bilhete e reconheci a caligrafia bela e antiquada de River. Ele dizia:

Tome a caneca de chá que está em sua mesa de cabeceira.
Tome um banho de banheira com o embrulho de ervas.
Vista a túnica pendurada na sua penteadeira.
Faça um círculo com o sal e medite dentro dele por uma hora. Pense no Ano-Novo.
Abra o círculo, espalhe o sal pelo chão e, em seguida, varra tudo e jogue pela janela.
Vejo você no jantar!

Peguei a caneca e cheirei. Ainda estava bem quente. O cheiro era de (sei que isso vai chocar você) ervas. Cá entre nós, eu ficaria feliz da vida em tomar uma canequinha de Lipton. Se for possível enjoar de ervas, e acredito que seja, então eu estava a caminho de enjoar completamente.

Mandei o chá para dentro. Não estava muito agradável, e uma pequena dose de conhaque teria ajudado muito a melhorar. Mas consegui. Em seguida, fui ver a túnica na penteadeira. Um comentário à parte: a palavra *penteadeira* é tão descritiva e simples quanto possível. Começou como um móvel na frente do qual as meninas se sentavam para pentear o cabelo antes de dormir, lá nos velhos tempos. E *guarda-roupas*? Guarda. Roupas. Ele guarda as suas roupas. Interessante, não é? Continue comigo e você vai aprender muito. E nem tudo é censurável.

A túnica, que eu não tinha visto antes, era de linho branco pesado, lavado para ficar bem macio. Era simples, como uma camisola, e tinha runas bordadas em branco ao redor da gola. Vi *kenaz*, que significava revelação, sabedoria, visão. *Algiz*, para afastar o mal. *Laguz* — água? Eu tinha acabado de reaprender aquilo tudo. Certo: água, sonhos, fantasias, visões. *Berkano* era o símbolo de fertilidade feminina, crescimento e renovação. Fabuloso. Revirei a túnica nas mãos e vi *dagaz*, nascer do dia ou alvorecer. Despertar, consciência. Por fim, na parte de trás da gola havia *othala*. Soltei a respiração. *Othala* representava a herança de uma pessoa; literalmente, a terra ou propriedade que se herdava, seu direito de nascimento.

A propriedade da qual eu era a única herdeira tinha sido destruída, arrasada quando eu tinha 10 anos. Vi os escombros quando tinha 16. Nunca fui capaz de voltar depois disso.

Passei por Anne a caminho do banheiro. Ela saiu com o rosto vermelho do calor, com os cabelos escuros e finos grudados na cabeça. Ela sorriu quando me viu e deu dois beijinhos, como se não me visse havia muito tempo.

— Adoro a véspera de Ano-Novo — falou. — Estou muito feliz de você estar conosco.

Eu ainda não estava acostumada com toda essa expressão de sentimentos, e respondi com um murmúrio constrangido e troglodita.

— Hoje vai ser muito legal — disse Anne, sem se incomodar com minha idiotice. — Não deixe de usar sua túnica nova no jantar. Todo mundo vai usar!

— O que vamos fazer no círculo? — perguntei.

— Um círculo de Ano-Novo costuma ter o objetivo de nos ajudar a esclarecer as coisas em nosso passado e nos dar uma noção de o que o futuro guarda para nós — explicou. — As pessoas costumam ter visões de eventos que ainda vão acontecer.

— Eca — falei. Eu quase sempre tinha visões durante os círculos mágickos, e eram quase sempre horrendas.

Anne riu.

— Vai ser bom — prometeu ela. — Vamos estar todos juntos.

Eu assenti com certo mau humor e fui tomar o banho ritual.

CAPÍTULO 5

inha hora de meditação pós-banho foi um fracasso. Fiquei assustada pela previsão de Anne de que iríamos ter visões esta noite, e ainda estava nervosa e traumatizada com o pesadelo de ontem com Incy, por me lembrar da minha família hoje, com o incidente no trabalho sobre o qual eu não estava mais pensando, e com toda a coisa acontecendo com Reyn.

Ainda assim, a obediente Nastasya fez um círculo de sal, acendeu uma vela e ficou sentada ali até a bunda ficar dormente. Por fim, suspirei, apaguei a vela e espalhei o sal, como fui instruída. Peguei a vassoura no corredor e varri o quarto, depois joguei tudo pela janela.

Olhei para a túnica na cama. Eu me sentiria idiota usando aquilo. Era tão... clichê: bruxas de túnica dançando ao redor da fogueira à meia-noite. Talvez eu pudesse ter alguma coisa do nada. Infecção estomacal. Talvez eu devesse ir para a cama e ficar lá a noite toda. Talvez eu devesse...

Toc, toc.

Era Brynne. Senti a energia vibrante dela.

— Sim? — gritei.

A porta se abriu. Brynne estava ali, linda, em uma túnica vermelha. Ela era o único membro negro; não éramos um grupo muito variado (estou falando especificamente de River's Edge; os imortais em geral eram sim bastante diversificados. Praticamente todas as culturas têm imortais). Para mim, ela era quem mais tinha jeito de adolescente. O rosto bem estruturado era lindo, e ela era magra e alta, como uma escultura de Brancusi. Só que mais macia. Eu me sentia baixa, pálida e sem graça ao lado dela.

Ao me ver sentada na cama, ela riu.

— Eu sabia que você estava aqui sendo covarde!

— O que se usa por baixo disso? — perguntei, mostrando o vestido. — Estou pensando em roupas de baixo compridas.

Brynne sorriu.

— Por que usar *qualquer coisa*?

Meus olhos se abriram, alarmados.

— Ah, não. Não, eu tenho que usar alguma coisa por baixo disso.

Brynne colocou as mãos debaixo dos braços.

— Có, có, có — cacarejou ela.

— Vai estar gelado — observei.

— Você não vai sentir — prometeu ela.

— Você não quer dizer realmente *nua* por baixo disso?

Brynne fez cacarejos irritantes e saiu. Ouvi um último *có* quando ela estava no corredor.

Trinquei os dentes.

No jantar, me senti idiota e envergonhada com a túnica, apesar de todos estarem usando uma. Eram de todas as cores: a de River era cinza-prateada, como seu cabelo; a de Anne era de um azul-celeste profundo. A de Daisuke era cinza-chumbo bem escuro. A de Charles era verde-esmeralda. A de Brynne, é claro, era vermelha, e ela ergueu as sobrancelhas de forma significativa para mim ao tomar um longo gole de champanhe. Fiz cara feia para ela.

Olhei ao redor e vi que eu era a única de branco. Assim como a única com um cachecol de lã fina bem enrolado no pescoço. Vi River olhar para meu cachecol, mas ela não disse nada. Ela sabia que eu não viria sem ele.

— Passe o grão de bico, por favor — pediu Jess, à minha direita. A voz dele tinha sido danificada por seus vários excessos, e eu não sabia se algum dia se recuperaria. Sua túnica era preta. Eu me perguntei sobre o simbolismo disso.

— Todos esses pratos são alimentos tradicionais e significativos de Ano-Novo — explicou Solis. — Se vocês comerem um pouco de tudo, seu novo ano vai ser de sorte, prosperidade, saúde, benção e cheio de coisas boas!

Eu estava ocupada demais me sentindo como um fantasma de Halloween enrolado em um lençol para me concentrar no que ele estava dizendo, mas os outros riram e brindaram com os copos. Vi meu champanhe e o peguei. Champanhe foi feito para ser bebericado, mas eu não consumia álcool havia quase dois meses, então virei a taça toda.

Asher sorriu e encheu meu copo.

— Agora dê pequenos goles — repreendeu. — Faça durar.

Tomei um gole de dama e coloquei a taça sobre a mesa, com a certeza de ela ser de cristal veneziano do século XVIII soprado à mão. Era linda, imperfeita e tão delicada quanto a asa de uma borboleta.

Alguém esbarrou em mim ao passar a perna por cima do banco para se sentar.

Eu soube, sem erguer o olhar, que era Reyn. Meu rosto ficou imóvel quando vislumbrei sua túnica, de uma cor âmbar profunda. Eu rapidamente peguei algumas verduras salteadas da tigela e coloquei no meu prato.

— Você está atrasado — disse River, mas sorriu para ele.

— Desculpe — retrucou brevemente. Eu juro, aquele homem conseguiria encantar uma cobra para que abandonasse a própria pele!

— Bem, agora que estamos todos aqui, vamos falar sobre resoluções! — Asher esfregou as mãos. — Eu, é claro, vou querer o de sempre.

Eu estava prestes a perguntar o que era o de sempre, mas Anne disse:

— Fazer o *chèvre* perfeito?

— Sim! Vai ser este ano! — Asher praticamente vibrou, e todos riram.

Eu tinha passado por rodas de queijos de cabra em processo de cura no porão, mas não pensei muito nisso além de "Nossa, ainda bem que não preciso mexer com isso".

— O próximo? — River olhou para todos nós.

Daisuke falou. Ele era o aluno que eu menos conhecia. Sabia que ele era um dos mais avançados e que costumava estudar sozinho com River. Era agradável, mas tímido.

— Eu também tomo a resolução de sempre — disse ele com uma voz suave. — Atingir a iluminação, me livrar de todos os desejos e me unir ao deus e à deusa.

A julgar pelos sorrisos de compreensão e acenos que recebeu, ele estava mesmo falando sério. Tentava alcançar a *iluminação*. Eu era realmente um fracasso.

E assim seguimos ao longo da mesa. Algumas resoluções eram pequenas ou engraçadas, como comer menos açúcar ou fazer mais carinho nos gatos da fazenda, e algumas eram maiores, como ser mais paciente ou mais gentil. River decidiu ser mais compreensiva e tolerante, o que, na minha humilde opinião, era como a água tentar ser mais molhada. Eu não via como ela podia ser *mais* qualquer uma dessas coisas.

Eu estava revirando a mente para tentar pensar em alguma coisa que não fosse insultante, como usar meias que combinavam com mais frequência, e nem ridículo ou ambicioso demais, como ser uma pessoa genuinamente boa algum dia. Minha vez foi chegando mais perto, e comecei a entrar em pânico, me perguntando se podia me abster de falar, mas sabendo que eu seria a única boba o bastante para querer pular a vez, e aqui estava mais uma coisa em que eu era péssima, e por que eu estava tentando quando mal tinha uma desculpa até mesmo para viver...

— Nastasya? — Os olhos castanhos de River estavam... sim, compreensivos e tolerantes.

Eu engoli um pouco de champanhe para ganhar alguns segundos (eu era tão desprezível) e disse a primeira coisa que surgiu na minha cabeça.

— Eu quero... confiar mais. — Eu não fazia ideia de onde tinha vindo isso. Do nada.

Todos os olhos estavam em mim, e fiquei com vergonha. River pareceu um pouco surpresa, com a cabeça meio inclinada enquanto me observava. Surpresa e pensativa.

— É uma resolução excelente — comentou Asher em meio ao silêncio.

— Sim — disse Anne. — Adorável. Que bom.

Então me senti ainda mais envergonhada. Essa resolução tinha surgido do nada e, ainda assim... reconheci desconfortavelmente que estava falando sério. Eu não confiava em ninguém, nem em mim mesma. Nem em minhas decisões, minhas emoções, planos, nem na minha ética de trabalho, na minha sinceridade, na minha aparência... em nada. A única coisa em mim que parecia sólida como pedra, com a qual eu podia contar completamente em qualquer circunstância, era minha capacidade de fazer besteira. Isso era tão inevitável quanto o sol que vai nascer amanhã.

— E agora, Reyn — anunciou River.

Vamos lá, alguém, por favor, encha minha taça de champanhe, pensei. Eu conseguia sentir a tensão de Reyn ao meu lado, e o calor de sua perna ao lado da minha.

A mesa toda aguardou com expectativa, e eu me perguntei o que Reyn dissera no ano anterior.

— Eu decido... tentar ser feliz — falou, parecendo constrangido.

Silêncio. Todos estavam olhando para ele, e eu sabia o motivo: ele não era exatamente o porta-voz do júbilo e da alegria. Mesmo agora, um olhar meio de lado me informou que ele estava quase olhando para a mesa com raiva, com as mãos fechadas em punho de cada lado do prato.

— Perfeito, Reyn — elogiou River, com delicadeza. — Obrigada.

Reyn abriu uma das mãos e pegou o garfo, então começou a trabalhar com dedicação para consumir o que estava em seu prato. Eu tinha certeza de que estava com gosto de poeira para ele.

Então eu era a pessoa mais desconfiada do mundo e ele era a mais infeliz.

Éramos um par e tanto.

CAPÍTULO 6

u estava pronta para ir deitar às 21h30 e fugir do círculo de Ano-Novo, mas, novamente, eu sabia que seria a única boba o bastante para não ir, e meu orgulho não deixou. Finalmente as 23h30 chegaram: hora de ir para o círculo.

Encontrei Rachel e Charles saindo pela porta dos fundos e me juntei a eles, feliz por não precisar andar pela floresta sozinha. Outro círculo. Será que eu ia vomitar, como de costume? Ter visões horríveis, como sempre? Será que sentiria aquela gloriosa onda de luz e poder dentro de mim que fazia a magick parecer valer a pena, e até mesmo necessária, pelo menos até eu começar a ofegar? A escuridão, densa e fria, me pressionava por todos os lados. Apertei o cachecol ao redor do pescoço, torcendo para não me arrepender da decisão de não levar o casaco.

— Estou curiosa para ver se o círculo deste ano vai ser tão bom quanto o do ano passado — disse Rachel. Sua voz estava calma e equilibrada, e me ocorreu que eu não conseguia me lembrar de já a ter ouvido falando alto e nem com sarcasmo ou provocação. Era sempre apenas calma e equilibrada.

— Por que o do ano passado foi bom? — questionei.

Rachel olhou para mim solenemente.

— Fizemos s'mores.

Sorri, e Charles deu uma risada. Uma sombra de sorriso cruzou o rosto de Rachel, e então chegamos à clareira, onde Solis já tinha feito uma fogueira.

— Bem-vindos — disse River, quando tiramos nossos sapatos. — Bem-vindos.

Nós doze paramos ao redor do fogo, observando enquanto as chamas hipnotizantes lambiam a madeira seca, subindo delicadamente pelas beiradas como um gato e devorando tudo de repente. Como previ, estava um frio congelante. Estiquei as mãos em direção ao calor, mas eu estava quase tremendo de tanto frio, bem como sendo forçadamente lembrada de minha visão com Incy. Que ótimo.

— Você não vai mais sentir depois de um tempo — reconfortou-me Anne, repetindo o que Brynne tinha prometido.

Assenti, pensando que meus pés descalços já estavam indubitavelmente ficando azuis. Eu provavelmente perderia alguns dedos por congelamento. Só faltava meu nariz começar a escorrer, aí sim o quadro estaria completo.

— E aqui estamos — falou River, sorrindo para todos. — No final de mais um ano. No nascer de um novo. Amanhã é um novo dia, um novo capítulo, um novo começo.

Achei ter visto River olhar especificamente para mim, mas o fogo estava tremeluzindo o ar ao redor e era difícil ter certeza.

— Este círculo será principalmente comemorativo — prosseguiu River. — Cada um de nós irá meditar sobre o tema: o que o Ano-Novo significa para nós pessoalmente. Então, no ápice do nosso poder, vamos um a um libertar uma coisa de que não precisamos mais. Em anos anteriores, libertei o medo e a necessidade de controlar as coisas e meu intenso desejo por chocolate amargo.

Sorrisos.

— Mas é claro que cada um de vocês tem dentro de si algo de que não precisa mais, alguma coisa que o prende. Alguns de nós já sabem o que planejam libertar, mas não se preocupe se não tiver nada em mente. Na hora certa, você vai saber. Bom, estamos prontos?

Não. Deveríamos debandar e ir tomar um chá quente.

Não tive esse desejo de Ano-Novo específico realizado. Em vez disso, demos as mãos com os polegares virados para a esquerda, de forma a se alinharem perfeitamente ao fechar a mão sobre a do outro. Eu estava entre Rachel e Charles. River estava à minha frente, e Sua Senhoria estava ao lado dela, com uma aparência incrível em sua túnica cor de âmbar sob a qual ele provavelmente não estava usando nada.

47

Rachel olhou rapidamente para mim.

— Falou alguma coisa? Deu uma topada no dedão?

— Não. — Preciso sufocar esses resmungos idiotas.

River começou a cantar sua música, um convite pessoal para a magick vir brincar. Não, *brincar* não era a palavra certa, não com o surpreendente poder destrutivo que vi tantas vezes. Um convite... para uma conversa. Estava mais para isso.

Andamos no sentido horário ao redor do fogo, e depois da segunda volta me dei conta de que conseguia sentir os pés de novo, sentir o chão frio e as folhas espalhadas. Com outra volta, eu já não estava mais com frio, e começava a ter a sensação calorosa no peito que sinalizava a magick crescendo em mim, ao meu redor. Comecei a cantar minha música.

Eu tinha perguntado a Solis se era preciso aprender uma música mais formal ou tradicional para trazer a magick até mim, e ele disse que não, que não se podia ensinar. Ela vinha de dentro de você, independentemente da cultura de onde você veio e da língua que usava. No passado, eu simplesmente abria a boca e os sons saíam, sons que eram palavras antigas. Concluí que as ouvia quando era pequena, ditas pelos meus pais. As palavras eram bem mais antigas do que eles; sabendo agora o que eu sabia sobre as grandes casas, eu supunha que vinham dos primeiros estágios de magick e de imortais, fosse lá quando aquilo fosse.

De qualquer modo, quando abri a boca, minha música surgiu e levou magick até mim, de forma emocionante, sedutora, assustadora. Nosso círculo estava se movendo mais rápido agora, e meu rosto não era o único a estar ruborizado. O fogo dançava no meio da roda, com as chamas parecendo ficar mais intensas e mais irregulares conforme nossa dança prosseguia.

A mão de Rachel parecia quente contra a minha; a de Charles era forte e surpreendentemente firme. Olhei de rosto em rosto, vendo a luz tremeluzente refletida em pele e olhos. Deixei Reyn por último, adiando o momento em que eu finalmente permitiria que meu olhar pousasse nele. E ali estava ele, entre River e Daisuke. Era bem mais alto do que os dois. O fogo lançava sombras em suas angulosas maçãs do rosto, naqueles olhos amendoados dourados e enfeitiçadores. Ele olhou para mim de repente, antes que eu pudesse desviar, e prendeu o olhar no meu de uma forma que tirou meu fôlego. Sua túnica, como a de todo mundo, pressionada contra a pele enquanto girávamos, delineava os músculos fortes do seu peito. A cicatriz estava por baixo dessa túnica, assim como a minha estava por baixo do cachecol. Nossas cicatrizes similares. Não idênticas, mas complementares; os dois lados do amuleto da minha mãe.

Minha música se espalhava pelo ar, ficando mais forte e mais intensa. Ela se entrelaçou com todas as outras, de forma que juntos criamos um tronco forte e grosso de árvore com raízes retorcidas que pareciam se afundar no chão profundamente. Era tão... fascinante, tão lindo, esse chamado à magick. Eu tinha esquecido. Acho que jamais tinha conhecido, não dessa forma. Coisas pequenas, feitiços minúsculos, sim. Mas não esse cortejo completo entre mim e a magick, as promessas que fazíamos uma à outra... Como uma amante, eu temia seu poder e sua capacidade de me ferir. Mas, como uma amante, ela prometia uma alegria incrível, um poder enorme desabrochando por dentro. Ela estava se revelando para mim — e, assim, me revelando para mim mesma.

Uau, olhe só para mim! Logo vou estar escrevendo um livro de autoajuda! *Alegria pela bruxaria!*

Forcei a me concentrar de novo no que estava acontecendo ao meu redor, e não no Maravilhoso Milagre da Percepção interior. River estava sorrindo largamente enquanto cantava. Os cabelos, soltos ao redor dos ombros dela, voavam como prata líquida. Estava linda e feliz e forte. Acho que já fui assim em algum momento da minha vida, mas não recentemente.

No entanto, eu me sentia meio que feliz agora. E me sentia forte. Estava repleta de magick, explodindo, e devia estar sorrindo como uma idiota. Senti-me fisicamente perfeita, nem com calor nem com frio, mas cheia de leveza e alegria. Meus pés voavam sobre o chão; meu cabelo balançava ao redor do rosto. Eu me senti incluída, como se fizesse parte do grupo, de todas essas pessoas.

— Agora! — exclamou River, e todos levantamos as mãos para o ar como se estivéssemos dando um presente ao universo. Talvez estivéssemos. Quem sabe?

Nosso círculo foi ficando gradualmente mais lento, e paramos delicadamente, nos acomodando em nossos lugares como pétalas de flores sobre a água. Havia sorrisos, olhares maravilhados e até surpresa no brilho que meus colegas de círculo emitiam pela beleza da magick. Eu sentia como se pudesse sair voando e só o peso da túnica de linho estivesse me segurando no chão.

Magick zumbia e estalava no ar. Era uma sensação sublime de bem-estar, de cada coisa no mundo estar exatamente onde deveria. Senti que, nesse momento, eu não poderia fazer nada de errado, e que tudo aconteceria como deveria.

River uniu as mãos à frente do corpo, soprou alguma coisa dentro delas e abriu-as sobre o fogo, que por sua vez saltou como se em resposta: River libertou a coisa de que não precisava mais, e o fogo a recebeu e consumiu.

Asher estava do outro lado de River e fez os mesmos movimentos. Observei com fascinação enquanto o fogo de fato parecia arrancar o desejo dele do ar. Diga o que quiser, magick ou o que quer que fosse, mas aquilo era apavorante.

Assim o círculo prosseguiu: Anne, Lorenz, Brynne, Jess, Rachel... cada um jogou uma coisa fora, e o fogo a tomou para si.

Chegou a minha vez. Não é que eu não soubesse o que queria jogar fora, era mais como se eu tivesse coisas demais para esse fogo receber sozinho. Eu provavelmente o faria se engasgar ou sufocar, sei lá. Burrice, egoísmo, indolência, preguiça... Espere, indolência cobre preguiça ou é redundância? Imaturidade. E já falei egoísmo, certo?

Rachel me deu uma cotovelada nas costelas, e eu olhei para a frente, me deparando com todos esperando com ansiedade. Engoli em seco, ainda envolvida por minha bolha gloriosa de luz e poder. Rapidamente uni as mãos e soprei as primeiras palavras que vieram à minha mente. *Liberto as trevas.* Abri as mãos em direção ao fogo e ele quase explodiu, aumentando para três vezes seu tamanho, o que me fez dar um passo rápido para trás. Mas as chamas me hipnotizaram, me atraíram. Senti o calor, mas não consegui desviar o olhar.

Liberto as trevas. Aquilo parecia cobrir tudo. Eu tinha me libertado da velha vida como de uma pele de lagarto; meus velhos amigos, meu velho eu. Tudo era novo. Esse era um novo ano, um novo começo, e eu o iniciaria tomando essa decisão consciente de libertar todas as trevas de dentro de mim, de me abrir para a possibilidade do bem.

Uma lembrança me veio à mente e flutuou à minha frente, tomando forma no fogo. Éramos eu e Incy; Boz e Katy também estavam lá. Então o fogo sumiu, e vi a cena com clareza.

Estávamos na França durante a Segunda Guerra Mundial. Tínhamos tentado cruzar a fronteira para a Suíça com documentos falsificados, mas havia um cerco burocrático e não pudemos passar até que arranjássemos novas papeladas.

Nós quatro estávamos a caminho de um bar cujo dono era um imortal que tinha inexplicavelmente decidido ficar na França. Mas estávamos felizes por ele estar lá. O bar ficava escondido; era emocionante e arriscado chegar lá, e envolvia descer uma escada no esgoto escuro, praticamente engatinhar por galpões bombardeados e, em certo ponto, nos espremer por um corredor estreito debaixo de uma catedral fechada.

Enquanto corríamos pela rua, tentando evitar o incômodo de ter uma patrulha alemã nos parando aleatoriamente, vimos um caminhão da Cruz Vermelha estacionado no meio-fio em frente a *une poste* — uma agência dos correios. Estávamos rindo, arrumados, ansiosos pela noite e torcendo para pegar nossos documentos no dia seguinte para fugirmos daquela cidade patética e destruída.

O motorista estava dentro da agência, com a porta ainda aberta. Nós o ouvimos perguntar em um terrível francês com sotaque americano onde era o orfanato. A funcionária começou a explicar rapidamente, com gestos, e ficou claro que o motorista não estava entendendo nada. Ele fez a mímica de desenhar um mapa, ao que a mulher assentiu e foi buscar um pedaço de papel inadequado e fino, que era só o que se conseguia na época.

— Ei — disse Boz, andando mais devagar.

— O quê? — perguntei.

— O caminhão da Cruz Vermelha... está indo para o orfanato. — Ele baixou a voz e nos puxou para uma viela.

— E daí? — perguntou Incy, mas então seus olhos escuros se iluminaram.

— Está levando suprimentos. Talvez tenha comida.

Quando carregamos/arrastamos as caixas de madeira para a casa de Felipe, fomos recebidos como heróis. Elas continham um tesouro inacreditável: barras de chocolate, sabonetes, *ovos de verdade* — o que fez todo mundo gritar — e *laranjas* de verdade. Nenhum de nós via nada disso havia meses. Fomos magnânimos e compartilhamos com todos. Distribuímos barras de chocolate como se comêssemos aquilo todos os dias, demos os ovos com alegria para a esposa de Felipe, que os guardou correndo como se fossem ouro.

Eu me lembro do aroma delicioso e ácido que a laranja soltou quando afundei as unhas pintadas de vermelho na casca e a arranquei. Um jato de suco atingiu minha bochecha. Eu ri, e Boz lambeu o líquido. Espremi um pouco de suco no uísque horrível e aguado que Felipe comercializava, depois abri a laranja e mordi a polpa. Nada jamais teve um gosto tão bom, nem antes e nem depois disso.

Foi glorioso, e era uma das histórias das quais mais gostávamos de lembrar e rir. Ainda nos parabenizávamos por aquele golpe fantástico.

Agora, em frente à fogueira, vi o que não tinha visto na época, pensei sobre o que nunca tinha pensado: que os órfãos devem ter ouvido o caminhão chegando, devem ter olhado pelas janelas, algumas quebradas e algumas cobertas de tábuas. Que as freiras devem ter ficado animadas, devem ter dado permissão para eles saírem correndo e verem *le militaire*. Aquelas eram crianças cujos pais provavelmente tinham morrido em uma das centenas de ataques aéreos que os Messerschmitts alemães fizeram contra a França. Eles devem ter corrido até o caminhão, pulado no motorista, comemorado quando viram a grande cruz vermelha pintada na lateral do caminhão. O motorista deve ter andado até a traseira, se sentindo o próprio Papai Noel. Deve ter visto os suéteres rasgados das crianças, as pernas finas aparecendo sob calças curtas demais. Em seguida, deve ter erguido a lona verde-oliva e visto... nada. Um caminhão vazio. Os órfãos devem ter ficado atônitos. Arrasados. Teria sido bem melhor se o caminhão nunca tivesse aparecido, se eles não tivessem tido esperanças. Mas o caminhão chegou, as esperanças cresceram como o fogo à minha frente, e então foram completamente destruídas.

Por nós. Por mim. Por minhas trevas.

Trevas, me deixem, pedi silenciosamente. *Trevas, me deixem.*

Ouvi alguém tossir e pisquei, voltando a mim, ao aqui e agora.

— O que diabos você libertou? — murmurou Rachel.

Mas River apenas disse:

— Charles?

E o círculo continuou como se nada tivesse acontecido. Dei um passo para trás, tremendo, e passei os braços ao redor do corpo. Será que fiquei parada ali só por um instante, ou durante alguns minutos? E quantas lembranças eu tinha como aquela? Coisas que pareceram maravilhosas, brilhantes, divertidas na época, mas que agora eu lembraria com horror, até mesmo repulsa? Tantas. Muitas mesmo.

Algo intenso e amargo subiu pela minha garganta; coloquei a mão sobre a boca e engoli com força.

Ao meu lado, Charles soprou nas mãos, e o fogo aumentou de forma quase imperceptível, como se não fosse nada de mais depois do que tinha recebido de mim.

Meu rosto estava muito quente, e comecei a suar, sentindo olhares curiosos. Concentrei-me em um ponto perto da base do fogo e não levantei o olhar.

Depois de Charles foi Solis, e o fogo precisou de um pouco de energia para consumir o que ele libertou. Depois Daisuke, depois Reyn. Olhei para o fogo na vez dele; pareceu dar um salto de tamanho mediano. O que ele libertou? O desejo de conquistar povos? A necessidade de saquear cidades? Seu desejo por mim?

Então estávamos de volta a River, que parecia alerta e atenta.

— Muito bem, pessoal. Que círculo adorável. Vamos desmontá-lo juntos.

Demos as mãos de novo. Fiquei constrangida porque as palmas das minhas mãos estavam grudentas, e Rachel e Charles conseguiriam sentir. Nós doze simplesmente levantamos os braços para o céu e dissemos adeus.

Senti a magick desaparecendo, enfraquecendo; senti-a começar a perder a força e se espalhar pelas árvores, pelo céu e pelo chão. Aquela indescritível sensação de poder e força também desapareceu, e comecei a entrar em pânico, com medo do quão diminuída eu ficaria sem ela, do quão normal eu seria.

Um braço gentil circulou meu ombro. River disse:

— Você está bem?

Eu fiz rapidamente uma autoavaliação em busca de sinais de vômito iminente, então assenti.

— Acho que não vou vomitar.

— Não, estou falando emocionalmente — explicou. — Foi um círculo importante; você invocou uma grande quantidade de magick forte. Conseguiu sentir?

Ela inclinou a cabeça em direção à minha enquanto as pessoas pegavam seus sapatos e começavam a seguir em direção à casa, conversando e rindo.

— Senti a magick de todo mundo, toda misturada — falei, e ela ficou pensativa.

— A sua foi particularmente forte — pontuou ela. — Como você se sentiu em relação ao que libertou?

— Hum, bem. — Encontrei meus sapatos e enfiei os pés descalços dentro deles. Eu estava começando a tremer de novo com o ar gelado da noite.

River hesitou, como se quisesse dizer mais alguma coisa. Eu torci para que ela não fizesse mais nenhuma pergunta sobre o que eu tinha libertado; eu não tinha certeza se tinha feito ou dito a coisa certa. Era possível alguém se livrar das trevas? Será que eu deveria ter escolhido egoísmo?

Por fim, ela disse:

— Tudo bem. Podemos conversar melhor sobre isso mais tarde. Volte para casa, temos várias gostosuras à espera.

— Está bem.

Certifiquei-me de demorar a amarrar os cadarços, e ela foi andando na frente. Eu não queria conversar sobre nada disso. Nem sobre o que eu tinha libertado, nem sobre o que eu tinha visto, nem sobre a terrível lembrança de falsa felicidade.

Fiquei de pé e percebi que *todo mundo* já tinha ido, que eu tinha ficado sozinha. Fantástico. O fato de estar fazendo um frio congelante era apenas a cereja do bolo.

Trinquei os dentes.

Uma coruja piou, é claro, fazendo um arrepio descer pelas minhas costas já arrepiadas. Ouvi galhos secos estalando debaixo de pés que não eram os meus. Será que era... uma pessoa rindo? Ah, deusa. Eu juro, se um palhaço pulasse em cima de mim, eu esfolava...

Reyn saiu de detrás de uma árvore, e eu quase gritei.

— Droga! Seu, seu... espreitador! É assim que se diverte? Isso não é *engraçado*!

— Eu não estava *espreitando* — disse ele, soando irritado. — Estava *esperando* você. Sei que odeia ficar sozinha de noite no bosque. Pensei que tivesse me ouvido, que soubesse que eu estava aqui.

Abri a boca, surpresa.

— Parecia que você e River estavam tendo uma conversa particular, então esperei *aqui*.

Agora eu me sentia péssima de tê-lo acusado quando só estava sendo atencioso. Até mesmo gentil. Seus olhos pareciam castanhos na penumbra, e suas bochechas faziam sombras em seu maxilar. Então seu rosto se iluminou, e ele olhou para mim com uma expressão que não reconheci.

— Você acha mesmo — perguntou, baixinho — que, com a história que temos entre nós, eu acharia engraçado *dar um susto* em você? — Ele cruzou os braços sobre o peito.

Respirei controladamente, colocando a mão sobre meu coração disparado.

— Eu não estava pensando — falei, rigidamente. — Levei um susto. Como você sabe que não gosto de ficar sozinha no bosque à noite?

— Sempre que vejo você fora de casa à noite, noto que fica mais tensa do que a corda de um arco e flecha — explicou, falando tão baixinho que inconscientemente me inclinei para ouvir. — Você detesta. Detesta o bastante a ponto de ficar bem perto de mim quando andamos. — A voz dele estava quente e aveludada, como se para afastar a noite fria.

— Você me esperou? — Eu estava começando a entender.

— Esperei. Vamos? — Ele gesticulou em direção à casa.

Assenti, perplexa com o quanto me sentia agradecida e com a aparência dele nesse bosque, com os pequenos flocos de neve caindo silenciosamente ao nosso redor.

Ele inclinou a cabeça para o lado.

— Seu cabelo… parece ter sido tecido com luz da lua. — Ele olhou para o outro lado e deu uma risada falsa, como se não tivesse pretendido dizer isso.

Eu vacilei, pensando "Guerreiro Poeta", então ele se virou com o rosto solene e lentamente se abaixou na minha direção. O ar fugiu do meu peito. Não havia pensamentos entulhando minha mente quando nossos braços envolveram um ao outro ao mesmo tempo, com minhas mãos deslizando pelo tecido macio das mangas que não conseguiam disfarçar os músculos firmes que haviam por baixo.

— Reyn — sussurrei.

Em seguida, sua boca estava delicadamente sobre a minha, e seus olhos estavam abertos enquanto ele esperava para ver se eu o empurraria para longe. Em vez disso, meus olhos se fecharam e eu me apoiei em seu peito, sólido como carvalho. Esse era Reyn, me beijando, e tudo parecia novo e singular, apesar de meus quatro séculos e meio de beijos. Ele me apertou com mais força, as mãos nas minhas costas, e fiquei agradavelmente ciente de que não havia nada entre nós além das túnicas esquisitas e idiotas de bruxa, o que eu sabia desde o começo que era péssima ideia.

Com a dedicação de um invasor do inverno, ele intensificou nosso beijo, o que fez minha cabeça girar. Ele tinha cheiro de fumaça e sabão em pó, além de um tempero incomum quase oriental que eu associava apenas a ele. Eu não tinha percebido que ele estava me empurrando para trás, mas senti a fria imobilidade de uma grande pedra presa ao chão na parte de trás dos meus joelhos. Agora eu estava oficialmente entre uma pedra e uma parede dura.

Era tão… bom. Eu me sentia bem, incrivelmente bem, melhor do que qualquer coisa que conseguisse lembrar, apesar de estar congelando e sem saber o que tinha acontecido no círculo. Quando eu estava com ele assim, ligada a ele, me sentia segura. Nada podia me atingir. Nada podia me machucar agora. Só ele. E quando esse pensamento se infiltrou na gelatina que era minha mente, tive a leve percepção de que meus braços estavam sobre os ombros dele, uma das minhas mãos estava em seus cabelos e eu tinha enroscado uma das pernas na dele.

Cedi e deixei a maré de Reyn me levar, me puxar com todas as forças.

Apertei-me contra ele com o máximo de força que consegui, como se pudesse nos fundir. Uma das minhas mãos passou pela gola da túnica dele e sentiu a pele macia e quente, a força precisa de sua clavícula e os músculos suaves dos ombros. Ele era grande e forte e sólido e perfeito. Senti-o respirando intensamente e fiquei satisfeita; eu tinha provocado isso nele. Eu só queria poder fazer o tempo *parar* agora mesmo. Queria ceder, me entregar, abandonar tudo exceto Reyn.

É claro que fiquei tentada a fazer exatamente isso. Eu *adoraria* abandonar essa luta idiota, difícil e maldita para ser Tähti. Seria tão mais fácil apenas... *planar* de agora em diante. Sobrecarregar meus sentidos com Reyn, permitir que ele preenchesse minha mente, meu coração, meu corpo.

Mas... isso não me tornaria uma casca vazia e fracassada, do mesmo jeito que eu era quando cheguei aqui? Isso me enfurecia completamente, mas a verdade era que eu tinha um objetivo aqui. Perder-me em todas essas emoções adoráveis, ardentes e tentadoras seria apenas reservar espaço dentro de onde Lilja (meu nome de nascimento) devia estar.

Reyn ergueu a cabeça e olhou para mim. Estávamos ambos ofegantes, produzindo fumaça no ar gelado. Meus braços estavam frios e rígidos.

— Onde você está? — A voz dele era quase um sussurro. Pensei conseguir detectar uma leve sugestão da língua materna dele, um híbrido bastardo de mongol e escandinavo. Ele deu um passo para trás, mas manteve os braços ao redor do meu corpo.

— Não posso fazer isso — falei, sabendo que tinha *acabado* de fazer, odiando o quanto eu soava ofegante.

Seus olhos se apertaram um pouco.

Com a sensação de perda similar à de quando a magick se dissipou após um círculo, eu me obriguei a dizer:

— Não sei por que estamos fazendo isso. — Tentei me afastar das mãos dele, sem sucesso. — Não sei por quê... — Eu balancei a cabeça, me sentindo exausta e confusa e triste, mas também triunfante por algum motivo.

— Somos atraídos um para o outro — disse ele, as palavras caindo quase silenciosamente no ar noturno. — Temos um passado juntos.

— Um passado horrível e desastroso. — Bem, alguém tinha que dizer.

— Talvez esse seja o único meio de fazê-lo se curar. — O peito dele estava subindo e descendo, mas, com instintos antigos de guerreiro, ele não emitia som nenhum.

— Não sei.

Eu odiava ser tão indecisa. Preferia ser petulante, até mesmo áspera. Eu quase sempre sei minha posição em relação às coisas, fico feliz em dar minha opinião sobre o que for. Mas esta noite, não consegui elaborar nenhum pensamento coerente.

— Você... tem sentimentos por mim. — Ele estava calmo, mas insistente.

Ah, sim, claro. Desejo, vontade.

— Medo? Dor?

Senti os músculos dele se contraírem, apesar de não estar mais tocando nele.

— Estar na casa de River é questão de... ser quem você é — falou, e cada palavra soou como se estivesse saindo contra a vontade dele. — Quem você realmente é. E fazer com que isso seja... bom, de alguma forma.

Meu corpo, que momentos antes estivera cantando elogios a ele e me instigando a conhecê-lo melhor, começou a despencar. Eu estava saindo da onda de Reyn do mesmo jeito que tinha saído da onda de magick menos de dez minutos antes. A adrenalina e a excitação escorreram das minhas veias, e repentinamente comecei a tremer de frio de novo. Cruzei os braços sobre o peito.

— Tudo bem, Dra. Laura* — ironizei, mas sem acidez verdadeira.

— Não adianta mentir para si mesma. — As palavras dele caíram secamente entre nós.

Consegui franzir a testa com sinceridade.

— Ah, é? Boa dica.

Mas este era um homem que provavelmente montou guarda por semanas, até mesmo meses durante cercos gelados, esperando que cidades isoladas começassem a passar fome e cedessem, então meus muros delicados não eram um grande desafio para ele.

— Se você não consegue encarar seus sentimentos, todos eles, então nunca vai ser forte o bastante para se libertar do passado.

Ele me pegou desprevenida com essas palavras e sua aparência contra as árvores negras da floresta, a neve branca sob os pés, a luz da lua em tiras sobre seu rosto e cabelo que o fez parecer uma espécie de pessoa-tigre exótica.

— Ah, como se você soubesse fazer isso. — Eu agora me sentia burra e vulnerável e como se não fosse eu mesma.

---

* Dra. Laura Schlessinger: apresentadora de um programa de rádio e depois de TV que dá conselhos de cunho pessoal aos ouvintes. (*N. da T.*)

Com a sensação de que tinha que me afastar de toda aquela emoção, eu o empurrei para passar, e ele permitiu. Segui para casa *sozinha*, andando rapidamente sobre a neve onde outros pés marcavam o caminho. Eu não sabia se ele estava atrás de mim, mas um minuto ou dois depois eu estava subindo a escada que leva à cozinha quase correndo, desesperada pela luz e pelas risadas que haviam lá dentro.

CAPÍTULO 7

A maior parte dos dias 1º de janeiro na minha memória recente envolveu dores de cabeça lancinantes e estômagos retorcidos, e muitas vezes uma surpresa ao ver onde acordei. ("Não, policial, não faço ideia de por que estou usando essa fantasia de gambá. Chamei o senhor de quê? Ah. Foi mal.") Além disso, uma espécie de horror pesado por ainda estar no mesmo lugar, ainda ser eu, ainda fazer o que quer que tivesse feito. Em seguida, um dos meus amigos ligava, ou saía de debaixo do sofá, ou me oferecia um Bloody Mary, e tudo recomeçava.

Este ano foi diferente. Acordei sem ressaca, sem estar com estranhos, mas com uma sensação de cautelosa empolgação por todo um ano novo de possibilidades. Na Islândia, sempre montávamos uma enorme fogueira na véspera de Réveillon, na qual fazíamos desejos e brindes ao ano que nascia. Eu tinha feito isso ontem à noite.

Sentia-me... animada. Até mesmo esperançosa, apesar de não querer atrair o azar ao admitir isso. Deitada na banheira do toalete feminino que ficava no meu corredor, cataloguei meu progresso. Vi meus dedos dos pés ficando cor-de-rosa sob a água quente e, em silêncio, fiz uma lista das coisas que eu achava que estava fazendo melhor.

Eu não estava bem. Não estava tranquila, nem completa, nem confiável e nem positiva. Ainda tinha uma longa e tortuosa subida à minha frente para chegar lá. Mas estava melhor. E este novo ano traria ainda mais progresso. De verdade. Para valer. Afundei na água e me enxaguei, como se estivesse enxaguando meu passado.

Polir equipamentos de montaria está no topo da lista de coisas que não gosto, logo depois de *piña colada* e caminhadas na chuva. Ao encarar vários arreios, duas selas e dois cinturões, eu só podia agradecer por parte do equipamento ser tecido com náilon e não precisar de cuidados.

— Oi, *cara* — murmurou Lorenz quando passei por ele a caminho da sala de equipamentos. Ele e Charles estavam varrendo o corredor do meio do celeiro, e o ar estava repleto de feno e poeira. — Você viu os adoráveis filhotes?

— Vi.

Todo mundo só queria saber dos filhotes por aqui.

Charles espirrou e pegou um lenço limpo e branco do bolso do casaco. Até mesmo varrendo o chão ele parecia arrumado e em ordem. E poderia estar posando de modelo para a revista *Horse Illustrated: Coleção de Inverno* naquele momento. Tinha até um cachecol de seda amarrado no pescoço. Eu estava vestida para arrasar com uma calça jeans forrada de flanela, galochas, um moletom, meu anorak e um cachecol grosso de lã. Lorenz, tendo sua sensibilidade à moda ofendida, tentou não fazer uma careta, mas não conseguiu suportar.

— Não, não enrole o cachecol tantas vezes — disse ele, apoiando a vassoura e vindo em minha direção. Ele só tinha cento e poucos anos, e ainda carregava um forte sotaque italiano.

Estiquei as mãos para pará-lo, mas ele as empurrou para baixo com firmeza e desamarrou meu cachecol enquanto eu permanecia imóvel. Meu cabelo tinha crescido um pouco, e agora cobria um pedaço da minha nuca, mas bem pouco. Eu me senti presa ao chão e tentei controlar o pânico desenfreado que a atitude dele desencadeou.

— Olhe. É assim.

Com mãos ágeis, ele dobrou meu cachecol e o passou ao redor do meu pescoço enquanto eu me esforçava para não pular para longe. Depois passou as pontas do cachecol pelo meio da dobra e o apertou ao redor do meu pescoço. Controlei minha respiração enquanto ele mexia no cachecol, ajeitando-o. Lorenz deu um passo atrás e me observou criticamente.

— Está melhor, não? — perguntou ele para Charles, que fez um gesto neutro.

— Sim, mas não dá pra fazer muita coisa com esse moletom — pontuou, mas não com um tom cruel, ao que Lorenz suspirou e assentiu.

— Verdade. Nastasya, você tem um corpo encantador. O moletom não lhe cai muito bem — disse ele, de maneira conclusiva. — Tons mais vivos, certo? Mais modelado. Um pequeno cardigã de casimira.

— Estou polindo equipamento de montaria em um celeiro — senti-me obrigada a comentar.

— Ah — exclamou Lorenz, e assentiu. — Sim, verdade. Mas você se veste assim o tempo todo. Como um homem.

Meus olhos se arregalaram.

— Eu não me visto como um *homem* — falei. — Me visto com *praticidade*. Porque moro em uma fazenda, e faço tarefas nojentas de fazenda *o tempo todo*.

Lorenz sorriu, e foi de tirar o fôlego.

— Um homenzinho bonitinho.

Respirei fundo e segui para a sala dos equipamentos. Os dois riram no corredor enquanto voltavam a varrer.

— Sinto falta de carruagens — ouvi Charles dizer.

— Eram tão elegantes — concordou Lorenz.

Peguei todas as coisas de metal e comecei a tirar a sujeira com uma escova. Alguém havia cavalgado na lama, e ela estava grudada. Eu sabia que Reyn às vezes andava a cavalo (dos seis animais de River, três eram de montaria), assim como Lorenz e Anne. Provavelmente outros também o faziam. Nunca montei, apesar de ela já ter oferecido.

Lorenz começou a cantarolar, depois cantou baixinho um trecho de *Aída*. Tentei não ouvir as palavras românticas enquanto começava a ensaboar uma rédea com o apropriadamente batizado sabão de sela. Ele e Charles de fato sentiam falta de carruagens. Eis outro lembrete de o quanto nós, imortais, éramos diferentes uns dos outros.

Eu + cavalos = lembranças dolorosas. Tirei o sabão de sela e comecei a passar óleo, me esforçando para não pensar em qualquer outra época da minha vida em que eu tenha feito isso. Me esforçando para pensar em outra coisa. Meu cérebro foi repentinamente tomado por lembranças da noite anterior, de beijar Reyn na floresta escura e fria. Minhas bochechas ficaram vermelhas e quentes, e me inclinei para prosseguir com minha tarefa.

Reyn. O que ele estava fazendo indo atrás de mim? Ele não parecia feliz com isso, tipo, aimeudeus, encontrei minha alma gêmea e agora minha vida pode começar! Parecia mais que ele estava sendo forçado contra a vontade. E não que não fosse divertido para mim, mas mesmo assim... eu continuava a me ressentir do fato de que me sentia atraída por ele, de que o achava tão incrivelmente gostoso.

Sou ótima em não pensar em coisas difíceis, e coloquei essa habilidade em prática naquele exato momento. Pensei em o que haveria para o jantar; como tinha sido o Ano-Novo de Meriwether; o que Dray andava fazendo, já que eu não a tinha visto ultimamente. Perguntei-me por que Charles estava aqui, e Lorenz também...

Ah, talvez eu devesse perguntar!

— Lorenz!

Alguns momentos depois, a cabeça bonita dele apareceu na porta, com as sobrancelhas formando arcos perfeitos sobre os olhos azuis profundos.

— Sim?

— Por que você está aqui?

Fiz um gesto largo, indicando que "em River's Edge" e não "no celeiro". Ele piscou com surpresa, e quase consegui vê-lo pesando a decisão de me contar, do que devia dizer e se devia dizer alguma coisa.

Ele entrou na baia e parou ao lado da porta. Fiquei surpresa com a mudança de atitude. Costumava ser ousado, arrogante, encantador, autoconfiante da maneira que um homem incrivelmente bonito pode ser. Ele abriu a boca para dizer alguma coisa, levantou a mão e deixou-a cair.

Poli a sela em silêncio, com os olhos nele. Isso tinha que ser bom.

Os dedos dele apertaram o tecido da calça italiana de lã que ele tinha escolhido para limpar o celeiro.

— Eu... — começou, olhando para o teto, depois para o chão. — Eu tenho...

Prendi a respiração. A alegre e adorável Brynne tinha tentado botar fogo em uma pessoa, então eu não conseguia imaginar o que tinha levado Lorenz até ali.

— Eu tenho 235 filhos — disse ele, e eu quase caí. — Ou algo assim.

Ele não olhou para mim. Estava tentando parecer indiferente, mas eu, que sou a rainha da indiferença, vi exatamente o que ele estava fazendo.

Percebi que estava olhando para ele de queixo caído, então fechei a boca, assenti e trabalhei mais um pouco na sela, com a mente gritando perguntas.

— Uau — falei calmamente, como se, ah, claro, meu Deus, vejo coisas assim o tempo todo! Só 235, você disse? Eu conheci um cara que... — É bastante coisa — admiti. — Todos imortais?

Caramba, nossos números estavam aumentando.

— Não. — Ele tirou uma mecha de cabelo preto da testa. — Uns sessenta imortais, eu acho.

Imediatamente, eu percebi: ele estava encarando a morte de cerca de 170 filhos, um após o outro. Por que faria isso consigo mesmo?

— Eu tentei... — Ele deu um sorriso irônico para a parede. — Vasectomias se curam sozinhas.

É claro. É o que fazemos. E ele aparentemente era autodestrutivo demais para as óbvias camisinhas ou outros métodos contraceptivos. Meu Deus.

— E, mesmo assim, você continua transando? — Obviamente.

— Estou tentando entender — falou.

Era por isso que ele estava aqui. Para entender por que infligia tanta dor a si mesmo e nos filhos, de quem ele não estava sendo pai; não de todos. E nas mulheres que abandonava.

— Puta merda, você só tem uns cem anos! — Aquele pensamento escapou da minha boca antes que eu pudesse impedir.

Ele assentiu solenemente.

— Cento e sete.

Ah, meu Deus. Digamos que ele começou quando tinha 20 anos. Em oitenta anos, foi pai de 235 filhos, até onde sabia. Certamente alguns já estavam mortos, por doenças, acidentes. Mas ele tinha mais noventa anos pela frente vendo sua prole morrer. E havia também os filhos imortais, cobrando mesada *para sempre*.

— Estou tentando entender — repetiu, seguido de um sorriso educado e distante. Então se virou e saiu, e alguns momentos depois ouvi o movimento da vassoura de novo.

Bem. Peguei o óleo para couro e derramei um pouco em um pano. Isso foi... reconfortante. Assim, sem querer assumir a postura de que-droga-que-é-ser-você para cima de Lorenz, mas a ideia de que não sou a pior pessoa no mundo era algo a que me agarrava como a um destroço do Titanic. E eu estava soprando meu apito no escuro.

Certo, não sei aonde eu estava querendo chegar com isso (tenho que parar de cuspir metáforas assim), mas você entendeu.

Meu Deus. Todos aqueles filhos. Os que eram metade imortais teriam vidas bem longas; é normal ler sobre eles nos jornais, porque chegam a mais de cem anos. E Lorenz precisaria fingir envelhecer na frente deles para parecer normal, ou simplesmente teria que sumir e nunca mais vê-los. Qualquer uma das opções seria uma droga. Mas os imortais... eram *filhos* dele, porém, ele provavelmente nunca teria um relacionamento verdadeiro com mais do que um punhado. Ou talvez conseguisse. Quem sabe? Talvez viver para sempre quisesse dizer que ele teria bastante tempo para conhecer cada um de seus filhos. No entanto, de qualquer modo que se encarasse aquilo, era estranho e destrutivo.

— Ah, o corredor está bonito, rapazes — ouvi River dizer.

Suas botas ressoavam no chão de tijolos do celeiro. Comecei a polir laboriosamente. O equipamento tem que ficar bonito, mas não brilhoso demais, porque isso podia significar que estaria escorregadio, o que é a última coisa com que você quer lidar quando está tentando fazer um animal de meia tonelada obedecer você. Já é difícil o bastante controlá-los quando não estão escorregadios. E às vezes nem mesmo dá tempo de controlá-los...

Nos anos 1860, eu estava na Inglaterra, em uma cidadezinha insignificante no norte. Eu estava lá esperando para pegar um trem para Londres ou coisa do tipo. Acho que eu tinha que esperar por mais dois dias. Qual era meu nome? Não fazia tanto tempo... Qual era? Inglaterra, Inglaterra, depois da corrida do ouro nos Estados Unidos... Rosemund? Rosemary. Rosemary Munson. É, Rosemary. Ah, meu Deus, lembro-me do nome da estalagem na qual me hospedei. Era a Old Blue Ball Inn (não estou inventando).

Enfim, no meio da maldita noite (essas coisas sempre acontecem no meio da noite), acordei com as pessoas gritando e berrando. Pulei da cama, abri a janela e olhei para a escuridão em busca de fogo ou de um exército invasor ou do tigre que fugiu do circo. E não vi nada.

Mas, você sabe, quando as pessoas ao seu redor estão correndo e gritando, isso faz com que a gente se levante e preste atenção. Quero dizer, você pode manter a cabeça no lugar enquanto os outros perdem as deles, mas, pelo amor de Deus, descubra o que está causando os gritos agudos de pânico. É o que eu penso.

De repente, eu vi. Levei um tempo para perceber o que era aquilo que estava vendo, mas reuni todas as pistas e comecei a entender que o fato de as pessoas estarem "A represa estourou! A represa estourou! Está vindo para cá!" e a enorme massa cinza que descia pelo vale estranhamente rápido queriam dizer que íamos todos morrer.

Peguei meu casaco e vesti por cima da camisola. (Estávamos falando de uma camisola da era vitoriana, com renda, metros de tecido, comprida e tudo mais.) Desci a escada correndo e encontrei o dono da estalagem e a esposa jogando tudo que conseguiam na traseira da velha carroça. Os cavalos estavam relinchando e pulando, quase derrubando tudo.

Muito pandemônio. Eu lembro que estava frio e que eu estava descalça. Corri até o estábulo e encontrei oito cavalos desesperados, tentando derrubar a porta das baias. Em um milésimo de segundo, tentei descobrir qual tinha menos probabilidade de me matar, e abri a porta da baia. Era uma égua, belamente estampada de cinza. Eu não fazia ideia de a quem ela pertencia. O animal pulou e deu coices, e eu me esquivei dos cascos afiados em busca de alguma espécie de sela. Porém, a maior parte das pessoas levava as selas consigo para a estalagem por causa dos ladrões.

A gritaria ficou mais alta, então ouvi uma série de explosões que fizeram o chão tremer como trovão, quase me derrubando. Li depois que o fluxo de água rompeu um duto de gás que foi aceso por uma fagulha, e as chamas que caíram do céu colocaram fogo na maior parte das construções. Peguei o cabresto e pulei nas costas da égua enquanto ela tentava me jogar longe. Mas eu andava a cavalo desde meus 3 anos, então segurei na crina dela com as duas mãos, prendi os joelhos nas laterais, apertei-a com os pés descalços e gritei:

— Vá!

E ela saiu pulando do celeiro em direção ao fogo. Eu não tinha rédeas e, portanto, não tinha como guiar a égua. Puxei a cabeça dela para o lado pela crina e ela virou como uma bailarina, seguindo para a direita com as duas patas de trás.

Então disparamos para fora daquela cidade, correndo pelo fogo apenas uns cem metros à frente de uma enorme parede cinzenta de água que destruía tudo em seu caminho. Fugimos de lá como se credores estivessem nos procurando, e corremos morro acima pelo que pareceram horas.

Em determinado momento, olhei para trás, e tudo que vi foi um vale inundado e tetos de construções, algumas ainda em chamas, se destacando no meio do rio em movimento.

Minha camisola e as mangas do meu casaco estavam queimadas e chamuscadas, e eu tinha bolhas nos braços e pernas. Mas consegui: escapei de queimaduras terríveis (os imortais sentem dores exatamente como as pessoas comuns), de ter que lutar contra a enchente, de ser atirada pelos cantos, de me afogar mas não morrer, etc. A maior parte das pessoas não tinha sobrevivido. Sheffield. Esse era o nome da cidade.

Saí bem da situação; o casaco que peguei estava com todas as minhas posses mundanas costuradas nas bainhas e nos forros, de forma que logo consegui comprar novas roupas, vender a bela, corajosa e adorável égua e comprar uma nova passagem para Londres. Foi uma história e tanto. Saí vitoriosa frente a um desastre!

Agora eu nem conseguia engolir, sentada naquela baia em River's Edge. Eu estava parada, com as mãos doendo e o peito prestes a explodir. A sela limpa no meu colo parecia estar debochando de mim, da minha penitência pateticamente pequena.

Os outros cavalos. Todos os outros cavalos que havia no estábulo da estalagem aquela noite. O que tinha acontecido com eles? Eu podia ter soltado todos em segundos. Eles poderiam ter corrido para a segurança. Eu provavelmente não conseguiria, na verdade, salvar ninguém. Talvez outra pessoa pequena, na garupa do meu cavalo. Mas todos estavam tentando cuidar de si mesmos, e na hora nem me ocorreu me preocupar com eles.

Nem com os cavalos. Escapei de lá e deixei para trás animais presos e em pânico. Encolhi-me miseravelmente no chão do celeiro. Sou tão inútil. Um fracasso de pessoa. Não conseguia pensar em palavras ruins o bastante para me descrever. Essa, meus amigos, é *apenas uma* dentre centenas de histórias similares; histórias em que saí por cima, feliz e com sorte e em boa condição física, deixando morte e destruição e vítimas para trás em meio à poeira.

CAPÍTULO 8

—Oh-oh. Você está tendo um momento?

Olhei para cima e vi River sorrindo para mim da entrada. Passei a mão sobre os olhos e acabei não conseguindo abrir um sorriso.

— Um monte de momentos? — A voz dela era gentil. Ela se sentou ao meu lado no chão empoeirado, coberto de pedaços de feno e manchas de óleo.

Balancei a cabeça com minha sofisticação delicada usual. Não sabia por que essas lembranças estavam me afetando assim; eu estava literalmente lembrando-as de maneira diferente, de um ângulo mais preciso do que em qualquer outra ocasião. E era tão, tão terrível.

Afastei o olhar dela, ainda detestando a mera sugestão de chorar em público.

River apoiou a mão no meu joelho imundo.

— Arraste todos os traumas para onde possamos vê-los — sugeriu delicadamente. — É o único jeito de se livrar deles. Eles odeiam a luz do sol.

É, como se eu fosse admitir coisas assim para alguém. De jeito nenhum.

— Talvez eu não mereça ser salva.

Não planejei dizer aquilo, apenas saiu em um sussurro. Estava me sentindo protegidamente otimista naquela manhã; agora, eu não ficaria surpresa se River me chutasse para a sarjeta e me mandasse não voltar.

River ficou em silêncio por um momento.

— Você não acredita nisso.

Dei de ombros. Não sabia o que pensar. Estava me contorcendo por dentro, como uma formiga sob uma lupa.

— Acho que... quero te mostrar uma coisa — disse ela.

Dei um suspiro infeliz. Ali estava outro momento de aprendizado, vindo em minha direção como um trem em disparada.

— Tenho que unir nossas mentes — explicou, e senti uma fagulha de interesse.

— Por quê?

— Preciso mostrar a você. Não posso simplesmente contar.

River esperou minha resposta.

Eu não podia deixar a oportunidade passar, então assenti.

Abrimos espaço no chão, e River desenhou à mão livre um círculo perfeito, usando um pouco do sal grosso que colocamos nas entradas para que fiquem menos escorregadias. Havia uma antiga vela esverdeada sobre uma prateleira; River soprou a poeira para longe e acendeu a chama. Fiz uma nota mental para pedir a alguém que me ensinasse a fazer aquilo.

— Agora nos sentamos, encostando os joelhos — falou. Como tínhamos feito na noite em que ela tirou toda a tinta preta do meu cabelo, me fazendo parecer a verdadeira eu adolescente.

— Tudo bem.

— Vamos chamar nosso poder, então vou fazer o feitiço e colocar as mãos no seu rosto — prosseguiu.

— E vai sugar minha consciência pelos meus olhos?

Os cantos dos lábios dela se ergueram.

— Não. Prometo.

— Tudo bem.

Soltei a respiração, fechei os olhos e tentei me concentrar. Ouvi River cantarolando, e depois de um tempo me juntei a ela, acompanhando-a. Inspirei fundo como se estivesse respirando luzes de muitas cores, o bastante para preencher as trevas guardadas dentro de mim, desesperadas para saírem.

Inspirei de novo, me enchendo de serenidade e beleza, de paz e alegria. Um resquício de lágrima escorreu do meu olho quando senti o milagre que era a magick lançando seu brilho sobre mim, sobre nós. Repleta daquele poder, senti apenas o assombro, apenas uma perfeição brilhante e cristalina me atraindo para ela. Então os dedos gelados de River tocaram meu rosto. Perguntei-me o que ela iria me mostrar, ao mesmo tempo em que tive a revelação nauseante: *duh*, era claro que a união de mentes poderia muito bem funcionar nas duas direções. Será que ela conseguiria ver o horror mundano e aleatório dentro de mim como eu conseguia ver dentro dela?

— Não — disse River, e então ela estava de pé na minha frente, estendendo a mão para mim.

Olhei ao redor: era dia, e estávamos em algum lugar ao ar livre. A cena tinha uma sensação de sonho, mas parecia que estávamos mesmo lá. Estiquei a mão e vi a mim mesma segurando a dela, como se eu estivesse observando de bem longe.

— Não vou entrar na sua consciência a não ser que você me peça — disse ela enquanto andávamos. — E você sabe como bloquear a mim ou qualquer outra pessoa, caso eu tentasse.

Eu estava digerindo esses pensamentos quando vi que tínhamos chegado a um alto edifício de pedra, do tipo que encontramos em cidades antigas da Europa. Este parecia bem novo, não estava destruído nem parecia maltratado pelo clima. As pedras eram lisas e estavam empilhadas com precisão perfeita. Ouvi vozes quando chegamos em uma praça; uma *piazza*, porque, como reconheci, estávamos na Itália.

Um grupo de pessoas de túnicas brancas e com aparência de estrangeiras rodeava uma plataforma montada em uma extremidade da praça. Bandeiras com brasões estavam penduradas em vários dos prédios. River e eu estávamos na parte de trás da multidão, e eu tentei entender sobre o que era a gritaria, mas só conseguia captar uma palavra ou outra.

— Por que não consigo entender o que dizem? — perguntei a River. — Eu falo italiano.

— Estão falando italiano da idade média — explicou. — Estamos em Gênova, no ano 912. Venha.

Andamos com facilidade em meio às pessoas; não como se estivéssemos passando através delas, nem como se flutuássemos sobre suas cabeças, apenas íamos em frente e, de alguma maneira, passávamos sem dificuldade. Aromas fortes e acres encheram minhas narinas. As cores vibrantes, os gritos altos, os odores, tudo era um contraste enorme com, por exemplo, a Massachusetts dos dias atuais.

Lembrei que River era de Gênova. Ela nasceu em… 718? E era de uma das principais casas de imortais, o nicho de Gênova. Assim, herdou bastante poder.

— Ah…

Agora eu conseguia ver. A plataforma devia ficar a uns 3 metros do chão e tinha uma bandeira na frente: um brasão vermelho e verde, com uma cobra de três cabeças sibilando. Legal. Havia pelo menos vinte pessoas na plataforma, e levei um minuto para entender o que estava vendo: a negociação, os lances. Era um leilão de escravos. Eu já os tinha visto, em épocas e partes do mundo diferentes. Era incrível o quanto a escravidão estivera presente em tantos lugares até relativamente pouco tempo. Essas pareciam pessoas brancas maltrapilhas sendo vendidas para…

— Quem está comprando? — perguntei a River.

— Em sua maioria, homens de países muçulmanos do leste.

— De onde os escravos vieram?

— De todos os lugares. Tem muitos eslavos. Alguns bálticos, alguns turcos, mas a maioria é de eslavos.

Estava me perguntando por que ela queria que eu visse isso quando meus olhos foram atraídos por um brilho vermelho. Na plataforma, atrás de todo mundo, havia uma mulher. Ela estava de costas para mim e parecia organizar a ordem de venda dos escravos. Ao seu comando, rapazes musculosos empurravam pessoas para a frente. Havia homens, mulheres e crianças. O leiloeiro gritava sem parar, animando a multidão, descrevendo os atributos de um escravo e tentando aumentar os lances. Dois homens altos com cabelos e olhos escuros estavam de um dos lados da plataforma. Um deles falou com a mulher, e ela se virou, rindo.

Era uma jovem River, com menos de 200 anos. Ela era bonita, com cabelos pretos e compridos descendo pelas costas em tranças complicadas. Um pequeno chapéu branco de linho estava preso com um laço sob o queixo. O vestido dela era simples, mas luxuoso e, comparada ao resto do grupo, ela era claramente de classe mais alta.

Ela falou alguma coisa de volta para o homem, e os dois riram. Em seguida, ela se virou e falou com o assistente do leiloeiro, que fez uma reverência e assentiu. Os olhos castanho-claros dela percorreram a multidão com atenção: estava avaliando seu público. Ela contou rapidamente os escravos que ainda seriam vendidos naquele dia e tocou distraidamente na bolsa de couro marrom amarrada à cintura.

Virei-me para a River ao meu lado. Ela observava a cena calmamente, mas havia uma profunda tristeza em seus olhos.

— Éramos vendedores de escravos muito bem-sucedidos — contou. — Meus irmãos e eu. Operávamos como ramos diferentes de uma família grande e mítica, e conseguimos ficar em Gênova durante quase três séculos antes de começarem os boatos sobre bruxaria.

— Quem são eles? — Apontei para os homens altos e morenos na lateral.

— Meus irmãos — disse ela. — Dois deles.

Um dos homens gritou:

— Diavola!

A River na plataforma se virou e ergueu as sobrancelhas, então gritou uma resposta à pergunta dele.

— Diavola foi seu primeiro nome?

— Terceiro. Meu nome de nascimento era Aulina.

A ficha foi caindo gradualmente: River, uma das poucas pessoas realmente boas no mundo (certamente a melhor pessoa que já conheci) comprou e vendeu seres humanos. Durante séculos.

Na plataforma, uma escrava em prantos estava sendo separada do filho pequeno, que chorava. Diavola observou de perto, sem emoção. River se virou.

— Estou pronta para ir — murmurou ela, e mais uma vez senti as pontas dos dedos dela nas minhas têmporas. Senti a realidade na respiração seguinte, e a cena desapareceu.

Não abri os olhos. Acho que nem estavam fechados. Foi mais como se River entrasse em foco na minha frente.

Ela baixou as mãos e começou a desfazer o feitiço. Assim como cada feitiço era criado camada a camada, ele também era desfeito do mesmo jeito. Senti o pavor angustiado de sempre quando a sensação de alegria começou a desaparecer, deixando meu mundo pálido e cinzento, me deixando incompleta e cheia de defeitos. É por isso que as pessoas matavam outras para ficar com os poderes delas. Agora eu entendia. É claro que as pessoas iriam querer mais daquela sensação, com mais frequência, por mais tempo. Se eu fosse verdadeiramente Terävä, mataria River agora mesmo e tomaria o poder dela para mim.

Pisquei os olhos e inspirei em choque, assombrada com meus pensamentos terríveis. Mas você não vai matar River, pensei rapidamente. Você jamais faria isso. Nunca. Você não é completamente ruim. Não é uma pessoa que faria uma coisa assim. Você sabe disso.

Eu mal percebi quando River soprou a vela.

— Todo mundo vale a pena ser salvo — sussurrou, sem olhar para mim. Suas mãos finas estavam apoiadas de leve nos próprios joelhos.

Senti minha bunda congelada contra o chão e dor nas minhas costas e pernas. Para futura referência, eu preferiria fazer magick usando calça de moletom e sobre uma cama d'água. Já chega de pisos frios.

— Você me disse certa vez que era das trevas. Era disso que você estava falando? Que sua família era de mercadores de escravos? — perguntei.

River deu uma risada curta e sardônica, me fazendo piscar de surpresa. Nunca a tinha ouvido fazer isso.

— Sim, isso é parte do que falei. Mas infelizmente essa não é sequer a parte mais sombria da minha história. Vender escravos era ruim, muito ruim, e jogou meu carma no lixo. Mas minha história é mais profunda, e fica bem pior.

Eu tinha dificuldade em acreditar nisso, mas em pensamento vi Diavola, jovem e bela e sem sentimentos, separando famílias e entregando pessoas a futuros desgraçados com proprietários de escravos.

— O que quero dizer é que todo mundo vale a pena ser salvo — disse com mais firmeza. — Se eu não acreditasse nisso, não conseguiria seguir em frente. Teria terminado com tudo há muito tempo.

Assenti enquanto ficávamos de pé, tirei o feno grudado de mim e sacudi o corpo para me aquecer um pouco.

— Sim, vender escravos não foi bom. Mas nessa época havia escravos em todos os lugares. A sociedade considerava aquilo normal. Ninguém achava que você era terrível por estar nesse ramo.

Ela ficou com olhar pensativo.

— Você acha que isso torna tudo certo, e não cruel?

— Acho que torna menos cruel — afirmei, com sinceridade. — Você é formado por sua sociedade. — Lembrei-me de uma citação que ouvi uma vez. — "Nada é bom nem ruim, mas pensar faz com que seja."

— Humm, isso pode gerar algumas conversas bem interessantes no jantar — comentou. — Então, se você acha que a natureza da sociedade ajuda a determinar a crueldade relativa de uma coisa, você diria que a pilhagem e os saques de Reyn foram menos malvados porque aquilo era muito comum na época? Porque muitas tribos faziam o mesmo?

Olhei fixamente para ela. Como ela tinha virado bem o jogo contra mim. Procurei rancor nos olhos dela, mas só vi calor e compaixão.

Não consegui elaborar uma resposta coerente e sensata. Então o que fiz foi pendurar o equipamento limpo nos ganchos e tentar conter a vontade imediata de atacá-la.

— Aquilo foi diferente — contestei, sabendo o quanto soava ridículo, que ela tinha me vencido. Eu não conseguia criar justificativas para ela sem criar justificativas para Reyn, e eu *jamais* criaria justificativas para Reyn.

— Humm — falou River novamente, então olhou para o relógio. — Está tarde. E acho que você está na equipe do jantar.

Ela deu um pequeno sorriso ao ver meu olhar sem entusiasmo, mas parecia cansada ou esgotada, como se visitar o passado a tivesse exaurido.

Eu me sentia um pouco menos mal.

CAPÍTULO 9

Durante meus séculos de libertinagem e esbórnia, perdi a maior parte das minhas habilidades práticas. Agora, eu sentia uma satisfação silenciosa e surpreendente em minha capacidade de fazer as coisas com certa competência. Mesmo que eu tivesse que fazê-las ao lado de Jess e do sisudo Açougueiro do Inverno.

Desde que eu não precisasse ficar perto demais de Reyn, eu ficava bem. Não nos falamos desde nossa experiência na Maravilhosa Terra do Inverno. Talvez, se não sentisse o aroma de sua roupa recém-lavada, eu conseguisse não me jogar sobre ele e agarrá-lo em cima da mesa da cozinha.

— Aqui.

Jess pôs uma cesta de nabos, cenouras e batatas já descascados (graças a Deus) sobre a mesa. Ele tinha colocado um grande assado horas antes no forno, e o aposento estava tomado de um vapor com aroma delicioso.

— Você quer que corte em cubos, pedaços grandes ou o quê? — perguntei.

— Pedaços grandes. Vou colocar no assado — respondeu ele, e abriu uma garrafa de vinho.

Sem perguntar, ele encheu uma taça de vinho até a metade e a posicionou perto do meu cotovelo. Ninguém aqui bebia muito, e eu sabia que alguns de nós, como Jess, por exemplo, haviam tido grandes problemas com abuso de drogas em algum momento.

Mas eu não ia olhar os dentes de uma taça de vinho de graça. Peguei-a rapidamente e inspirei o aroma rico e doce. Em seguida, tomei um gole e deixei que ele se espalhasse pela minha boca. Tão, tão adorável... Tentei não pensar nas vezes em que virei meia garrafa em um só gole.

Jess colocou a maior parte do conteúdo da garrafa na grande assadeira que estava no forno. Uma lufada de cheiro de carne assada invadiu o aposento, e meu estômago roncou.

Fiquei cortando os legumes em uma extremidade da mesa, e o Sr. Brilho Dourado arrumou a outra extremidade. Ele cobriu a superfície de farinha, pegou uma tigela de massa e começou a fazer uma pilha de pãezinhos como se eu não estivesse ali.

Ver parte do passado de River foi estranho e meio perturbador. Acho que eu não tinha acreditado de verdade quando ela disse que tinha sido cruel no passado, por ser tão pacientemente incrível agora. Franzi a testa, cortando a parte de cima dos nabos. Se ela tinha tantos defeitos e era tão terrível quanto eu, por que acreditaria em qualquer coisa que ela dissesse? Será que alguém podia mesmo superar aquilo tudo e ser uma pessoa melhor, completamente diferente?

E havia também a admissão surpreendente de Lorenz sobre os milhões de Lorenz Júnior correndo por aí. Isso era terrível. E o Jess aqui obviamente era um desastre ambulante em pessoa. Reyn era a personificação de alguém torturado pelo passado que nunca superou. Por que qualquer um de nós estava sequer tentando? Eu ficava torcendo para essas experiências de reviver o passado terem acabado, mas então acontecia alguma coisa que fazia tudo voltar, como um cachorro quando come grama. Meu passado estava de pé no meio do caminho, balançando os braços e gritando: *Olhe para mim!* Mas por quê? Por que isso tudo ainda importava?

De canto de olho, vi os antebraços fortes e firmes de Reyn enquanto ele sovava a massa e enrolava os pães com destreza. Tentei não pensar nele sovando e enrolando o meu corpo.

— Oi, oi — disse Anne, passando pela porta da cozinha. O cabelo preto balançou ao redor das bochechas, e ela puxou as mangas do suéter verde para cima, até os cotovelos. — Vou botar a mesa. Seremos 13 pessoas no jantar porque...

A porta se abriu novamente, e Anne fez um gesto de "tcharam!".

— Minha irmã está aqui! Pessoal, esta é Amy. Amy, estes são Jess, Reyn e Nastasya.

— Oi — disse Amy, com um sorriso.

Ela era uma Anne mais suave, com feições ligeiramente mais jovens, cabelo castanho mais longo, sem corte e caindo ao redor dos ombros, além de um visual menos polido no todo. Anne era professora; Amy parecia ainda ser aluna, se é que isso fazia sentido.

Percebi que ela era muito, muito bonita, de uma maneira jovem e desarrumada. Por que algumas mulheres conseguiam ficar sem maquiagem e parecer "jovens e desarrumadas" enquanto eu, quando não usava maquiagem (o que era todos os dias), parecia que tinha sido embalsamada?

— Uau, o cheiro aqui está ótimo! — elogiou Amy, pegando a pilha de pratos que Anne entregou para ela.

— É, somos demais — falei, e tomei um gole do vinho. Ele deixou uma trilha quente por toda a minha garganta, e suprimi a vontade de tomar tudo de uma vez.

Amy sorriu, e observei quando ela bateu os olhos em Reyn... então tudo ficou em câmera lenta.

Os olhos dela visivelmente focalizaram nele. O sorriso falhou por apenas um segundo, depois se alargou. Pensei que, apesar de eu não o querer, tinha sido irritante quando Nell o queria, e agora Amy parecia estar caindo no vórtice da maravilha viking. Isso me fez ferver. Ninguém além de mim deveria ver o quanto ele era intensamente atraente, o quanto era bonito, o quanto era fatal. Estava na cara que Amy via.

— Alguma esperança de sobremesa? — perguntou ela para Reyn, fazendo tudo exceto piscar os cílios.

E Reyn, que era taciturno e torturado *comigo*, deu a *ela* um sorriso fácil em retribuição. Pisquei, praticamente ouvindo anjos cantarem. Amy estava hipnotizada e animada, olhando nos olhos dele como um coelho petrificado.

— Sim — disse ele, jogando um pano de prato em cima do ombro largo. — Alguma coisa de chocolate.

— Excelente.

Amy deu outro sorriso para todos nós e passou pela porta atrás de Anne. A cozinha pareceu menor sem ela.

Muitos pensamentos consternados rodopiavam pela minha cabeça como lixo em uma rua vazia, mas o que falei foi:

— Chocolate?

— Vou pensar em alguma coisa — explicou, e comecei a sentir uma fúria totalmente irracional por ele fazer alguma coisa de *chocolate* para *ela*.

Virei de costas para ele e terminei de picar os legumes, fingindo que cada um deles era a autoconfiança de Reyn, e que eu a estava partindo em pedacinhos. Dei todos para Jess, arranquei o avental e saí batendo os pés.

Eu tinha 459 anos e estava cheia de ciúmes adolescentes por alguém que eu nem mesmo *queria*.

Merda.

Você ficará interessado em ouvir que a cena anterior foi o *ponto alto* da minha semana. Sim. Tudo foi morro abaixo depois disso, como um picolé em cima de um capô quente de carro.

Segui para o trabalho na manhã seguinte sabendo que Meriwether tinha voltado às aulas; seríamos apenas eu e o encantador Velho Mac até a tarde. O Sr. MacIntyre estava ainda mais zangado e hostil do que o habitual, e me perguntei se as festas o tinham levado ao limite.

Fiz minha rotina habitual de elfo trabalhador: guardei caixas no estoque, arrumei, varri, separei as receitas médicas do dia e fiz uma lista dos cheques a serem levados para o banco. Farmácia MacIntyre, a loja esquecida pela tecnologia.

Durante a maior parte do tempo, fiquei fora do caminho do Velho Mac, e ele não chegou a falar duas palavras comigo o dia todo. Às 16h, Meriwether chegou, com o cabelo bagunçado pelo vento. Ela sorriu, parecendo genuinamente feliz por me ver, então seguiu para os fundos da loja para bater o ponto e deixar a mochila. O próprio pai a fazia bater ponto e manter a ficha em dia.

Eu tinha deixado parte da reposição do estoque por fazer para que nós duas pudéssemos trabalhar juntas sem o Sr. MacIntyre gritar conosco. Logo estávamos no corredor quatro, organizando embalagens de talco para pés e palmilhas.

— Como foi o baile de Ano-Novo? — sussurrei. O Velho Mac estava atrás da bancada de medicamentos, e eu não queria despertar a fera.

— Foi bom e ruim ao mesmo tempo — disse Meriwether, mantendo a voz baixa. — Me diverti no começo. Lowell estava lá. Ele é muito legal, e o DJ era bom. E gostei muito do meu vestido. Não conseguia acreditar que meu pai tinha me deixado ir. Bom, essa parte foi boa.

— O que foi ruim? — questionei enquanto colocava embalagens nos pequenos suportes de metal.

Meriwether fez uma careta.

— Umas pessoas entraram na festa de penetra. E estavam bêbados, detonados. Fizeram uma cena, e o Sr. Daly tentou expulsá-los, mas aí eles começaram a quebrar coisas.

— Ai, que droga — falei. — Quebraram mesmo algumas coisas?

— Aham. Um dos alto-falantes do DJ, por exemplo, que caiu em cima da mesa com a ceia e fez ela despencar, estragando toda a comida. Ficamos muito putos.

— Que horror — exclamei, e imagens de mim mesma fazendo coisas parecidas com pessoas parecidas, que não mereciam isso, passaram pela minha cabeça. — Você os conhecia?

— Só dois deles. Eles eram da minha escola, mas largaram. Tinha uma garota chamada Dray e um cara chamado Taylor. E alguns outros que não conheço.

Minha mão parou no ar em meio a um movimento. Dray? A Dray que eu estava tentando ajudar? Eu não a via fazia semanas, mas tivemos uma ótima conversa na última vez em que nos encontramos. Ela me lembrava desconfortavelmente de mim mesma, e se eu a salvasse antes que se autodestruísse completamente, estaria acrescentando mais pontos ao meu lado do tabuleiro, por assim dizer.

— Que péssimo — falei. — Eles eram da sua escola?

— Eram. Taylor estava para se formar ano passado, mas foi expulso por fumar maconha uns dois meses antes da formatura. Dray era do meu ano. Ela era uma vaca. Mas sempre achei que talvez as coisas fossem ruins na casa dela, sabe? Meu pai não deixava a mãe dela comprar mais aqui porque os cheques sempre voltavam. — Meriwether pareceu infeliz. — Mas, mesmo assim. Isso não significa que ela pode destruir o único baile ao qual meu pai me deixou ir.

— É, eu sei. Que droga. Você acha que vai sair com Lowell? — Que tipo de garoto dos dias de hoje se chama Lowell?

— Não sei se meu pai vai deixar. Mas posso vê-lo na escola. Podemos nos sentar juntos no almoço às vezes.

O rosto dela se iluminou, e terminamos de guardar tudo. O sol tinha se posto lá fora, e o céu escuro parecia cinza e triste por causa das nuvens baixas que pairavam sobre a cidade.

— O que estão fazendo?

A voz cruel do Sr. MacIntyre quase me fez pular. Desde o incidente com o pote de vitamina C, ele andava mais controlado, como se isso o tivesse chocado a ponto de reprimir um pouco a raiva. Meriwether não parecia ter guardado rancor. Queria poder fazer mais para ajudá-la...

Gesticulei para as caixas de plástico vazias.

— Levando isso lá para trás — expliquei, enquanto fazia exatamente isso.

Quando voltei, Meriwether estava espanando as prateleiras. No momento em que passou o espanador debaixo da bancada, ouvimos algo cair. Ela franziu a testa e se abaixou para pegar. Era uma pequena moldura, e o rosto dela mudou quando olhou para a foto. Eu estava doida para ver o que era, mas fingi não reparar, para o caso de ela querer guardar de novo. Em vez disso, ela veio até mim e mostrou.

— Essa era minha mãe — apontou, com a voz fraca.

Na foto, Meriwether estava sentada em um sofá verde de veludo cotelê, sorrindo para a câmera. Parecia ter 12 ou 13 anos, o que significa que aquela foto deve ter sido pouco antes de a mãe morrer. Ela se parecia muito com Meriwether, só que mais velha. *Muito* mesmo. Do tipo, Meriwether seria gêmea dela quando chegasse àquela idade. Não era surpreendente que o Velho Mac mal conseguisse ficar perto da filha. E falando nele, meu queixo quase caiu ao vê-lo na foto. Eu nunca o tinha visto tão normal, tão saudável. Estava sorrindo largamente, olhando para a esposa, com o braço nas costas do sofá. Eu não conseguia acreditar no quanto ele parecia feliz. Uma pessoa completamente diferente.

— Esse deve ser seu irmãozinho — murmurei.

Ele também estava feliz, sentado em segurança entre o pai e Meriwether. Enquanto Meriwether tinha pele, cabelos e olhos claros como a mãe, o irmão tinha cabelos e olhos escuros como o Velho Mac.

— É. Esse é Ben. — Ela mal conseguiu sussurrar, e tinha uma expressão trágica no rosto.

— Que diabos é isso?

O rugido nos surpreendeu, e quase deixei o porta-retratos cair. O Sr. MacIntyre estava ali, com toda a contenção temporária desaparecida, quase tremendo de raiva. Ele esticou a mão e arrancou a foto de mim, arranhando a palma da minha mão.

— Como você ousa? Como *ousa* pegar isso...

Ele cometeu o erro de olhar para a foto, e, se essa cena fosse um desenho animado, ele seria o personagem que alguém furou e cujo ar esvaiu com um chiado. Então ele se recuperou, agarrou a foto contra o peito e bateu com a outra mão no balcão.

— *Jamais* volte a mencionar o nome dele!

A voz dele, alta e irada, preencheu a pequena loja. Meriwether, que já estava nervosa pelo grito, irrompeu em lágrimas. Eu queria esticar a mão e sussurrar alguma coisa forte e sombria, fazer com que ele caísse de joelhos. É claro que eu não faria, não podia; mas estava tensa, vibrando como uma corda, pronta para entrar em ação. Eu estava tão irritada, *tão irritada* por ele começar a gritar assim com ela, sem ninguém impedi-lo. Tão furiosa por ele culpar Meriwether por estar viva. As palmas das minhas mãos formigavam com a vontade de apenas... dar um choque elétrico de magick nele.

— Pare de gritar com ela! — berrei. — Não é culpa *dela* não ter morrido!

Não era o que eu pretendia dizer, e, de nós três, não tenho certeza de quem ficou mais chocado. Meriwether parou de chorar instantaneamente e olhou para mim, enquanto o Velho Mac ficou pálido. Os olhos dele quase saltaram das órbitas.

É claro que eu segui em frente. Por que desenvolveria tato agora?

— Ela é tudo que você tem! Vocês têm um ao outro! Será que ela deveria ter morrido também, para que você ficasse sem ninguém?

Meriwether soluçou em meio àquele silêncio nada natural.

— Cala a boca! — gritou o Sr. MacIntyre, e dei um passo para trás ao ver a expressão no rosto dele. Ele estava vencendo a competição de quem estava mais furioso, sem dúvida. Mas isso me impediu? Não.

— Você está estragando o que te restou da vida! — retruquei. — Seu comércio está se acabando porque ninguém quer ter que lidar com você! Sua filha tem medo de você! Você parece um velho maluco! É isso que quer?

Isso talvez tenha sido forçar a barra. Uma veia latejava na têmpora dele, e me perguntei se ele teria um derrame. Ele parecia sem fala, tão furioso que não conseguiria vomitar sua ira rápido o bastante.

Por fim, ele abriu a boca, e eu me encolhi.

— *Você está despedida!* — gritou ele. — Despedida! Suma daqui! Nunca mais quero ver a sua cara! E fique longe da minha filha!

Pisquei, surpresa. Ingenuamente, eu não esperava ser demitida de verdade. Achei que gritaríamos por um tempo, depois ficaríamos com raiva em silêncio por vários dias, e então um mês de agressão passiva se seguiria. Mas demitida? Droga. Eu tinha que ter um emprego. Para meu crescimento pessoal.

— Despedida? — Tentei parecer corajosa.

— Despedida! — gritou ele de novo. — Pegue suas coisas e saia!

— Ótimo! — Virei-me e saí batendo os pés até os fundos, onde peguei meu casaco e meu cartão de ponto. Em seguida, bati os pés em direção à porta da frente. — Aqui! — exclamei, batendo com meu cartão de ponto sobre o balcão. — Você me deve seis dias, desde antes do Ano-Novo!

— Saia! — gritou ele.

Encarei Meriwether, que não parecia mais do que uma plantinha trêmula.

80

— Aguente firme — falei para ela. — Lamento muito por seu pai ser tão idiota.

Os olhos dela se arregalaram, e o Velho Mac inspirou com raiva. Saí batendo os pés para a escuridão, então lembrei que agora tinha que ir para casa e admitir que fui despedida. Que eu era incapaz de manter um emprego que um chimpanzé razoavelmente inteligente conseguiria fazer. Ugh.

Assim que saí de perto da farmácia MacIntyre, diminuí a velocidade. Estupidamente, andei na direção errada; meu carro estava estacionado atrás de mim. Mas não havia chances de eu passar por aquela vitrine iluminada de novo.

Trinquei os dentes, furiosa e agitada. Que cena terrível. Ele tinha mesmo me *demitido*. E será que também feri Meriwether com minhas palavras? O rosto dela estava transparente. Merda. Vi que estava em frente à Early's Feed and Farmware, nossa loja de departamentos. Entrei.

O que eu ia dizer para River? Tudo é uma *escolha*. Tudo. Inclusive gritar coisas horríveis para o chefe, fazendo com que fosse demitida.

Segui para a seção de doces, e depois de um pouco de reflexão sofrida, escolhi algumas balas Now and Later de maçã verde — que todo mundo sabe que devia se chamar Now *or* Later.*

Eu estava entregando meu dinheiro para o caixa quando olhei para o fundo da loja e tive um vislumbre familiar de cabelo verde e castanho. Dray!

O garoto do caixa estava contando meu troco, então eu não podia ir até lá, mas tentei chamar a atenção dela. E foi assim que a vi abrir uma embalagem de pilhas, retirá-las e colocá-las debaixo do casaco.

Meu coração despencou.

— Senhorita? — O garoto estava segurando meu recibo.

— Obrigada.

Peguei o papel e segui para a saída, pensando em todas as maneiras que estavam fazendo esse dia ser uma droga. Do lado de fora, me encostei ao prédio e abri uma bala. Tinha começado a nevar; flocos brancos e finos caíam do céu, já grudando nos carros estacionados na rua.

Não precisei esperar muito. Dray saiu alguns minutos depois, passou casualmente pelas portas, virou à direita e começou a acelerar.

— Ei.

Ela se virou ao ouvir minha voz e me viu. Ofereci uma bala. Ela hesitou, mas não parou.

---

* Now and Later: nome de uma bala, cuja tradução é "agora e depois". A sugestão da personagem é que a bala se chame Now *or* Later, "agora ou depois". (*N. da T.*)

— É de maçã verde — falei, com uma voz sedutora e cantarolada.

Ela fez uma careta e pegou a bala da minha mão.

— Como estão as coisas? — perguntei.

Ela deu de ombros sem olhar para mim.

— Bem.

— Eu também. Obrigada por perguntar.

Ela deu de ombros de novo e colocou a bala na boca.

Decidi que perguntar a ela sobre as festas de fim de ano provavelmente era uma má ideia.

— E então... o que você anda fazendo?

— O de sempre. Sendo voluntária na igreja. Leitura para cegos. — Ela mastigou com a boca ligeiramente aberta, vendo a neve cair.

— Você pensou mais sobre sair daqui?

Da última vez em que conversamos, antes das festas, eu tentei a animar para deixar West Lowing.

Os olhos pesadamente maquiados se focaram em mim.

— Não. Qual é o problema de morar aqui?

O tom dela era beligerante. Era como olhar em um espelho seis meses atrás. Ou mesmo uma semana atrás. Nossa, deve ser tão gratificante para as outras pessoas interagir comigo.

— Achei que quisesse sair daqui, se afastar das pessoas que não conseguem apreciar sua beleza interior — falei. A maçã verde ardeu no fundo da minha garganta.

Ela estava entediada.

— Estou bem. — Parecia que ela tinha feito um curso online chamado "Você também pode ser Nasty!"

E, assim como as pessoas que lidam comigo acabam perdendo a paciência, eu também perdi a minha.

— É por isso que você surrupiou pilhas no Early's?

Ela franziu a testa.

— Surrupiou?

— Roubou.

Ela revirou os olhos. Flocos de neve estavam caindo na cabeça dela e derretendo sobre o cabelo. Estava muito frio, e eu tinha acabado de ser demitida e possivelmente de ferir os sentimentos de Meriwether.

— Vamos lá, Dray, já conversamos sobre isso — disparei. — Falei que você devia sair dessa cidade de um Wal-Mart só. Por que você está aqui, roubando coisas?

— Quem é *você*? — rebateu ela. — Minha assistente social? O que te dá o direito de me dizer qualquer coisa?

Provavelmente, uma pessoa comum teria percebido a verdade nas palavras dela e, a essa altura, teria se afastado. Mas eu não.

— Sou alguém que você devia escutar! — respondi. — Sei mais do que você, fiz mais do que você, fui pior do que você! Sou mais *você* do que você jamais será! E você sabe e eu sei que essa cidade vai te arrastar para baixo! Você está andando com fracassados, fazendo coisas imbecis como entrar de penetra em bailes de escola e roubar *pilhas*, pelo amor de Deus. E agora você está aqui agindo como se tudo estivesse bem? Para com *isso*!

Dray me encarou, furiosa.

— Vai se ferrar! — A voz dela estava alta, e algumas mulheres saindo do Early's olharam para nós. — Você é tão centrada assim? Não tem família, não tem amigos, está em *reabilitação* em uma fazenda idiota e trabalhando em uma porcaria de farmácia onde Judas perdeu as botas! E está *me* dando sermão? Você nunca sequer se formou na escola! É uma grande *piada*!

Abri a boca para me defender, mas fechei de repente. Eu não tinha família, tinha abandonado todos os meus amigos, estava em uma situação de reabilitação muito mais séria do que ela imaginava, tinha sido *demitida* do meu emprego patético e nunca me formei em escola nenhuma, na verdade.

Quando se coloca assim, talvez eu devesse me encolher em um banco de neve e tentar não morrer congelada.

Ela zombou da expressão no meu rosto.

— A verdade dói, não é?

— Isso é um tremendo clichê — murmurei.

— *Você é* um clichê — disse ela friamente. — Anda por aí tentando ajudar as pessoas, mas é toda errada! E não consegue ver!

— Eu consigo ver que sou toda errada! — Isso não saiu do jeito que eu pretendia. Reconheci completamente a expressão cruel e defensiva dela.

— É, aposto que sim. Vai cuidar dos seus problemas. Me deixa em paz. — Ela se virou e seguiu para o meio da noite.

— Dray! — gritei, sem nenhum plano sobre o que dizer depois disso.

Sem se virar, ela me mostrou o dedo do meio.

É, isso tinha ido bem.

CAPÍTULO 10

Como esse dia foi uma montanha pela qual a merda não parava de escorrer, eu ainda tinha que admitir que fui demitida. Passei rapidamente pela vitrine da farmácia MacIntyre e lancei um olhar rápido para dentro. Fiquei aliviada em ver apenas uma loja vazia, então andei até meu carro.

River's Edge estava com muitas janelas iluminadas e com aparência de aquecidas. No jardim, a neve cobria tudo como açúcar de confeiteiro. Saí do carro e caminhei em direção à casa, me perguntando se conseguiria subir discretamente para meu quarto e para um banho quente sem ninguém reparar. Subi os degraus e rapidamente abri a porta da frente verde-escura...

— Oi! Nastasya! Estão fazendo comida chinesa para o jantar! — No saguão de entrada, Amy deu alguns pulinhos de animação. — E Charles morou na China, então ele sabe o jeito de verdade.

Como ela sabia que Charles morou na China? Eu não sabia. Ela tinha acabado de chegar!

Anne veio na minha direção com um sorriso.

— Oi, como foi seu dia? Está gelado lá fora.

Meu plano de subir e fingir estar doente foi por água abaixo.

84

— Fui demitida! — disparei, e senti meu queixo tremendo, meu rosto desmoronando. Como eu não tinha sido humilhada o suficiente hoje, teria o adicional de chorar na frente de todo mundo, inclusive da irmã adorável de Anne para quem Reyn tinha feito sobremesa de chocolate.

— Ah, querida — disse Anne, e foi imediatamente me abraçar, me dando tapinhas nas costas como se eu fosse uma criança com o joelho arranhado. — Lamento muito. Sei que o Sr. MacIntyre deve ser um péssimo chefe.

— O que aconteceu? — Era a voz de River.

— James MacIntyre a demitiu hoje — disse Anne por cima do meu ombro, mas eu mantive os olhos fechados, sem querer encarar River.

— Ah, Deus — exclamou River. — Bem, você durou um tempo incrivelmente longo. Era só uma questão de quando você ia espirrar do jeito errado e ele botaria você na rua.

Elas estavam ficando do meu lado. Instantaneamente, sem ouvir os fatos. Elas me *conheciam* e ainda assim estavam me apoiando. Arrumei a postura e abri os olhos, passando as costas da mão sob o nariz.

— Eu não espirrei errado.

— O que aconteceu? — perguntou River.

— Ele estava gritando com Meriwether, a filha que trabalha lá, e ela estava chorando, e achei que ele poderia até bater nela, e eu não queria usar magick para impedi-lo. Isso seria errado — acrescentei virtuosamente. — Então perdi a cabeça e gritei coisas horríveis e disse que ele estava estragando a vida dele e que a própria filha tinha medo dele. — Eu peguei fôlego. — Aí ele gritou que eu estava despedida e que era para eu ir embora e que não queria me ver nunca mais.

Na verdade, eu não me saí muito mal na situação, defendendo os inocentes e tal. E era tudo verdade. Não me concentrei na profundidade do horror, nem no rosto chocado e pálido de Meriwether, nem no fato de que tentar ferir o pai dela pode ter ferido ela também. Mas essa era a essência.

— Humm — disse River.

Eu não conseguia ler a expressão nos olhos dela. Não era raiva, nem condenação, nem decepção.

— Que horror — falou Anne, dando tapinhas nas minhas costas de novo. — Mas tenho uma ideia do que pode fazer você se sentir melhor.

— Sorvete? — A esperança brilhou no meu peito.

— Não — disse ela, sorrindo. — Uma boa sessão de meditação. Temos tempo antes do jantar. Junte-se a nós quatro. — Ela indicou a si mesma, Amy, Rachel e Daisuke, que tinham chegado enquanto eu contava minha história.

Ah, meu Deus, não, pensei.

— Excelente ideia! — concordou River, com um sorrisinho que me disse que ela sabia exatamente o que eu estava pensando. — Vá em frente. Sei que vai se sentir bem mais centrada depois.

Anne começou a subir a escada, seguida pelos outros, e fiquei para trás, na esperança de River dizer que estava brincando e que eu precisava mesmo era de um uísque e um banho quente. Ela sorriu e alisou meu cabelo molhado pela neve derretida.

— Você realmente vai se sentir melhor depois — prometeu, baixinho.

Suspirei e subi a escada. Eles eram traiçoeiros com sua gentileza.

Eu não experimentava meditação desde meu fracasso de introspecção no Ano-Novo. Era a última coisa que eu tinha vontade de fazer. Será que eu algum dia ficaria bem o bastante para conseguir dizer *Não, obrigada, nada de meditação para mim agora*? Certamente eu chegaria a um ponto em que não estivesse tão obviamente danificada a ponto de as pessoas quererem me jogar em círculos meditativos sempre que eu passava. Certo?

Respirei fundo. Meu dia de fracasso estava se afastando de mim. O nó no meu estômago afrouxou, meus ombros relaxaram. Este momento estava sereno e perf...

O poder de Nastasya é tão incrivelmente forte. Tenho medo...

Minha coluna se tencionou um pouco. Quem tinha pensado isso? Já havia ficado claro o quanto era estranho que eu às vezes pudesse ouvir os pensamentos das pessoas durante a meditação. Aparentemente o imortal comum não carregava o peso de saber o que as pessoas pensavam sobre ele. Mas quem aqui estava preocupado comigo? Anne, certamente, sendo a única professora presente. Mas talvez Rachel ou Daisuke, dois alunos realmente avançados? Acalmei minha respiração e me abri para receber mais.

Eu deveria dar o pote de Shiro.

Isso eu reconheci como sendo Daisuke. O pensamento dele chegou a mim de repente; ele tinha uma tigela pequena e bonita que o irmão tinha feito. O irmão estava morto, e essa era a única coisa que Daisuke tinha dele. Ele estava dividido entre a necessidade de se separar de todos os pertences e o desejo de manter uma pequena lembrança do irmão consigo.

Eu devia ir para casa ver minha mãe logo...

Esta era Rachel. Eu me perguntei onde a mãe dela estava. Sabia que Rachel era originalmente do México.

Vou para cima de Reyn como um macaco com um cacho de bananas.

Quase engasguei, e me forcei a engolir devagar. Essa tinha que ser Amy. Ela estava *encarando* suas emoções. Não estava se recusando a *lidar* com as coisas. Porque a coisa com a qual ela estava *lidando* era o desejo intenso de ~~ser uma pessoa normal com um cara gato~~ pular em um estranho que ela nem *conhecia*.

Nastasya, você é uma tremenda covarde.

O quê? Quem era esse?! Ah, sim. Era eu.

O quê?

Você é uma covarde. Age como se fosse durona, mas na verdade é um marshmallow derretido feito de medos de adolescente. Fica dizendo que quer melhorar, mas só se não tiver que fazer nada difícil.

O que isso significa? Estou fazendo coisas difíceis!

Não. Seu "fazer coisas difíceis" consiste em não brigar com todo mundo por tudo. E isso é um começo. Mas você tem que fazer mais do que apenas não dizer não.

Que m...?

Você precisa ser proativa, não passiva. Não pode fugir correndo de Meriwether, de Dray, de Reyn. Você pode acertar as coisas. Você, Nas, precisa crescer. De uma vez por todas.

Bem.

Acho que estamos adentrando a verdade aqui.

Eu estava praticamente bufando de raiva. Como meu próprio subconsciente ousava se virar contra mim? Como...

Você está desviando do que precisa fazer ao se concentrar em ficar com raiva.

Eu quase dei uma risada debochada de raiva.

— Muito bem, vamos começar a voltar — disse Anne suavemente.

Quem meu subconsciente achava que era? Abri os olhos, furiosa por Anne ter sugerido que eu fizesse isso, por River ter me obrigado. Daisuke, à minha frente, parecia perturbado, sem ter chegado a uma resposta sobre a tigela do irmão. Rachel estava pensativa. Anne estava com os olhos em mim. E Amy? A jovem e linda doida por Reyn? Olhei para ela e sufoquei um grito, com um salto para trás.

Amy estava com o rosto de Incy, belo e sobrenatural. Estava com o olhar escuro e intenso de Incy, com os cachos negros, os olhos fixados nos meus. Vi minhas visões sobre ele, meus sonhos... Fiz um megaesforço para não dar um salto e me levantar. Em vez disso, pisquei e inspirei fundo, então Amy voltou a ser Amy.

Todo mundo estava olhando para mim.

Passei a mão sobre a boca. Eu tremia.

— Me desculpem — murmurei. — Ilusão de ótica.

Ele estava me caçando, perseguindo minha mente, e senti medo. Sonhos e ilusões já eram coisas difíceis com as quais lidar. Se ele ia ficar aparecendo durante um dia normal e desperto, então eu ia ficar seriamente perturbada.

Quase chorei de alegria quando, de repente, o sinal do jantar tocou. Fiquei de pé, joguei minha almofada de trigo sarraceno na pilha que havia no canto e segui atrás de Rachel.

Não tão rápido, Gafanhoto.

— Nas? Um minuto?

Virei-me com extrema relutância para encarar Anne. Os outros saíram (sortudos malditos), nos deixando sozinhas na pequena sala.

Anne parecia estar pensando sobre como dizer uma coisa. Por fim, perguntou:

— Está tudo bem? Você pareceu muito perturbada por um segundo.

— Ah, estou bem — respondi, de maneira pouco convincente.

Ela esperou alguns segundos para ver se eu desmoronaria e falaria a verdade, mas quando isso não aconteceu, seguiu em frente.

— Eu lembrei que você ouviu pensamentos das pessoas em outra aula de meditação. Acho... eu não tinha certeza se você conseguia fazer isso sempre ou se tinha sido um acaso. Mas... não é legal ficar escutando.

— Tem algum jeito de impedir? — perguntei.

Anne piscou, surpresa.

— Tem. Você não escuta de propósito?

— Não. Eu só... meio que sinto minha mente se abrir. — Lembrei-me das coisas cruéis que minha Nasty interior jogou na minha cara. — Às vezes, até demais.

— Tudo bem, essa vai ser nossa próxima aula — anunciou ela. — Nunca precisei ensinar ninguém a fazer isso, quase ninguém consegue. Mas faz sentido para você. Eu devia ter pensado nisso antes. Vou ensinar como se faz, tá?

— Claro. — Saí andando, mas ela ainda não tinha terminado.

— Nastasya... você realmente pareceu assustada no final. Quando olhou para Amy. O que foi?

Olhei para Anne rapidamente, lembrando que Amy era irmã dela.

— Nada! Amy é ótima. Foi só... minha mente me pregando peças. Por um segundo, ela se pareceu com outra pessoa. O amigo que deixei em Londres. Incy.

Anne franziu a testa.

— Você andou pensando em Incy?

— Não naquele momento. Mas não é nada com Amy. Ela não se parece com ele nem nada.

— Humm. — Anne me acompanhou, saindo da sala.

Eu dei de ombros, envergonhada e não querendo falar sobre aquilo. Será que minha mente estava me dizendo que eu era irremediavelmente sombria? Tanto quanto Innocencio? Tanto quanto meus pais foram? Será que estava no meu sangue e não dava para escapar? E... faria algum sentido eu estar ali se isso fosse verdade?

CAPÍTULO 11

Seja proativa, disse meu subconsciente. Acerte as coisas. Cresça.

Se eu pudesse escolher, meu subconsciente jamais teria espaço de novo enquanto eu vivesse. Espere. Merda. Deixa pra lá.

Eu não fazia ideia do que isso significava. Ponderei o tempo todo durante o fabuloso jantar chinês de Charles, depois durante um banho, e então por dois segundos enquanto eu caía na cama, exausta. Quando dei um pulo e acordei, às 5h29, um minuto antes do meu despertador tocar, sabia que a elaboração de qualquer plano para acertar as coisas não ia acontecer.

Eu tinha a tarefa de recolher ovos naquela manhã, o que era bem apropriado, dado o meu dia anterior de bosta. Uma maldita galinha me olhou de cara feia, e nem tentei pegar os ovos dela. Algum dia eu entraria ali com luvas de amianto até os cotovelos e haveria um acerto de contas. Mas não hoje.

Coloquei o último ovo quente na cesta e imaginei meu cérebro superaquecendo por pensar demais, com fumaça saindo dos meus ouvidos. Acertar as coisas. Experimentar uma coisinha de cada vez. Talvez. Certo, que tal... experimentar... hum, não criticar tanto as pessoas? Pelo menos não imediatamente, acrescentei, aceitando a realidade. Gemi por ter elaborado a coisa mais idiota do mundo e saí do galinheiro quente e cheio de penas para voltar para casa. Uns 10 metros à minha frente estava Reyn, carregando dois baldes metálicos cheios de leite tirados de nossas vacas leiteiras, Beulah e Petunia. Ele era alto e forte, e carregava os baldes como se estivessem vazios. Forcei-me a vê-lo como o Homem Carregando os Baldes de Leite. Ele não era *apenas* a pessoa de quem eu me lembrava de muito tempo atrás, nem apenas o objeto superficial e físico das minhas fantasias febris. Era uma pessoa completa, real... e, na verdade, eu mal o conhecia.

Acabamos juntos nos degraus da cozinha, e ele olhou para mim.

— Bom dia — falei. A Nastasya Garota Grande.

— Bom dia.

Senti a surpresa dele. Em seguida, entramos na cozinha.

Então, se você tenta acertar as coisas com alguém e essa pessoa te despreza, é humilhante. E é por isso que nunca tentei. Já me afastei de vários amigos e abandonei inúmeras cidades em vez de tentar consertar uma mágoa ou uma confusão ou um erro. Não fazia ideia de como acertar as coisas com ninguém, muito menos... com o Velho Mac, por exemplo.

Eu não tinha ideia do que fazer, mas meu instinto novato me disse que eu provavelmente teria que estar próxima dele para tentar.

Assim, dirigi para o trabalho. A farmácia estava destrancada, e meu cartão de ponto estava onde o joguei, sobre o balcão. Por um segundo, me perguntei se o Sr. MacIntyre chegara a trancar a loja na noite anterior, mas então o vi atrás da bancada, e ele estava usando roupas diferentes. Ele ergueu o olhar quando o sino acima da porta tocou, parecendo surpreso e zangado ao me ver. Fui até a parte de trás, bati o ponto e comecei a varrer.

Ele saiu para me encarar com as mãos na cintura, mas continuei a varrer. Varrer parecia uma coisa bem *ativa*. Varri o corredor até a porta da frente, e então fui para a calçada. Em seguida, virei a placa de FECHADO para ABERTO e fui pegar o espanador. Depois de um tempo, ele voltou para trás da bancada, mas eu o senti me observando durante a maior parte da manhã. Meriwether estava na escola, e ele não tinha mais ninguém. Fiz minhas tarefas de sempre: ajeitei prateleiras e marquei as mercadorias que precisavam ser substituídas na lista de inventário.

Perto do meio-dia o sino da porta tocou, e eu levantei o olhar. Dei de cara com um casal que não reconheci: um homem e uma mulher vestidos como se não morassem em West Lowing. Boston, talvez. Nova York. Paris. A maior parte de nossos clientes era local, e eu reconhecia literalmente 98% deles. Esses eram de fora.

— Oi — cumprimentei de onde eu estava, no chão. — Querem ajuda para encontrar alguma coisa?

A mulher olhou para mim e, por algum motivo, eu tremi. O cabelo dela era loiro claro e cortado bem rente à cabeça. Os olhos eram de um azul muito claro. O homem parecia um indiano da Índia mesmo, com pele lisa e brilhosa, bem-vestido, com feições duras e belas e uma boca que parecia... cruel.

Fiquei de pé. Eles deviam ser turistas que se perderam, assim como eu algum tempo atrás. Mas alguma coisa neles não parecia certa. Era enervante. Minha pele se arrepiou, e senti frio de repente. Era besteira. Eu nem os conhecia, eles também não, não era nada. Mas mesmo assim.

— Antialérgico — disse a mulher. Ela tinha um leve sotaque britânico.

— Primeiro corredor, no meio — indiquei, sem sorrir.

— Obrigada.

Mantive distância enquanto eles estavam no corredor de resfriados e alergia, lendo rótulos. Conversavam em murmúrios baixos, e eu tive a impressão de... que nem estavam lendo os rótulos de verdade. Parecia que estavam matando tempo ali. Quase como se estivessem esperando alguém. Será que podiam... ser amigos de Incy? Eu os teria visto antes, não?

Apertei as mãos para baixo. Permaneci em pé, como se pudesse ter que correr de repente. Era estranho e provavelmente besteira, mas eu me sentia uma gazela sendo observada por dois guepardos. Minha respiração estava ofegante; meu coração batia rápido. Fui até o fundo da loja e vi o Velho Mac concentrado em decifrar a caligrafia de um médico.

Segui até o final do corredor, como se estivesse andando casualmente em direção à frente da loja, e quando levantei o olhar por um instante, eles estavam me observando. Meu coração disparou.

— Tem tantos tipos diferentes — disse a mulher, mostrando uma caixa de Benadryl.

— É — concordei, sem chegar mais perto. — Alguns dão sono, outros não. Alguns fazem efeito mais rápido, mas alguns você precisa tomar todos os dias para que funcionem bem. Depende do que você quer. — Percebi que estava tagarelando de nervosismo.

A mulher assentiu. Ela e o homem se entreolharam de novo e murmuraram. Tenho uma audição muito boa, de nível beagle, e não consegui entender uma palavra do que disseram. Seria uma língua diferente? Eu nem reconheci os padrões básicos e as cadências da fala, e conheço um pouco de *muitas* línguas.

— Queremos do tipo que dá sono — concluiu ela, e me perguntei histericamente se queriam *dopar uma vítima*. Com... Benadryl. Improvável, não é?

— Esse serve — respondi com a voz falhando.

Tossi e fui para a frente do balcão. Minhas mãos estavam úmidas e tremendo. Nunca tive uma reação tão visceral a uma pessoa, a ninguém, e aquilo estava me apavorando. Eu não conseguia nem dizer se eles eram imortais ou não.

A mulher colocou a caixa no balcão. Normalmente, você precisa olhar nos olhos de uma pessoa ou talvez tocar nela para "sentir" se é imortal ou não. Mas tudo em mim se recusava a me deixar olhar nos olhos dela. Eu estava seriamente apavorada.

Passei o medicamento pelo leitor de código de barras, a mulher pagou em dinheiro, dei o troco e eles saíram.

Vi ambos entrarem no carro e irem embora, mas fiquei olhando para a porta da frente obsessivamente, como se pudessem reaparecer do nada. Depois de alguns minutos, voltei para o fundo, fechei a porta com força e a tranquei. Por fim, senti meu corpo relaxar um pouco, como se não sentisse mais a ameaça.

Isso foi muito, muito estranho mesmo. Não senti nenhuma vibração mágicka deles, nenhuma faísca de reconhecimento. Mas eram as pessoas mais assustadoras possíveis. Balancei a cabeça pelo absurdo que aquilo fora, então procurei alguma coisa para fazer.

O dia seguiu em frente. Já estava me sentindo meio abatida e cansada quando Dray entrou. Outra chance de ser proativa, de acertar as coisas! Ah, que alegria!

— Oi — falei.

Será que eu conseguiria acertar as coisas com Dray? Não criticá-la?

Ela assentiu e começou a andar pelos corredores. Se ela estava aqui para roubar alguma coisa, eu ia ficar seriamente puta. E isso seria, sabe, *criticar*. Fiquei por perto, com os braços cruzados sobre o peito. Ela me lançava um olhar de vez em quando.

— E aí, o que está havendo? — perguntei por fim, em uma explosão de proatividade.

Ela olhou para mim, então continuou a ler as instruções de uma caixa de band-aid.

— Você está bem?

Dray apertou um pouco os olhos ao ouvir isso.

— Quem se importa? — murmurou, sem gentileza.

— Eu me importo em saber se você está bem.

Ela deu de ombros.

Esperei. Em geral, tenho um minuto e meio de paciência, talvez três se me forçar. O tempo estava acabando. Trinquei os dentes.

— Meu namorado terminou comigo — admitiu, por fim, sem levantar o olhar. — Na véspera do Natal. Eu já tinha até comprado um presente para ele.

— Ah, não. Que droga. Por que ele fez isso?

— Eu não quis ajudar a limpar o 7-Eleven em Melchett.

Melchett era a cidade ao lado. Limpar? Tipo, roubar?

— Hum, e ele ficou com raiva? — arrisquei.

— Ficou. E terminou comigo. Agora está andando por aí dizendo coisas horríveis sobre mim, contando histórias. Que nem são verdade. Todo mundo está me olhando estranho.

Esperei que ela me contasse que ele então passou de carro atirando e acertou a avó dela, mas a história parecia ter acabado.

— E você está muito chateada?

Isso me fez ganhar um olhar raivoso.

— Sim, estou! A cidade toda odeia minha família, e agora todos os meus amigos *me* odeiam!

— Então saia daqui! — repeti. — Por que você liga para o que seu namorado fracassado diz? Ele que vá para o inferno! Não vale nada! Larga essa cidade e todos os babacas que tornam sua vida difícil! Vá para outro lugar; recomece. Eles não são *ninguém*!

Meu estômago despencou quando os olhos de Dray se encheram de lágrimas. Ela largou a caixa de band-aid.

— Você fala como se fosse tão fácil! — gritou. — Como se soubesse *alguma* coisa! Mas não é! É difícil! Eu não tenho *dinheiro* nenhum, não tenho *carro...* — Ela contraiu o maxilar como se não suportasse falar mais nada. Então, cuspiu no piso de linóleo perto do meu pé e saiu furiosa, fazendo com que o sino tocasse alto. Depois, botou a cabeça dentro da farmácia de novo e gritou:
— Vá se ferrar!

Eu estava começando a ficar experiente em "acertar as coisas".

Esfreguei o punho na testa, sentindo uma dor de cabeça lancinante nascer. Olhei para a frente e vi o Sr. MacIntyre na extremidade do corredor; me preparei para mais gritos.

Em vez disso, ele balançou a cabeça, parecendo tão cansado e arrasado quanto eu me sentia.

— Vá para casa — disse ele. — E não volte.

Isso doeu muito mais do que ele gritando. Eu já estava chorando quando cheguei ao meu carro.

Está vendo? É isso que acontece quando você se arrisca. Eu podia ter ficado em casa, tinha sido *despedida;* mas nããão, eu tinha que ser proativa. Eu *devia* ter ficado em casa. Agora tanto Dray quanto o Velho Mac tinham me demitido das vidas deles, *duas vezes.* Desta vez, eu ia permanecer demitida. Subconsciente? Que se dane.

É claro que em casa me colocaram para trabalhar, pois eu não tinha um emprego para onde ir. Eu estava mal-humorada e aborrecida e não queria ficar perto de ninguém. Eu odiava admitir, mas meus sentimentos estavam feridos. Não faço esforço por muitas pessoas e situações. Eu tinha me esforçado pelo Sr. MacIntyre e por Dray. E eles nem ligaram. Então, que fossem para o inferno.

No dia seguinte eu estava em uma aula de feitiços, só eu e Jess, com Solis nos ensinando. Tomei algumas notas:

Classes principais de feitiços:
1) Adivinhação
2) Para causar mudança em uma pessoa ou coisa
3) Para causar mudança em um evento
4) Comemoração e companheirismo

O quê? Tenho uma letra bonitinha. Posso não ter me formado na escola, mas isso não quer dizer que escrevo como uma camponesa se não tivesse estudado.

Estávamos na sala principal do primeiro andar, treinando um feitiço de cura. Ele encorajava o corpo todo a fortalecer a reação a uma infecção, tipo de um ferimento ou, digamos, se Amy pisasse em um ancinho. Solis nos fez um apanhado das limitações, que eram a pessoa específica, a duração de tempo e a natureza geral da reação.

Jess elaborou seu feitiço lentamente, mas com atenção. Foi interessante observar outra pessoa fazendo magick sem ter que participar. Quando acabou e ele desarmou o feitiço, perguntei:

— Você se sente diferente de alguma maneira?

Jess pensou por um segundo, esfregando as mãos na barba grisalha por fazer. Para alguém tão jovem, ele parecia ter mil anos. Será que a vida difícil podia tê-lo envelhecido tanto? Eu não sabia.

Então, chegou minha vez. Eu tinha acabado de ver Jess executar o feitiço, então fui um prodígio. Primeiro, desenhei os sigils de limitação no ar: especifiquei a mim mesma e mais ninguém como recipiente, a reação para que fosse mediana e o efeito para ser aberto, começando agora e durando até eu ritualmente romper o feitiço em uma data futura. A limitação de reação especificava que era para melhorar minha reação a lutar contra germes, não para me mudar em nada, como me dar visão excelente ou outros sentidos. Quando todas as limitações estavam delineadas (olhei para Solis rapidamente para ver se a expressão dele me dava dica de algum problema), comecei a invocar minha magick. Segurando minha pedra da lua em uma das mãos (Jess tinha usado seu topázio), comecei minha música, baixinho a princípio, e depois com mais confiança.

Quase conseguia sentir o feitiço como uma estrutura verdadeira, como se estivesse construindo algo físico. Segui mentalmente as etapas: parecia inteiro e completo e até mesmo elegante, como uma pintura onde cada pincelada estava no lugar certo. Fiquei satisfeita: evidência de que eu estava realmente aprendendo coisas.

Estava profundamente concentrada. Meus olhos estavam fechados e me senti focada e alegre. Senti a magick em todo meu entorno, como se fosse um pesado aroma de lírios. Nenhum som me perturbava; eu não estava ciente de nada além de mim mesma e da sensação de magick brilhando em mim. Será que minha mãe fazia magick assim? Lembrei-me dela cantarolando em nosso jardim, recitando suavemente enquanto um de nossos cavalos dava cria. Eu estava ligada a ela dessa maneira. Eu estava me parabenizando por um trabalho bem-feito, a única coisa que tinha dado certo, quando de repente deu tudo errado.

Solis gritou, meus olhos se abriram e alguma coisa bateu na minha nuca com força. Minha cabeça foi forçada para a frente, e gritei uma coisa merecedora de um *bip*.

— O que você fez? — gritou Solis, se escondendo atrás de uma cadeira.

O ar estava cheio de... livros voadores. Não livros fofos com pequenas asinhas voando como Pomos de Ouro, mas livros demoníacos, possuídos, se lançando em cima de tudo em busca do nosso sangue.

— Nada! — gritei, desviando de um, depois de outro. Um terceiro me atingiu no ombro como um tijolo. — Droga!

Eu ouvia baques pesados, um atrás do outro, à medida que os livros, alguns grossos e enormes, batiam nas coisas. Um acertou a lateral do corpo de Jess, fazendo-o xingar alto e se esconder atrás da mesa. Não tive tempo de desmanchar meu feitiço, apenas cobri a cabeça com um braço enquanto corria para trás da mesa ao lado de Jess.

Mais livros passaram voando por mim, derrubando objetos de todas as superfícies. Globos de cristal se quebraram no chão; um vidro derramou tinta roxa escura no tapete antigo; xícaras vazias, pedaços de pergaminho, de minerais, blocos de cobre e ouro... tudo saiu voando na tempestade louca que criei de alguma maneira. Um pequeno pote de cobre em pó saiu voando e espalhou brilho pela poça de tinta. Alguns livros voaram violentamente contra a janela, quebrando-a com um enorme estrondo. Outros caíram na lareira, onde pegaram fogo.

— Desfaça! — gritou Solis.

— Não sei como! — berrei, me escondendo debaixo da mesa. Alguns livros deslizaram de cima dela e caíram em cima de Jess, que falou outro palavrão. — Não sei o que aconteceu! *Você* é o especialista! Conserte!

Solis já estava cuspindo palavras com os dedos hábeis, desenhando sigilos e runas e outros símbolos mágickos no ar. Pareceu levar uma eternidade, mas de repente todos os livros caíram pesadamente no chão bem onde estavam, todos de uma vez. Fizeram um tremendo barulho, mas, no silêncio ensurdecedor que se seguiu, ouvimos passos pelo corredor em direção à nossa sala.

Solis deu um pulo, correu para a lareira, pegou livros do meio das chamas e os rolou pelo tapete.

— Que diabos você fez? — rugiu Jess, a 20 centímetros do meu rosto.

— Nada! — gritei em resposta. — Você me viu fazer o feitiço!

A porta se abriu. Asher e Brynne estavam na soleira, de olhos arregalados. Olharam ao redor: prateleiras quase vazias, livros espalhados por toda parte, a janela quebrada. Tudo que estivera em alguma superfície foi derrubado ou empurrado; pequenos potes e garrafas de óleos e essências estavam quebrados no chão. Solis estava de joelhos, avaliando o dano dos livros queimados.

— Que diabos aconteceu? — perguntou Asher. — Vocês estão bem?

Um vento frio entrou pela janela quebrada, enchendo-se do aroma intenso de essências de flores e óleos de ervas.

Mais pessoas chegaram: Charles, River, Anne.

Fiquei de pé lentamente. Eu fiz isso. Eu causei isso.

— O que aconteceu? — perguntou River.

Nós três ficamos em silêncio. A velha Nastasya imediatamente culparia Solis por me ensinar incorretamente, ou Jess por me distrair, ou a vida em geral por não colaborar comigo. O que era claramente o caminho a ser seguido aqui; esse era um novo mundo de coisas ruins.

— Fui eu — confessei, tocando meu olho inchado. — Não sei o que aconteceu, de verdade. Estávamos fazendo um feitiço de cura. Pensei que estava fazendo certinho.

— Estava mesmo — disse Solis, levantando-se, então olhou para River. — Jess fez primeiro, depois foi a vez de Nastasya. Eu estava junto, vendo e ouvindo. Ela fez tudo perfeitamente, e tudo estava bem até a hora em que o feitiço deveria fazer efeito. Aí todos os livros... começaram a voar das prateleiras.

— Como em *O Exorcista* — sugeriu Brynne, não sendo de muita ajuda.

— Exceto que não acreditamos no diabo — contestou Charles, examinando a destruição.

— Você usou limitações? — perguntou River.

— Claro — respondi.

Solis assentiu.

— Ela usou. Estabeleceu todas as limitações apropriadas. Eu realmente não faço ideia de como isso aconteceu.

Ele me lançou um olhar pensativo, e meu coração despencou: a não ser que eu seja irremediavelmente sombria. O pensamento veio em um flash, completamente formado, e apertou meu coração como um punho gelado.

River entrou na sala, pisando por cima dos destroços com cuidado.

— Então era um feitiço normal, estava tudo bem, e de repente os livros voam das prateleiras, vão para todos os lados e quebram tudo.

Tremi e envolvi meu corpo com os braços.

— É.

Estranhamente, a pessoa que senti vontade de ver era Reyn. Pensei na sensação dos braços dele me envolvendo, no quão ilogicamente segura eu me sentia com ele. Eu não sabia por que era assim, mas era.

— Vou arrumar — anunciei, declarando o óbvio.

— Eu ajudo — disse Solis.

— Primeiro, vamos procurar um pedaço de madeira para cobrir aquela janela — falou River.

— Eu posso fazer isso — ofereceu Jess.

Olhei para a sala destruída, senti meus vários calombos e hematomas e pensei que, até agora, o ano novo estava acabando comigo.

CAPÍTULO 12

D emorei 8 horas para limpar a sala, mesmo com a ajuda de Solis. Enquanto trabalhávamos, ele revisou os passos do feitiço, e nós dois examinamos cada pedacinho para ver exatamente onde tinha dado errado. Mesmo assim, não conseguimos descobrir.

A não ser que o pensamento que tive fosse verdade, que minha magick fosse das trevas por herança, como a dos meus pais. A não ser que eu *não pudesse* escolher *não* ser sombria.

Apenas uma semana antes, eu sentia tanta esperança. Via progresso. Agora, eu não conseguia fazer nada certo. Uma nuvem negra e pesada com atmosfera Terävä estava sobre minha cabeça, me seguindo para onde eu fosse. Cada vez que eu me vislumbrava no espelho, o olho inchado e roxo me lembrava que não se podia confiar em mim para fazer um simples feitiço.

Quando Reyn me viu, ele ergueu as sobrancelhas.

— Como está o outro cara?

Eu queria responder com uma coisa inteligente e corajosa e casual, mas não consegui pensar em nada. Em geral, minha cabeça andava confusa, como se eu não estivesse dormindo o bastante, mas eu caía na cama às 21h30, só para tornar esses dias terríveis menores. Eu não tinha outros sintomas além de falta de interesse, cérebro enevoado e desejo de passar o dia todo, todos os dias, na cama.

Eu ia para as aulas, mas me recusava a fazer qualquer magick verdadeira, e, de forma reveladora, ninguém insistiu para que eu tentasse. Eu fazia minhas tarefas.

Certa noite, Reyn, Brynne e eu estávamos na equipe de cozinha. Eu achava que estar com Reyn era ao mesmo tempo reconfortante e tenso. Era exaustivo.

Em minhas tentativas de vê-lo como quem ele era agora, eu estava reparando em como as outras pessoas agiam ao seu redor. Surpreendentemente, percebi que todo mundo parecia gostar dele e parecia se sentir à vontade em sua presença. Eu não tinha notado isso antes. À primeira vista, ele parecia mandão e rude, hostil e sem humor nenhum. Eu estava começando a perceber que ele era apenas muito reservado. Até mesmo introspectivo. Silencioso, lutando contra todos os seus demônios interiores. Eu ainda não sabia por que especificamente ele estava aqui. O que o tinha levado a River? Há quanto tempo estava em recuperação? O que esperava conseguir estando aqui?

As respostas a essas e outras perguntas podem ou não ser reveladas mais tarde em *Eternidade: O drama contínuo baseado em histórias reais.*

— Ah! Aumenta essa música — pediu Brynne, apontando para o rádio pequeno e antiquado que havia na prateleira da cozinha. Aumentei o volume, e Brynne começou a dançar enquanto picava alho. Ela parecia saber a letra de qualquer música que tocava, o que me lembrava do quanto eu era desligada e quão pouca atenção eu prestava às coisas.

— *Baby, you know you got it going on* — cantou Brynne, cortando no ritmo.

Sorri e levantei o olhar. Reyn também estava sorrindo. Nossos olhares se encontraram e Tivemos um Momento; então voltei ao trabalho.

Alguns minutos depois, Amy entrou e se sentou graciosamente em um banco perto de onde Reyn estava cortando linguiças para serem grelhadas.

— Posso ajudar com alguma coisa? — perguntou ela.

Reyn fez que não com a cabeça.

— Você é hóspede.

Mexi o refogado de cebola e alho que estava preparando, e desejei que só houvesse Reyn e eu na cozinha.

— Nastasya?

Demorei um segundo para perceber que Amy estava falando comigo.

— É sua primeira vez na casa de River? — perguntou. — Estive aqui dez anos atrás, e o grupo era completamente diferente. Mas a maior parte das pessoas parece vir e ir e depois voltar.

— Não, é minha primeira vez — falei. — Você vem visitar Anne aqui com frequência?

Era hora de praticar as habilidades sociais tão enferrujadas. Acabei captando que Amy era uma pessoa bem legal, na verdade. Não era culpa dela ter caído no encanto do Glória Dourada. Provavelmente a maior parte das mulheres caía, pensei, com ansiedade.

Amy sorriu.

— Venho de tempos em tempos, mas a última vez que vi Anne foi há três anos. De vez em quando nossa família toda se reúne em algum lugar e passa algumas semanas matando saudades. Na última vez, foi na Ilha do Príncipe Eduardo. É tão lindo lá.

— Sua família toda se reúne? — Detectei espanto no rosto de Reyn, apesar de sutil.

— Sim.

Amy pegou um pedaço de alface da tigela de salada e comeu com a mão.

— A minha também — falou Brynne. — A cada quatro ou cinco anos. Meus pais e todos os meus irmãos.

— Não é ótimo? — perguntou Amy para ela. — É uma loucura e uma confusão, mas é ótimo.

Olhei para Reyn de novo e o vi me encarando. Um entendia o que o outro estava pensando. Ambos éramos órfãos. Nossas famílias tinham exterminado uma à outra. Ele balançou a cabeça, como se estivesse tão confuso por esse pensamento quanto eu.

— E você, Reyn? — perguntou Amy. — Sua família se reúne?

— Não — respondeu. — Mas parece legal.

Ele colocou a última linguiça no prato e saiu em direção ao tempo terrível para usar a grande grelha que havia lá fora.

— Você? — questionou-me Amy.

— Não — falei. — Minha família morreu há muito tempo.

Joguei uma tonelada de batatas cortadas em cubos junto das cebolas e mexi. Essas pessoas adoravam batatas, nunca era o suficiente.

— Ah. — Amy pareceu desconcertada.

— Foi há mais de quatrocentos anos — contei, e ela pareceu surpresa. — Nem consigo imaginar como eles seriam hoje em dia. Como teriam mudado, se modernizado ao longo dos anos, sabe?

Reyn voltou, batendo os pés para tirar a neve.

— É, entendo — solidarizou-se Amy.

— Eles estão meio que congelados no tempo para mim — continuei, e senti Reyn enrijecer ao se dar conta do que eu estava falando. Nunca falo sobre minha família, prefiro esconder minha dor com comentários mordazes. Mas eu estava me sentindo exausta esses dias, com pouca bravata de reserva. Assim, eu estava arrastando meus traumas para a luz do sol, como River sugerira. — Só consigo imaginá-los como eram no século XVI. É estranho.

— É, posso imaginar — disse Amy, parecendo desconfortável.

— Tem sido interessante ver sua família mudando ao longo dos anos? — perguntei educadamente.

— Não exatamente "interessante" — explicou Amy, pegando outro pedaço de alface, de modo distraído, na tigela. — É que parece normal, sabe? As roupas mudam, os cabelos mudam, coisas novas e legais são inventadas, mas não acontece de uma vez. É tudo gradual, então nada parece repentino e nem chocante. É só a vida normal.

Eu nunca tinha ouvido ninguém descrever a imortalidade como normal, então aquilo era um conceito completamente novo para mim. Voltei a mexer as cebolas e batatas na panela para me certificar de que nada queimasse, mas dentro da minha mente havia uma colcha de retalhos feita de novos pensamentos. Para mim, a vida sempre pareceu um desastre sem fim, uma longa série de experiências horríveis intermitentemente interrompidas por alguma coisa boa ou divertida, só para recair na tragédia de novo. As tragédias eram o que eu lembrava, o que acompanhava. Nunca fui forte e nem determinada o bastante para me matar, mas também nunca fui equilibrada o suficiente para ver minha vida como uma coisa positiva, uma longa sequência de oportunidades, momentos aproveitados e pessoas amadas, mesmo que por um tempo. Normal. Que conceito bizarro.

Jantei como um zumbi, mal conseguindo prestar atenção ao que estavam dizendo. Eu tinha tanta coisa em que pensar, tantas novas maneiras de ver uma quantidade tão grande de coisas.

Quando subi, não conseguia lembrar o feitiço para destrancar a porta do meu quarto.

Quando Nell ainda estava aqui, Anne me ensinou um feitiço básico de trancar portas para que ninguém conseguisse colocar nenhum desejo ruim para dentro. Atualmente, eu quase sempre o usava, estivesse no quarto ou não, pois me sentia vulnerável demais se deixasse a porta destrancada. Não que alguma coisa pudesse me alcançar aqui, mas... nunca se sabe.

102

Agora eu estava exausta, sobrecarregada de novos conceitos, e não conseguia entrar em meu próprio quarto. Quando tentei lembrar o feitiço, minha cabeça ficou enevoada, como se tomada por um enxame de abelhas. Comecei e parei várias vezes, com a mão suspensa no ar enquanto tentava traçar um sigil que não conseguia mais visualizar.

Droga. O que estava acontecendo? Ouvi passos na escada. Não queria ser vista aqui como uma idiota, principalmente depois do meu episódio de destruição da sala na semana anterior. Pense, pense, *pense*. Então, de súbito, a forma correta me veio à mente; murmurei o feitiço curto e desenhei os sigils e runas apropriados o mais rápido que consegui.

Girei a maçaneta e entrei, fechando a porta rapidamente. Minha testa estava coberta de suor frio. Qual era o meu *problema*? Tremendo, recitei de novo o feitiço de trancar a porta e cruzei o quarto para fechar as cortinas aquecidas contra a noite negra e fria. Liguei o pequeno aquecedor e ouvi o vapor começar a sibilar pelos canos curvos. Tirei os sapatos em um chute, despi a calça jeans e entrei debaixo da coberta. Os lençóis estavam gelados.

Minha cabeça estava latejando. Fechei os olhos.

— Querida, você está linda. — A voz de Incy, calorosa e simpática, fez meus olhos se abrirem de novo. Ele estava sentado em uma poltrona moderna de brocado branco e madeira escura, no que parecia a sala de uma suíte de hotel. Pensei ter reconhecido o lugar. Seria o Liberty Hotel em Boston? Uma pesada bandeja de prata estava sobre a mesa de centro com tampo de vidro à frente dele. — Chá? Não, você anda tomando chá o bastante ultimamente. Café, então. — Ele me serviu uma pequena xícara de *espresso* e colocou um torrão de açúcar dentro. — Lembra-se da Rússia? Quando tomávamos chá quente através de cubos de açúcar que prendíamos entre nossos dentes?

Minha mão, como se estivesse separada do corpo, se esticou para pegar a xícara de porcelana, e eu assenti. O chá russo era forte e amargo, o que explicava o hábito de tomá-lo com um cubo de açúcar na boca. Tive que tentar várias vezes até conseguir não fazer sons desagradáveis ou deixar que o chá escorresse pelo meu queixo.

— O que você está fazendo aqui? — Minha voz soou como se eu a estivesse ouvindo através de um lenço de papel. Ainda me sentia confusa, atordoada.

Incy se recostou na poltrona e cruzou as pernas, parecendo elegante com uma calça Armani e uma camisa roxa de seda feita sob medida.

— Vim ver você, é claro. — Ele sorriu e tomou seu café. — Sabe, eu sou muito dependente de você.

— Por quê?

Minha garganta ficou apertada, e forcei o café goela abaixo. A bebida deixou uma trilha quente e trouxe de volta um pouco de ácido do meu estômago. Por que ele estava aqui? Como tinha me encontrado? Eu tinha tentado desaparecer, achei que estivesse segura em River's Edge.

Innocencio deu de ombros e examinou a pintura a óleo sobre a mesinha de canto.

— Pensei que eu só tinha me acostumado com você — disse ele lentamente. — Mas, na verdade, é bem mais do que isso. Você e eu somos almas gêmeas, dois lados de uma mesma moeda. Não pode existir eu sem você. — O rosto dele mudou, escureceu, e seus olhos eram carvões em brasa quando ele olhou para mim. — E não pode existir *você* sem *mim*.

O sorriso dele era lindamente cruel, e tremi como se dedos gelados estivessem percorrendo minha coluna. Ele estava dizendo tudo que eu temia, tudo que eu não queria que fosse verdade.

— Não somos almas gêmeas, Incy — falei. Bebi um pouco do café para mostrar o quanto eu não estava preocupada e nem convencida, e quase engasguei. — Não somos amantes. Fomos melhores amigos por muito tempo. Mas acho... que preciso de um tempo.

O quarto ficou escuro, como se de repente fosse coberto por um eclipse. O rosto de Incy ficou tomado de contrastes, a pequena lareira do quarto lançando sombras bruxuleantes sobre suas feições simétricas. Ele ficou de pé, olhando para mim, então jogou a xícara na parede, onde ela se espatifou. O café escorreu pelo papel de parede amarelo como se fosse sangue. Meu coração bateu irregularmente, e senti que não conseguia respirar.

— Não, Nastasya. — A voz dele estava tensa e controlada. — Não, Nastasya. Não, *Sea*. — Sea fora meu nome antes de Nastasya. — Não, Hope. Não, Bev. Não, Gudrun. — Ele estava repassando minhas identidades, voltando no tempo, nas décadas. — Perceba, Linn, Christiane, Prentice, Maarit; nosso lugar é um com o outro. Não se lembra, Sarah? Lembra de quando nos conhecemos? E eu era...

— Louis.

— Sim. Eu era Louis para sua Sarah. Depois, fui Claus para sua Britta. — Ele pronunciou do jeito alemão: *klows*. — Depois fui Piotr para sua Maarit. E James para sua Prentice. Depois, Laurent. Beck. Pavel. Sam. Michael. Sky. Lembra quando éramos Sea e Sky, juntos na Polinésia? Agora, sou Innocencio para sua Nastasya. E você. Não. Vai. Dar. Um. Tempo. *Comigo!*

Ele terminou com um rugido, dando um chute na mesa e derrubando um abajur de cristal de cima da mesa. Ele se levantou bem na minha frente, com o peito arfando, os olhos vermelhos, e parecia totalmente fora de si, como um drogado, como...

Como se fosse um drogado. Como se fosse viciado... em mim.

Foi uma percepção surpreendentemente clara; uma percepção que eu queria ter tido, digamos, uns oitenta anos antes.

Fiquei de pé, tentando projetar força. Ele nunca me machucou em cem anos. Era difícil acreditar que me faria isso agora.

— Não somos *almas gêmeas*, Incy — repeti, sentindo minha própria raiva se acender e afastar meu medo. — *Nunca* pensei isso, e não sei por que você pensaria. E é claro que posso dar um tempo; de você, de tudo. Vou descansar, passar um tempo fora, e então quem sabe a gente possa se reunir no Rio ou em outro lugar. A tempo do Carnaval. — Dica: o carnaval era em fevereiro.

— Acho que não, Nasty — desafiou Incy, com um sorriso frio. — Não gosto de ficar sozinho. E considerando o preço a se pagar por me abandonar, tenho certeza de que vai mudar de ideia.

Ele fez um gesto gracioso para a direita, como se demonstrando o que havia por trás da porta número um.

Olhei para lá, e meu corpo pulou de choque. Levei alguns segundos para compreender o que estava vendo. Havia... cabeças jogadas em uma poça densa de sangue seco e coagulado. Era difícil ver as feições como humanas, mas enxerguei além da pele solta e cinzenta, dos olhos entreabertos e das bocas frouxas, e reconheci os rostos de Boz e de Katy. A mão pálida de um deles aparecia por trás do sofá; os corpos estavam ali. Incy os tinha matado.

E então ele estava segurando uma espada enorme e curva, como uma cimitarra. Havia sangue seco na lâmina. Incy sorria enquanto vinha na minha direção. O fogo na lareira tinha se apagado, e uma fumaça preta, densa e oleosa subia pelo quarto. Eu podia sentir o cheiro. Conseguia sentir o aroma sufocante e metálico do sangue seco.

— Vem cá, Nas — chamou Incy, baixinho. — Vem cá, querida.

Fiquei paralisada, imóvel. Eu odiava o Incy louco, queria o Incy divertido de volta. A fumaça estava me engasgando; eu estava ofegante, puxando o ar com força, sufocando...

105

E então Incy estava acima de mim, com os olhos brilhando ao erguer a cimitarra. Eu não conseguia me mexer, não conseguia pular para sair do caminho, não conseguia atacá-lo...

E, com um sorriso, ele baixou a lâmina com força.

Dei um pulo, acordando tão rápido que caí da cama, fazendo meu ombro e quadril se chocarem dolorosamente contra a madeira fria. Fiquei ali deitada, em silêncio e imóvel, como se me mexer fosse fazer Incy se materializar em meu quarto.

Inspirei lentamente, em silêncio, então olhei os quatro cantos do meu quarto. O mesmo quarto de sempre na casa de River. Vazio exceto por mim. Com a janela fechada. A porta fechada e trancada por feitiço? Não conseguia lembrar. Inspirei de novo e só senti o cheiro da alfazema que colocávamos na água de lavar roupas e um leve toque do vinagre branco que usávamos nos espelhos e janelas. Nada de sangue. Nada de fumaça preta sufocante.

O chão estava frio. Sentei e acendi o abajur, então caí de novo, me encostando na cama. Meu rosto e costas estavam grudando de suor. Tirei o cabelo do rosto com a mão trêmula.

O que havia de *errado* comigo?

Isso tinha começado no Ano-Novo... no círculo de Ano-Novo. A piada era que eu tinha me comprometido a ser boa, a fazer magick Tähti. Quero dizer, eu tinha... *ah, meu Deus.* Eu tinha descartado *as trevas.* E se... E se eu apenas tiver *libertado* as trevas, *desencadeado*? E se eu tiver mandado minhas trevas (que eram consideráveis, levando em conta a história da minha família) *para o mundo*? Agora estavam voltando como um cão raivoso, mordendo meus calcanhares, me assustando com ameaças muito piores.

Em seguida, tive outro pensamento ruim. Rastejei para debaixo da cama e usei as unhas para puxar um pedaço do rodapé. Havia um pequeno espaço atrás dele, aberto no gesso da parede. Enfiei a mão lá dentro e peguei um lenço de seda colorido e embolado. Voltei a me recostar na cama e, ainda trêmula, desenrolei o objeto que havia ali dentro.

O ouro velho e polido brilhou para mim, quente na minha mão. Nunca ficava frio. Era metade do amuleto que minha mãe sempre usava ao redor do pescoço. Encontrá-lo e possuí-lo foi o motivo de os invasores terem invadido o castelo do meu pai e matado todo mundo, menos eu. Mas só encontraram metade. Eu ainda estava com a outra parte. Eu o tirei do fogo, enrolei em um lenço e amarrei no pescoço, para que pudesse correr com as mãos livres. Ele queimou o lenço e atingiu minha pele, deixando uma marca ali, dos desenhos, dos símbolos, de tudo. Essa queimadura nunca cicatrizou, assim como a que Reyn tinha no peito.

Guardei isso a vida toda. Era a única coisa que eu tinha da minha família, da minha infância.

Mas era um tarak-sin: o objeto ancestral que ajudava a canalizar uma enorme quantidade de magick para meus pais, os governantes de uma das oito grandes casas de imortais. Cada uma das casas tem ou teve seu próprio tarak-sin. Não precisava ser um amuleto, podia ser praticamente qualquer coisa. Alguns se perderam. Eu não fazia ideia de nada disso até chegar a River's Edge. Também aprendi que todo mundo acreditava que o tarak-sin da Casa de Úlfur tinha se perdido para sempre.

Não fazia ideia se esse pedaço quebrado ainda tinha poder, se ainda conseguia aumentar meu próprio poder. Por 450 anos, guardei aquilo apenas por ter pertencido à minha mãe.

Agora eu o estava segurando na mão, me perguntando se era a causa das minhas trevas, dos meus fracassos. Ele canalizou magick das trevas por séculos, quem sabe quantos. Será que era intrinsecamente sombrio por si só? Será que o fato de eu o carregar por aí era uma das razões, a principal, de minha vida ter sido horrível a maior parte do tempo?

Era a única coisa que eu tinha da minha mãe. A única coisa que eu tinha de uma vida que foi literalmente apagada da face da Terra. Das várias fortunas que ganhei e perdi ao longo dos anos, essa coisa secreta sempre fora meu mais precioso bem. E talvez a chave para meu declínio eterno. Talvez uma fonte inescapável de mal.

Era possível que a única coisa que eu mais valorizava fosse a única que eu não podia ter.

CAPÍTULO 13

Fiquei acordada até clarear, então recoloquei o amuleto em seu esconderijo na parede. Desenhei com o dedo um sigil rápido de invisibilidade sobre ele; não que alguém fosse olhar para o rodapé atrás da minha cama. Várias semanas atrás, tive uma ideia de que queria reivindicar minha herança como filha da minha mãe e herdeira do meu pai. Por algum motivo, não percebi a inevitabilidade de que isso me revelaria tão sombria quanto eles foram.

Senti-me pouco à vontade comigo mesma, como se estivesse exalando peste bubônica e todos conseguissem ver. Todos estavam rindo na sala de jantar ao prepararem o café da manhã. Eu não queria ficar perto de ninguém. Definitivamente não queria ir para o celeiro, nem para o galinheiro. Ir a uma aula seria horrível, e o que aconteceria na próxima vez em que eu fizesse magick era algo que só se podia imaginar.

Eu só precisava...

Eu não fazia ideia do que precisava. Mas eu tinha que me mexer, tinha que fazer alguma coisa. Felizmente, minha impulsividade sempre presente ainda era parte do mosaico Nasty, e ela me disse para largar a vassoura, pegar as chaves e o casaco e andar pela neve até meu carrinho. E foi o que fiz, com uma imediata sensação de alívio pela ideia de escapar dessas pessoas que não eram som-

108

brias, dessa casa que não era sombria. Eu precisava desesperadamente estar em outro lugar, fazer outra coisa, não falar com ninguém.

Gelo no para-brisa, motor difícil de ligar no tempo gelado... eis um momento em que um pouco de magick seria muito útil, sabe? Será que eu sabia algum feitiço útil? Não, certamente não. Mas vá em frente, me pergunte o nome latino, por exemplo, da dedaleira. *Digitalis purpúrea*. De nada.

Merda! Meu carro deslizou por todo o caminho não asfaltado até uma estrada secundária, de onde, graças a Deus, a neve tinha sido removida. Dali eram alguns quilômetros até a estrada principal, também sem neve, que levava à cidade.

É, porque tinha tanta coisa na *cidade* para mim, não é? Havia o restaurante comida chinesa/falafel, os prédios abandonados, o lugar de onde fui demitida *duas vezes*... Só havia um bar nojento, um mercado, uma lavanderia velha. A Main Street tinha quatro quarteirões. Já fui a museus maiores do que isso.

Mas para onde mais eu iria? Tinha dado alguns passos para a frente e cinquenta para trás. Meu estômago roncou e se contraiu, e lembrei que ainda não tinha comido nada. Passei pela farmácia MacIntyre's, e é claro que não resisti a dar uma olhada. A loja estava acesa e a placa de ABERTO estava na porta, mas não vi ninguém além de uma mulher parada em frente à bancada vazia, olhando ao redor na esperança de alguém aparecer para ajudá-la.

Aposto que o Velho Mac estava lamentando ter me demitido *agora*.

A Main Street foi ficando menos movimentada, e 400 metros depois eu estava de volta a terrenos vazios, uma pequena casa aqui e ali, o alívio para as grandes redes elétricas.

Fiz a volta, dando um suspiro. Talvez eu fosse comprar alguma coisa no Pitson's, o único mercado, e voltar para River's Edge. Tinha acabado de dar 8 horas da manhã, o que mais eu podia fazer? Quando passei de novo pela farmácia MacIntyre, vi a mulher saindo da loja de mãos vazias. Ninguém a havia atendido. Será que ela não chamara o Velho Mac? Ele devia estar na parte de trás da farmácia.

Segui em frente e, sem nem pretender, parei devagar junto à calçada.

Fiquei sentada ali por um minuto, sem pensar, sem fazer nada, apenas batendo com o dedo no volante. Então saí, tranquei o carro e andei até a farmácia. O sino acima da porta tocou com uma alegria falsa, como se estivesse tentando me fazer acreditar que eu não estava entrando no meu inferno particular. Olhei em todos os corredores, mas não vi o Velho Mac. Hesitante, andei até os fundos. A porta da área dos medicamentos, sempre trancada, estava aberta, com um chaveiro ainda pendurado na fechadura. A luz estava acesa, mas o Velho Mac não estava lá. Eu nunca tinha visto aquilo.

Tranquei a porta da sala e guardei a chave no bolso. O Velho Mac não estava no estoque dos fundos da loja, mas pegadas na neve fresca levavam ao pequeno depósito perto da cerca lateral. A porta estava aberta, e me aproximei sorrateiramente, com medo do que encontraria. Não sou nem um pouco do tipo heroico, mas podia ligar para a emergência, onde tem os melhores heróis.

Então eu o vi. Ele estava parado dentro do depósito, com a cabeça encostada em uma caixa de papelão na prateleira. Estava falando sozinho. Será que estava rezando? Que tinha enlouquecido? Quero dizer, mais ainda? Isso não era bom. Decidi dar alguns minutos a ele, para ver se saía do transe, então refiz meus passos até a loja. Perdi muitas pessoas na minha vida, claro. Perdi um filho. O filho que Reyn encontrou, naquela vez, há tanto tempo. Fazia mesmo muito tempo, eu tinha vivido muitas vidas desde então. Mas quando fechei os olhos, ainda consegui sentir o cheiro de bebê dele, ainda consegui ouvir a risada dele, que sempre me fazia rir também...

ᚼ ᚼ ᚼ ᚼ ᚼ ᚼ ᚼ ᚼ ᚼ ᚼ ᚼ ᚼ ᚼ

Foi na Noruega. Eu estava casada. Meu marido era horrível e eu o odiava, mas naquela época mulheres jovens não moravam sozinhas. Meu filho foi um milagre. Ele era gordinho e fofo, com a saúde perfeita em contraste com a alta taxa de mortalidade infantil da época. Seu cabelo era denso e claro, e os olhos eram do mesmo azul de um céu limpo de primavera. Eu o batizei de Bjørn, que significa "urso", porque ele era como um filhotinho de urso. Ele fazia tudo valer a pena: meu marido, nossa pobreza, toda a dificuldade. Eu o colocava em uma cesta trançada e o carregava comigo quando ia pendurar a roupa lavada, tirar o leite das cabras ou colher frutas silvestres.

A risada gorgolejante de Urso, o modo como ele brincava com os dedos dos pés... tudo era bom naquela época, no meu mundo. Éramos muito pobres, e meu marido bebia as poucas moedas que eu conseguia vendendo ovos, leite de cabra, e manteiga de leite de vaca no verão. Quando ficava sóbrio, cuidava da fazenda sem entusiasmo, pegando o boi do vizinho emprestado para arar o chão duro e pedregoso. A cada ano, nossas safras anêmicas de cevada e aveia ficavam menores. Ele poderia ganhar mais se caçasse animais e vendesse as peles, mas para isso precisaria fazer algum esforço.

Ainda assim, eu era feliz com meu adorável Urso, e era quase sempre eu e ele juntos, um dia após o outro, em nossa casinha com telhado de sapê.

E então, chegaram os invasores. Um dos homens de Reyn afundou um machado na cabeça do meu marido. Eu o encontrei do lado de fora dos cercados vazios, onde ficavam minhas cabras e única vaca leiteira. O Açougueiro do Inverno tinha levado todos os animais de nosso vilarejo, todos os grãos e cerveja, e quase todos os queijos. A patética reserva de dinheiro que eu tinha conseguido esconder do meu marido era inútil, pois não havia nada para comprar em um raio de dez léguas.

O modo como meu marido morreu foi horrível, mas também foi um alívio. Fiquei feliz em ser viúva, em ficarmos apenas eu e Urso. E então Truda, uma garota que ficou órfã naquele dia, veio até minha porta sem ter para onde ir. Depois de escapar da escravidão ou da prostituição forçada, ela estava empolgada em ir morar comigo e ser minha ajudante. Ela definitivamente se esforçava muito mais do que meu marido jamais fizera. Minha vida estava boa.

Urso cresceu e se transformou em uma criança inteligente e forte, sempre rindo e subindo em tudo. Consegui plantar uma pequena quantidade de aveia, e usávamos para fazer mingau, pão e cerveja. Mas então uma epidemia de gripe assolou a cidade. A fome que os invasores do inverno causaram tinha enfraquecido todo mundo, e muitas pessoas morreram. Truda foi uma delas, aos 13 anos. E Urso também, embora meio-imortais costumassem conseguir lutar contra doenças. Eu teria cedido de bom grado minha imortalidade inútil para ele, teria morrido contente no lugar dele. Em vez disso, banhei seu corpinho quente e tentei dar a ele um pouco de água. Enfim. Ele morreu. Nunca tive outro filho depois disso. Jamais queria passar por aquilo de novo.

— Ah, aí está você.

A voz me assustou, e percebi que estava parada junto à porta, do lado de dentro, perdida em pensamentos. Respirei fundo, trêmula, e passei a mão pelo rosto. Uma mulher estava esperando perto da bancada da farmácia. Ela era cliente regular; Meriwether a chamava de Sra. Philpott.

— Ah... — Abri a boca para explicar que não trabalhava mais aqui, mas a Sra. Philpott continuou:

— Que bom te ver. Estou com um pouco de pressa. Estou indo para o aeroporto, e percebi hoje de manhã que precisava pegar minha medicação. Vai acabar antes de eu voltar.

— Hum... O Sr. MacIntyre... não está disponível agora — avisei. — Talvez em cinco minutos?

A Sra. Philpott pareceu preocupada.

— Lamento, mas não tenho cinco minutos — replicou, com firmeza, mas não grosseria. — O táxi de Eddie está esperando.

Ela apontou para a vitrine, e pude ver o táxi vinho da cidade com os faróis ligados.

— Tudo bem, vou ver.

Fui para a parte de trás de novo, na esperança de ver o Velho Mac andando em direção à loja. Mas ele ainda estava no depósito, com a cabeça encostada na caixa de papelão, e agora parecia que estava chorando.

— Ele ainda não está disponível — expliquei. — Será que você não pode comprar sua medicação no lugar para onde vai?

— Consigo ver minha encomenda bem ali.

A Sra. Philpott apontou para a estante atrás da bancada. Ela ainda não estava sendo rude, o que era incrível, mas tinha uma determinação que provavelmente derrotava a maior parte das pessoas. Eu conseguia sentir minha firmeza desmoronando.

— Não tenho permissão para entrar lá.

— É tamoxifeno — insistiu a Sra. Philpott. — Preciso dele agora, e você vai pegá-lo para mim nem que tenha que saltar por cima da bancada.

Tamoxifeno era remédio para câncer. Eu tinha lido sobre ele anos antes em uma revista *Reader's Digest* na sala de espera do meu salão de beleza favorito em Nova York. O olhar fixo da Sra. Philpott abriu buracos na minha resistência.

Peguei as chaves no bolso, destranquei a porta e rezei para que o Velho Mac continuasse a surtar por mais uns 7 minutos. Entrei na área de medicamentos, peguei o saco e entreguei a ela, junto com a folha que ela tinha que assinar dizendo que pegou o remédio.

— E aqui diz que seu plano de saúde cobre isso — falei, olhando para o rótulo.

— Isso mesmo — concordou a Sra. Philpott, assinando.

Abri um sorriso, e ela empertigou a coluna e sorriu de volta.

— Muito obriga...

— *Que diabos você está fazendo?*

O Velho Mac abriu a porta de repente e entrou como um turbilhão na área de medicamentos, que era pequena demais para nós dois.

Que ótimo. Ele tinha que voltar à sanidade *logo agora*. Ele chamaria a polícia para me prender, com certeza.

— James, pare de gritar — repreendeu a Sra. Philpott energicamente enquanto enfiava o pequeno saco de papel na bolsa. — Eu praticamente coloquei uma arma na cabeça dela para fazer com que me entregasse o remédio. Ela me disse que não podia entrar aí.

— Não pode! — rugiu o Velho Mac, em ótima forma outra vez. — Vou chamar a polícia! Isso é ilegal!

A Sra. Philpott bateu com a mão na bancada, o que fez nós dois saltarmos. A firmeza de aço que ela mostrara para mim voltou com força total.

— Jamie MacIntyre — disse ela com voz baixa e controlada —, conheço você desde a escola, e você não me assusta. Eu a *obriguei* a pegar a medicação para mim. Você não vai fazer *nada* com ela. Agora deixe de ser um *cretino*. Está ouvindo?

O Velho Mac ficou parado, sem dizer nada. Tentei irradiar inocência e prestatividade enquanto saía do lado dele e voltava para a área da loja.

— Isso é um sim? — disse a Sra. Philpott.

Do lado de fora, o motorista de táxi tocou a buzina, e eu fiz uma careta. Nunca mais queria entrar em um táxi.

— Sim — disse o Velho Mac com dificuldade, odiando completamente a situação.

— Que bom. Tchau. Vejo você quando voltar.

Ela se virou para sair, lançando-me um sorriso final, que retribuí.

Depois que ela deixou a loja, decidi ir embora também antes que ele chamasse a polícia de fato. Dei uma última olhada no homem: parecia patético, diminuído atrás do balcão de uma loja vazia. Por um segundo, eu quis dizer alguma coisa, mas ele provavelmente só gritaria comigo de novo, e *então* chamaria a polícia.

Desse modo, me virei e o deixei lá. Do lado de fora, o vento frio tirou meu fôlego. Era hora de voltar a River's Edge. Eu não fazia ideia de para que meu pequeno passeio serviu, exceto me tirar de lá por um tempo.

Liguei o carro e usei os limpadores para tirar a neve do para-brisa. Eu me sentia terrível, como se estivesse um rigoroso dia de inverno dentro de mim, assim como do lado de fora. Por que fui pensar em Urso? Havia me treinado para nunca fazê-lo. Aconteceu mais de quatro séculos atrás, Nas. Supere.

113

Segui pela Main Street, e para tornar minha manhã só um pouco mais alegre, vi Dray. Ela parecia estar congelando, com uma jaqueta curta que tinha uma pelugem barata ao redor do capuz. Acenei, e ela ficou me olhando. O fato de não haver nenhum carro por perto significava que eu podia fazer o retorno ali mesmo, e foi o que fiz, contornando com o pequeno carro sem dificuldade.

Dray sumiu. Olhei para os dois lados da rua, mas não havia para onde ela pudesse ter ido exceto uma viela estreita entre dois prédios. Para fugir de mim.

Eu tinha a palavra FRACASSO estampada na testa, estampada na vida.

Fiquei impressionada ao ver que passava pouco das 9h. Já teriam sentido minha falta a essa altura, sem dúvida. Saí da estrada principal, entrei na secundária e logo vi o bordo sem folhas que ficava na entrada de River's Edge. E... assim que meu carro entrou nas terras de River, me senti estranha.

Hoje, com a neve e o gelo, segui ainda mais devagar do que o habitual, tendo em mente o modo como deslizei antes. Mas não eram as condições da rua que estavam me incomodando. Eu sentia... medo. Uma sensação de medo. Não era em relação a nada real. Meu coração saltou; sentia-me angustiada, a ponto de me virar e olhar ao redor, como se uma gangue estivesse me caçando, prestes a atacar o carro.

Era bobeira. Eram apenas minhas emoções idiotas me controlando. Eu ainda estava demitida; Dray ainda me odiava. Tentei ajudar hoje e quase tive a polícia em cima de mim. Pensei em Urso. Tudo estava dando errado. Tudo doía, tudo era sofrido.

Eu estava chegando a um estado de desespero inútil quando me dei conta de que o carro não estava respondendo. Apertei o freio para fazer uma curva, mas nada aconteceu. Enfiei o pé com mais firmeza, pronta para deslizar. Nada. Eu tinha acelerado um pouco durante meu desvario, e agora realmente precisava diminuir a velocidade. Estava chegando perto da última curva, antes de a rua se alargar e virar a área de estacionamento com o chão de cascalho.

Era como segurar as rédeas de um cavalo fora de controle. Apertei o volante e enfiei o pé com tudo no pedal do freio, mas nada aconteceu. Meu Deus, isso era ruim. Eu precisava parar! Segurei o freio de mão e puxei com força. Não aconteceu nada!

Será que minhas trevas estavam dominando até mesmo essa *máquina*? Agora eu estava indo direto para cima da velha picape vermelha de River. Eu ia esmagá-la.

O que fazer, o que fazer? Naquele momento, o volante virou sozinho. Senti-o girando nas mãos enquanto eu tentava virá-lo para o outro lado. E ali estava ele, o enorme carvalho. Ficando maior, ficando maior, tão rápido...

* * *

— Tem alguma coisa quebrada?

A voz parecia vir de muito longe. Talvez de debaixo d'água.

— Ainda não sei. Vamos desligar o motor.

A voz de Solis. E de Lorenz.

Eu não queria abrir os olhos, só queria voltar a dormir, mas meu nariz estava entupido e minha boca, cheia de sangue. Pisquei com dificuldade quando mãos fortes me tiraram de dentro do carro.

— O que aconteceu?

Era Reyn. Ele parecia preocupado?

— Não sabemos — disse Solis. — Eu a vi entrar muito rápido, e então virou direto para aquela árvore.

Não, pensei quando alguém tirou minhas pernas do carro e as deitou sobre o chão coberto de neve. Inclinei-me e cuspi sangue. Mesmo com a visão embaçada, o contraste do vermelho intenso sobre o branco era chocante.

— Nastasya, o que aconteceu? — Solis se ajoelhou na neve e levantou meu queixo.

— O motor não desliga — constatou Lorenz, e eu pude ouvir as chaves balançando. — Tirei a chave, mas o motor continua ligado.

Meu nariz estava sangrando, e eu o limpei antes que pingasse na minha boca novamente. Eu sei. Eca.

Como eu estava inclinada para a frente mesmo, peguei um pouco de neve e coloquei na boca. A sensação foi deliciosa, e tentei pensar em como enfiar minha cabeça toda em uma pilha de neve. Ouvi o capô do carro ser aberto.

— Solis — chamou Reyn, e a voz dele estava estranha. — Tirei os cabos da bateria. O motor ainda está ligado.

A mão de Solis parou de tatear meu braço em busca de ossos quebrados.

— Não é defeito no carro — avisou. — É magick. Magick das trevas.

— Vou buscar River — disse Lorenz, e pude ouvi-lo correndo para casa.

Pisquei de novo. Não conseguia respirar pelo nariz.

— Você consegue ficar em pé? — perguntou Solis. — Quero levar você para longe desse carro.

Assenti, o que doeu, e me levantei devagar. Solis rapidamente passou as mãos pelas minhas duas pernas de maneira impessoal, como se estivesse verificando um cavalo manco. Como meus joelhos não dobraram, concluí que estava bem. Mais uma vez ele ergueu meu queixo e olhou no meu rosto.

— Seu nariz está quebrado — disse ele.

Vi River correndo até nós, com o rosto cheio de preocupação.

— O carro está enfeitiçado — resumiu Solis. — Você consegue desligá-lo?

River assentiu e passou por nós. Ouvi Reyn dizer alguma coisa para ela, mas não consegui entender.

— O que aconteceu? — perguntou Solis.

— Não sei — respondi, mas por causa de todo aquele sangue, o que saiu foi "dão se". Cuspi mais sangue contra a neve (eca). — Eu eschava diriginto e o carro dão parou.

— Tudo bem. Vamos cuidar de você — falou, então me ajudou a subir até a varanda.

Dentro da casa, Solis me levou para cima em direção ao meu quarto. Eu tinha acabado de tirar o casaco quando Anne entrou correndo, segurando uma bacia, alguns pedaços de panos e um kit de primeiros socorros. E, é claro, uma caneca de chá fumegante, porque não se espirrava por aqui sem alguém aparecer correndo com uma caneca de chá. Seu braço foi amputado? Tome um chá. Tem um legado de trevas destruindo lentamente cada faceta da sua vida? Chá.

— O nariz dela está quebrado — contou Solis para ela.

— Ah, merda — disse Anne. — Mais alguma coisa? Costelas? Dentes?

— Todo o resto parece bem.

— Vamos tirar esse cachecol. Está encharcado de sangue.

— Dão! Qué disser, pó deixar, eu diro depois. — Minhas mãos agarraram o cachecol.

— Beba isso. Limpe o sangue da boca.

Anne empurrou a caneca para mim. Minhas mãos estavam tremendo, mas consegui segurá-la. O calor foi bom mesmo, e o chá tirou quase todo o gosto de sangue. Droga. Certa de novo.

— Muito bem — suspirou Anne, tirando a caneca de mim. — Deite-se.

Obedeci. Com delicadeza, ela limpou meu rosto usando um pano morno. Senti cheiro de calêndula e folhas de sabugueiro na água morna.

— Você vai ficar com os dois olhos roxos — constatou Anne. — E logo agora que seu olho roxo da biblioteca ficou bom. O air bag deve ter aberto, deve ter sido isso que quebrou seu nariz.

— Dão lembro.

— Bem, você está começando a inchar. Vamos consertar seu nariz antes que piore.

Antes que eu tivesse tempo de ficar nervosa e me dar conta do que ela estava fazendo, Anne colocou cada dedo com firmeza de cada lado do meu nariz.

— Ai ai ai dããão! — gritei, e ouvi o som de um "claque" alto na mesma hora em que uma nova dor explodiu no meu nariz. Arqueei as costas e levantei as mãos. — Ah, beu Deus! Berda! Droga!

Os dedos dela ainda apertavam meu nariz com firmeza.

— Fique parada! — reclamou Anne. — Você vai tirar do lugar de novo.

Ela começou a murmurar baixinho. Uma das mãos segurava meu nariz no lugar enquanto a outra desenhava sigils e runas graciosamente no ar com incrível rapidez. Feitiços de cura. Mais uma vez, feitiços úteis que eu não sabia. Então lembrei que eu estava aprendendo um feitiço de cura quando fiz a biblioteca vomitar livros.

— Tudo bem — murmurou ela, um ou dois minutos depois. — Agora, vamos colar no lugar. — Ela rasgou um pedaço de esparadrapo branco e colocou com cuidado em cima do meu nariz. Olhou para o resultado do seu trabalho e sorriu. — Você parece uma pequena boxeadora — constatou. — Depois de uma luta importante.

— Peso-galo. Eu estava pensando exatamente isso — disse Solis.

Eu tive zero reação a isso. Ze-ro.

— Agora sente-se e termine o chá.

Obedeci. A dor no meu nariz já estava diminuindo. Quando a caneca ficou vazia, eu não estava mais falando como o Hortelino.

— Agora, o que aconteceu? — perguntou Solis na mesma hora em que River e Reyn entraram no quarto.

Será que Reyn poderia me ver ao menos uma vez com roupas decentes e cabelo penteado? Aparentemente, não.

— O que aconteceu? — ecoou ele, com a aparência sombria.

Eu não queria falar sobre o acidente. Tinha certeza de que foram as trevas em mim que fizeram o carro se tornar suicida.

— Fui para a cidade — comecei com relutância, lembrando imediatamente de que, ops, saí sem falar com ninguém. — Tudo estava bem, o carro estava bem. Mas, quando entrei aqui, o carro pegou velocidade sem que eu reparasse. Tentei diminuir, mas os freios não funcionaram. — Fiz uma pausa, tentando recordar com exatidão. — Percebi que ia bater, que estava indo direto para cima da picape de River. Mas o volante virou e não consegui impedir. Ele mirou direto na árvore.

— Você tentou usar o freio de mão? — perguntou Solis.

❧ 117 ❧

Assenti.

— Puxei com força, mas nada aconteceu.

River se aproximou e passou a mão pelo meu cabelo. As partes mais compridas na frente estavam grudadas com sangue seco.

— Por que você foi para a cidade? — perguntou ela com delicadeza.

— Eu precisava de uma coisa. Rápido.

— O carro estava enfeitiçado — disse Reyn.

River pareceu preocupada.

— Consegui parar o motor. Senti magick das trevas, forte, mas que fora muito bem executada. Não consegui captar assinatura. Onde você estacionou na cidade? Quanto tempo ficou longe do carro?

— Não muito — contei. — Estacionei na rua, em frente ao Early's. Não devo ter ficado fora mais de dez minutos.

Então ergui as sobrancelhas ao perceber o que ela estava dizendo. River achava que talvez alguém tivesse enfeitiçado o meu carro na *cidade*. E me lembrei: no último sonho com Incy, ele estava no Liberty Hotel, em Boston. Nas visões anteriores, quando conseguia decifrar onde ele estava, era na Califórnia. Será que Incy estava mesmo em Boston? Talvez até mais perto do que isso? Será que poderia ter sido ele? Ele, e não eu? Depois de um momento, balancei a cabeça, o que foi um erro. Eu estava muito cansada de pensar nisso tudo.

Asher entrou. Meu pequeno quarto estava lotado.

— Acabei de ficar sabendo — falou, olhando para mim e depois para River.

— Vá dar uma olhada no carro de Nastasya, tá? — pediu River. — Não consegui captar nada, mas talvez você consiga.

Ele assentiu e saiu, seus passos ecoando pelo corredor.

Anne se levantou.

— Descanse um pouco — sugeriu. — Depois desça para o almoço.

— Tudo bem.

Todos saíram, e meu quarto ficou silencioso de novo.

Reyn parou à porta. Não disse nada, apenas olhou para mim. Fiquei constrangida. Provavelmente seria reconfortante ter os braços dele ao meu redor. Será que isso estava claro nos meus olhos? Será que ele percebeu o que eu estava pensando?

Depois de alguns segundos, ou talvez uma hora, ele se virou e saiu, silencioso como um assassino.

Dormi.

CAPÍTULO 14

þ þ þ þ þ þ þ þ þ þ þ þ þ þ þ þ þ

— *Ele está chegando?* — sussurrei para Eydís.

Eydís espiou por detrás da tapeçaria pesada.

— Não. — Ela quase não respirava.

Sorrimos uma para a outra com alegria. Eu tinha 7 anos; ela tinha 9. Estávamos nos escondendo do nosso irmãozinho menor e chato, Háakon, que sempre queria nos seguir. Não o odiávamos, mas ele nem tinha 4 anos ainda e estava nos deixando loucas. Encontramos um excelente esconderijo: as paredes do castelo do meu pai eram feitas de pedra. Na Islândia. Assim, quase todas eram cobertas de enormes tapeçarias, que ficavam penduradas em todas as estações, menos no verão. Eydís e eu éramos ambas muito magras, e se ficássemos na ponta dos pés e prendêssemos a respiração, o tecido mal ficava marcado. Vinha funcionando de maneira esplêndida havia dias. Háakon estava ficando maluco de frustração.

— Invasores! Meu senhor, invasores!

O grito veio do pátio lá fora. Imediatamente, Eydís e eu ouvimos o som metálico de armas e escudos, e o bufar de cavalos. Corremos até uma janela próxima e a abrimos, pois não conseguíamos ver através do vidro ondulado. Ao longe, surgindo no pico da montanha que delimitava a terra do meu pai, havia um pequeno grupo de invasores. Não pareciam uma enorme ameaça, mas... podia ser apenas um grupo de batedores.

— Puxem os portões! — gritavam as pessoas abaixo.

O mordomo do meu pai estava se certificando de estarem trancando as cabras e as ovelhas e todos os nossos cavalos dentro da área do castelo antes de seis homens puxarem as correntes, grossas como meu braço, que fechavam o portão externo.

Eydís e eu observamos durante horas. Háakon nos encontrou, é claro, e eu puxei um banquinho para que ele pudesse subir e espiar também. Não veio nenhum outro invasor. Contamos 17 quando eles estavam perto. Lentamente, bem lentamente, os detalhes deles entraram em foco: um estava carregando um estandarte colorido, que mostrava de que clãs eles eram.

Quando pararam do lado de fora das paredes da cidade, ficamos sabendo por um mensageiro: os invasores carregavam o estandarte de Úlfur Haraldsson, meu pai. Era inconfundível, disse o mensageiro ofegante: cinco ursos pretos em um fundo vermelho, coroados com uma grinalda de folhas de carvalho.

Houve uma tremenda excitação: os invasores eram meu tio e seus homens! Eu nem sabia que tinha um tio!

Nós todos corremos para o andar de baixo e esperamos com meu pai em frente ao seu *hrókur* — castelo parece grande demais. Era como uma grande mansão de pedra que parecia um pequeno castelo. Para minha surpresa, vi que meu pai vestia sua coroa, um círculo fino de ouro cravejado de rubis e pérolas, com um diamante marrom no centro. Ele quase nunca usava. Supus que queria se apresentar bem para o irmão. Minha mãe estava usando seu segundo melhor vestido, de linho pesado azul-escuro com mangas bufantes e bordado de ouro. Por baixo da toca de linho, seu cabelo estava preso em duas tranças, longas o bastante para que ela pudesse se sentar sobre elas. Estava com o amuleto que sempre usava, e estava bonita e solene.

Os portões se abriram com gemidos e rangidos, e então meu tio e seus homens entraram. Montavam grandes cavalos pretos, e, sim, um dos homens estava carregando o mesmo estandarte que os homens do meu pai carregavam quando *Faðir* ia visitar outra cidade, ou quando havia problemas e ele tinha que levar seu exército para algum lugar.

Comecei a correr para ir ao encontro deles, mas meu pai segurou-me firmemente pelo ombro. Olhei para ele, e minha mãe me puxou para trás dela.

— Espere, Lilja — murmurou. — Seu pai vai primeiro.

O homem que estava na frente desceu do cavalo. Ele parecia meu pai, grande e louro, porém mais jovem e menos marcado de batalhas. Ele se aproximou e fez uma reverência para meu pai, coisa que acontecia o tempo todo.

Meu pai deu um passo à frente e abriu os braços.

— Geir! Quanto tempo!

Eles se abraçaram e bateram com força nas costas um do outro. Eu estava praticamente pulando de animação.

Quando minha mãe nos apresentou — minhas duas irmãs, meus dois irmãos e eu —, falei:

— Eu não sabia que tinha um tio!

Tio Geir fez uma cara estranha e olhou para meu pai.

— Você tinha vários — disse ele. — Mas agora sou só eu.

— Entre, Geir — convidou meu pai. — Você deve estar cansado da viagem.

O jantar daquela noite foi especial. Adormeci enquanto meu pai e tio Geir ainda estavam conversando. Pouco depois do amanhecer, acordei na minha cama, coloquei as roupas e corri para o andar de baixo. Tio Geir tinha contado histórias muito interessantes. Eu havia me esquecido de perguntar se ele tinha filhos. Talvez eles pudessem ir nos visitar.

Eu estava prestes a bater na porta do escritório do meu pai quando ouvi vozes altas vindas de dentro. Eu sabia que estavam altas porque a porta tinha 10 centímetros de espessura. Era preciso gritar para alguém ser ouvido do lado de fora do escritório de *Faðir*.

— Lilja, o que está fazendo? — Minha mãe estava ali, ao lado da empregada e com os braços cheios de lençóis.

— Eu queria ver *Faðir* — respondi. — Mas escute. Por que ele e tio Geir estão brigando?

Em nossa língua, tínhamos palavras diferentes para um tio do lado do pai e um tio do lado da mãe. A tradução literal era "pai-irmão" e "mãe-irmão".

— Que nada — disse ela, segurando minha mão e me puxando para longe. — Eles não estão brigando. São homens grandes como ursos, falam alto. Agora, vá tomar café. Tem coelho frio de ontem à noite.

Saí correndo. Na manhã seguinte, meu pai e meu tio e os homens do meu tio e alguns dos homens do meu pai saíram para caçar os porcos selvagens que corriam pela floresta.

121

O sol já estava se pondo quando meu pai e seus homens voltaram para casa. Meu pai parecia cansado e de coração partido: uma tragédia tinha acontecido. Tio Geir, apesar de não ser familiarizado com nossa terra, tinha desafiado meu pai em uma corrida, rindo. Meu pai gritou um aviso para ele, mas Geir se recusou a escutar.

— Ele sempre foi cabeça-dura — disse meu pai.

Tio Geir e seus homens tinham saído correndo na frente pelo bosque, apesar dos gritos de meu pai para que tivessem cautela. Como todos nós sabíamos, em um certo ponto o bosque acabava de repente, na boca de um penhasco íngreme. O mar tinha ocupado a terra ali, e as pedras enormes e afiadas que ficavam situadas abaixo eram cobertas pelas ondas brancas. Meu tio e seus homens não conseguiram fazer seus rápidos cavalos pararem, e todos caíram no penhasco. Quando meu pai e seus homens conseguiram descer usando cordas, todos já haviam sido levados pelo mar.

Eu estava chorando quando meu pai terminou a história, assim como Eydís e Háakon. Minha irmã mais velha, Tinna, e meu irmão mais velho, Sigmundur, receberam a notícia estoicamente, como era de se esperar dos filhos de Úlfur, o Lobo. Mas eu chorei na saia da minha mãe. Meu único tio, e agora ele estava morto. Que tragédia.

Pisquei lentamente, deixando para trás os severos e belos penhascos da Islândia e acordando em meu quarto aconchegante na casa de River. Eu não pensava em meu tio havia séculos. Agora, com a compreensão tardia de uma adulta, vi a verdade. Meu tio e seus homens não morreram em um trágico acidente de caça. Meu pai e seus homens os tinham matado, para que ele fosse o único irmão vivo e ficasse com todo o poder da família.

Levei o punho à boca, tomada de um horror taciturno. Tio Geir apareceu e eu nem sabia que ele existia. E aparentemente houve outros, também mortos por meu pai; ou por Geir? Minha mente saltou diretamente de uma conversa antiga ou fragmento de conhecimento ao seguinte: durante minha infância, não tive primos, pensei que meus pais eram filhos únicos e que os pais deles tinham morrido quando eles eram jovens. Agora, eu não fazia ideia se aquilo era verdade. Talvez ambos tivessem garantido sistematicamente suas posições como únicos herdeiros.

Minha mãe sabia a verdade sobre a morte do meu tio, eu tinha certeza. Ela passou aquele dia inteiro amarga e determinada. Sempre pensei em meu pai como o cruel e ambicioso dos dois. Agora eu me dava conta de que minha mãe era uma parceira semelhante a ele.

Ah, deusa. Até meus 20 anos, eu nem fazia ideia de que era imortal. Somente isso já havia sido um choque imenso. Até chegar a River's Edge, eu não tinha juntado todas as pistas para perceber que meu pai era o líder de uma das oito maiores casas de imortais. E só agora, hoje, meu cérebro estava admitindo o que ele e minha mãe provavelmente fizeram para garantir a posição deles.

Eu era filha de assassinos.

Tive outro pensamento: sabendo o que sabiam sobre a rivalidade cruel e mortal entre irmãos, por que meus pais tiveram *cinco* filhos?

Sentei na cama e abracei os joelhos contra o peito, agora bem desperta. Minha respiração ficou fraca quando uma possibilidade me ocorreu, e apesar de eu jamais poder ter certeza, assim que pensei nela, a ideia penetrou como verdade até o fundo do meu estômago. Meus pais tiveram cinco filhos sabendo que, provavelmente, só um de nós podia ser o chefe do nosso clã.

Meus irmãos, minhas irmãs e eu nos amávamos. Compartilhamos coisas, brincamos juntos e cooperamos uns com os outros.

Uma coisa era matar um estranho ou um inimigo. Era bem diferente ter ambição o bastante para matar alguém que você amava. Uma pessoa forte o bastante para matar irmãos que amava era uma pessoa realmente muito forte. Ela seria implacável o bastante, determinada o bastante para, de fato, ser chefe da Casa de Úlfur.

Eu estava tremendo de frio novamente, e me desenrolei dos cobertores para aumentar o aquecedor. Tive um vislumbre do meu rosto machucado e fiz uma careta. Coloquei uma camisa limpa de flanela, pois era de botão e eu não teria que passá-la pela cabeça. Com os poderes de recuperação típicos de um imortal, eu ficaria bem em um ou dois dias, sem traço algum dos ferimentos. Mas agora eu me sentia como... hum, como se tivesse sofrido um acidente de carro.

Eu tinha acabado de enrolar um cachecol ao redor do meu pescoço, tentando lembrar a forma como Lorenz o tinha feito, quando uma batida delicada na porta me alertou da presença de River.

— Entre — chamei.

— Oi — cumprimentou ela. — Está se sentindo um pouco melhor?

— Na verdade, não.

— Quer almoçar? Hoje tem canja de galinha.

Assenti.

— Parece ótimo.

Então, de repente, a justaposição dessa conversa normal com os pensamentos horríveis que eu estava tendo colidiu na minha mente, e eu caí no choro.

Fica a dica: tente não chorar quando seu nariz está quebrado. Faz uma enorme e dolorosa sujeira.

Eu estava cansada de chorar. Cansada de ter percepções enormes e de partir o coração sobre uma vida que, apesar de estúpida, egoísta e sem sentido, nunca tinha me forçado a encarar verdade alguma sobre mim mesma.

— Nastasya — disse River, por fim. — *O que está acontecendo?*

— Não sei.

Sentei-me e peguei a caixa de lenços ao lado da cama. As pessoas aqui tentavam usar lenços de pano em vez desses, mas eu ainda não tinha embarcado nessa. Quer dizer, é só um lenço. Por favor.

Comecei a jogar lenços usados na cesta de lixo.

— O que você acha que aconteceu?

Não conseguia olhar para ela enquanto falava em voz alta as palavras que me consumiram pelos últimos dias.

— Talvez... sejam minhas trevas? Sinto como se elas estivessem saindo, como se estivessem afetando tudo ao meu redor. Meu trabalho. Minha magick. Tudo.

River ficou em silêncio por vários minutos, enquanto eu brincava com a franja do cachecol.

— Humm — emitiu, por fim. — E nossa outra opção é tentar nos perguntar quem tentaria machucar você.

Olhei para a frente, desejando poder botar a culpa disso tudo em outra pessoa.

— Incy, eu acho. É a única pessoa em quem consigo pensar.

Será que eu o sentiria se ele estivesse por perto? Será que River sentiria as trevas dele? Ela conseguia sentir as minhas.

— Certo. Agora, por que acha que *você* causou isso?

— Não sei — falei, então admiti o inevitável. — Sou das trevas! Sou uma filha das trevas de pais das trevas, de uma longa linhagem de ancestrais das trevas. Não posso escapar! É inútil tentar. — Comecei a chorar de novo.

A mão de River pousou em meu ombro.

— Você acredita nisso?

— Não tem essa de acreditar ou não acreditar — falei, engasgada. — Apenas é. As coisas *são* assim. É a *realidade*.

Ah, meu Deus, eu odiava tanto a realidade. Eu escolheria a fantasia a qualquer momento. Quando River não disse nada, fui em frente e contei para ela o que tinha percebido sobre meu pai, meu tio e minha família.

— É deles que descendo — contei. — É esse o sangue que corre nas minhas veias.

Olhei para o rosto de River e vi compaixão, mas também uma quietude pensativa, como se eu fosse um quebra-cabeça que ela estivesse tentando desvendar.

— E eu queria ser herdeira dele? — continuei. — Eu queria ser a valorosa filha de Úlfur, o Lobo? O que eu estava *pensando*? Devia estar louca! E Reyn!

Eu estava ficando mais e mais abalada, os pensamentos e a dor jorrando de mim como sangue de um ferimento.

— O que tem Reyn? — perguntou River.

Respirei fundo, tremendo.

— Essa... coisa que temos entre nós. Não sei o que é. Mas temos essa... coisa. Ele é o invasor do inverno, o *Açougueiro do Inverno*, responsável pelas mortes de quem sabe quantos! *Eu sou* a única herdeira da Casa de Úlfur, o Assassino! Esses somos *nós*. Se realmente ficássemos juntos, o mundo explodiria! Eu sabia que seria um desastre, mas o que quero dizer é que realmente *seria* um *desastre*!

— Você sente que é tão das trevas que não há mais escolha? — perguntou River.

— Nunca houve escolha — constatei melancolicamente. — Isso foi... uma ilusão. Ou um forte desejo. Mas não há como escapar.

Isso doeu muito mais do que eu esperava.

— Nastasya, me escute. — River pareceu muito séria, e colocou as mãos nos meus ombros, me forçando a olhar para ela. — Sempre, sempre, *sempre* há uma escolha. Você tem que acreditar em mim. A maior parte de nós começa nas trevas. Muitos permanecem lá. Não sei se é só uma coisa entre imortais, mas descobri que é verdade no mundo todo. Mas também é verdade que *sempre* há escolha. Não importa o quanto das trevas você é, não importa qual você pense que sua herança seja ou o quão inevitável é sua queda, você sempre pode fazer a escolha de ser diferente no *segundo seguinte*.

Eu já tinha ouvido isso antes. Ela não entendia. Sim, a família dela tinha sido mercadora de escravos, o que era ruim. Meus pais tinham eliminado os *ir-*

mãos. E provavelmente feito coisas ainda piores. Coisas que eu rezava para nunca descobrir.

— Você não acredita em mim — disse ela, quando fiquei em silêncio. — Você acha que não entendo, e que você e sua família eram muito mais das trevas do que a minha.

Droga.

— Meu rosto não é tão expressivo assim.

— Nas, eu *conheço* você. — A voz dela era gentil, porém insistente. — Conheço mesmo. Conheço *completamente*. Vejo tudo que você é, com luzes e trevas e tudo que há no meio. Vejo coisas que você nem descobriu ainda. E amo você desse jeito.

Minha garganta fechou. Ela estava mentindo. Perguntei-me se conseguiria pular pela janela antes que River pudesse me impedir.

— Esqueça, está trancada — falou.

— Você está xeretando! — acusei-a com raiva.

— Por favor. Você odeia falar sobre emoções. Neste momento, está tão desconfortável que está praticamente se contorcendo, tem uma expressão de "cale a boca" no rosto, e seus olhos se desviaram para a janela. Um aluno do jardim de infância poderia ter juntado as peças.

— Preciso sair daqui.

Levantei tão rapidamente que quase a derrubei. Veloz como um relâmpago, ela segurou minha mão e puxou. Caí sentada na cama com força, o que me fez doer o nariz e tudo mais. Fiquei chocada; nem a tinha visto se mexer.

— Você vai se sentar e me ouvir — ordenou River. Meus olhos se arregalaram frente ao tom ferrenho que havia na voz dela e que eu nunca tinha ouvido. — Preciso te mostrar uma coisa.

Abri a boca, e nem sei o que ia dizer, mas no momento seguinte River colocou a mão no meu rosto com os dedos abertos, murmurou alguma coisa e desenhou sigils em mim com a mão livre.

Em poucos momentos, eu comecei a ver... uma cena. Não foi como antes, quando parecia que eu estava lá e conseguia sentir o cheiro das coisas e o ar no meu rosto. Isso foi mais superficial, mais como ver um filme. As extremidades eram borradas, e se eu olhasse por muito tempo para alguma coisa, ela desaparecia.

Mais uma vez, vi River na juventude, linda, de cabelos pretos, com um sorriso austero e olhos da cor de uma pedra em um rio gelado. Vi os dois homens que tinha visto no leilão de escravos, os irmãos dela, e havia mais dois homens ali. Digo homens, mas todos pareciam muito jovens, no final da adolescência ou começo da idade adulta. A semelhança familiar me disse que esses eram os outros dois irmãos dela. Eles tinham cortes de cabelo engraçados e usavam roupas que já eram ultrapassadas quando eu nasci.

Eu estava ciente de River ao meu lado, agora murmurando sua canção suavemente.

A River mais jovem e seus irmãos estavam em uma sala pequena e escura, com paredes de madeira enegrecida. Estavam em um barco. Uma única vela brilhava na mesa entre eles.

— Então está decidido? — perguntou um dos irmãos. Eu conseguia entender a fala, apesar de ele provavelmente estar falando italiano da idade média.

— Está — afirmou Diavola. — Quando eles estiverem na estrada para Savona, na floresta, a duas horas daqui... Ali. — Seu dedo longo e fino apontou para um local em um mapa de pergaminho. — Podemos emboscá-los.

— Quem vai agir? — perguntou um dos irmãos mais novos.

O irmão com aparência de mais velho (uma pequena distinção) disse:

— Todos nós devemos agir. Diavola vai acender o fogo e assustar os cavalos. Mazzo, você vai cuidar do cocheiro e dos dois cavaleiros da frente. Eles primeiro, depois o cocheiro. Michele, você pega os cavaleiros de trás. Então vamos todos convergir para a carruagem e... — Ele uniu as mãos e balançou os braços em um arco rápido, da direita para a esquerda, como se segurando uma espada.

Entendi. Eles estavam planejando matar alguém. Um grupo de pessoas.

O irmão mais novo, Michele, assentiu lentamente.

— É um bom plano. Depois nós cinco vamos governar juntos, como os cinco dedos da mão.

Então, me dei conta: Diavola e seus irmãos estavam planejando matar os *pais* e tomar o poder deles. *Os próprios pais.*

Fiquei sem palavras ao perceber isso, e então vi Diavola e o irmão mais velho, Benedetto, trocarem um olhar. Em um instante, tudo ficou claro para mim: Diavola e Benedetto tinham outro plano, um plano secreto. Os dois matariam os três irmãos mais novos logo em seguida. Assim, o poder da família seria dividido entre dois, não cinco.

Foi tão doloroso ver aquilo... Os cinco imortais da casa de Gênova me lembraram os cinco da casa da Islândia. Perguntei-me como meus irmãos e eu teríamos crescido, se nos voltaríamos uns contra os outros como víboras. Aqui, isso já estava acontecendo.

Então as trevas herdadas realmente consumiam a pessoa, no final. Não havia como escapar, e elas traiam consequências com as quais você jamais conseguiria viver. Conviver. Perdoar.

Minha respiração estava rápida e superficial. Eu queria sair dessa cena, não queria mais ver a terrível degradação de River.

River pressentiu meus sentimentos e lentamente nos retirou daquilo que era meio feitiço, meio visão.

Quando nossa percepção se clareou e estávamos firmemente na realidade de novo, olhei para River, tentando ver algum traço de crueldade em sua expressão triste e assombrada.

Limpei a garganta, emitindo um som alto e assustador em meio ao silêncio do meu quarto.

— Você... matou seus pais?

Por favor, negue.

Meu coração despencou quando River assentiu, com uma dor antiga no rosto.

— Sim. — Um lado de sua boca se ergueu em um sorriso amargo. — Mil anos de terapia não são o bastante.

— E você e Benedetto mataram seus outros irmãos?

Espere. Eu me lembrava dela dizendo que tem quatro irmãos. Ainda *tem*, não *teve*.

— Não, graças à deusa — contou River. Ela inspirou profundamente e expirou com força, como se estivesse se libertando da dor e das lembranças. — Incrivelmente, não matamos. Não aconteceu naquela... mesma noite, como deveria. E antes de termos outra oportunidade, eu fui... salva.

Os olhos dela se encontraram com os meus, e vi que a dor presente ali diminuiu um pouco pela lembrança de quem ela era agora, hoje; e não mil anos atrás.

— Salva? Então... você aceitou o Senhor como seu salvador?

— Há mais de uma maneira de ser salva. — Agora River soava mais com ela mesma. Empertigou os ombros e pareceu familiar de novo, com apenas uma leve sombra de Diavola nos olhos. — Uma professora chegou. E se você acha que *você* resistiu... bem. Eu resisti muito mais. Mas ela rompeu a barreira. Finalmente. Ela me salvou. Me colocou no caminho da luz. Me ensinou tudo sobre... escolhas. E, lentamente, convenci meus irmãos. — River olhou para a frente. — E agora, estou ensinando você e os outros. Às vezes eu acho que talvez isso ajude com o carma de... ter matado nossos pais. Talvez um dia você ensine alguém e compartilhe sua história também.

Eu ri com deboche por reflexo, depois fiz uma careta de dor.

— E você é amiga de seus irmãos hoje em dia? — perguntei.

— Mais do que amiga. Eles são meus irmãos. Compartilhamos o mesmo sangue, a mesma história.

— E eles perdoaram você por querer matá-los? — Ou talvez eles não soubessem.

River sorriu com ironia.

— Ainda jogam na minha cara nas festas de fim de ano.

Não via como ela podia ser tão... normal hoje em dia. Depois de tudo que já fora.

— A maior parte de nós começa nas trevas — disse ela, ecoando as palavras anteriores. — Alguns de nós elevam as trevas ao nível de arte. Estou tentando ajudar quem não quer as trevas. Uma pessoa de cada vez. Agora é a sua.

Eu não sabia o que dizer.

River se levantou graciosamente, como se não tivesse acabado de me deixar perplexa com sua revelação.

— Por que você não descansa um pouco mais? Depois, venha jantar.

Assenti lentamente, e ela saiu do meu quarto. Puxei as pernas contra o peito novamente e apoiei a bochecha machucada em um joelho com cuidado. Tinha muita coisa para absorver.

CAPÍTULO 15

ocê já começou a preparar alguma coisa no liquidificador e vê que sobrou um pouco para bater e não quer desperdiçar, então coloca tudo dentro dele e, quando liga, o líquido vaza completamente por debaixo da tampa?

Era essa a sensação do meu cérebro. Durante a maior parte da minha vida, uma ou duas novas ideias ou conceitos foram apresentados a mim *por ano*. Como a *eletricidade*, por exemplo. Foi um grande ano. Mas nos últimos dois meses, tive várias revelações enormes, de balançar o chão e testar a sanidade, *todos os dias*. Agora, tudo estava vazando pelas minhas orelhas. Metaforicamente.

A sineta do jantar soou. Suspirei, amarrei o cachecol ao redor do pescoço e segui em direção à porta.

Reyn estava saindo do quarto, duas portas depois do meu. Comecei a tentar sorrir, a não agir como uma fracassada paranoica, mas meu sorriso congelou quando Amy, rindo, também saiu do quarto de Reyn.

— E você simplesmente o deixou lá? — perguntou para ele.

Reyn assentiu, parecendo mais jovem e mais leve do que o habitual.

— Por um dia e meio.

Amy riu de novo, encostando o corpo contra o dele.

Então eles me viram.

Eis aqui um exemplo de como eu estava disparando em direção à maturidade: fui em frente e forcei o sorriso. Deve ter parecido uma careta de dor, mas foi o melhor que consegui.

Amy imediatamente foi até mim, com preocupação genuína no rosto.

— Eu soube o que aconteceu — disse ela. — Sinto muito! Mas Anne te ajeitou, não foi?

— Sim. — Eu havia tirado o esparadrapo do nariz, devagar e dolorosamente, mas ainda parecia distintamente com um guaxinim.

Amy inclinou a cabeça em direção à minha em um movimento conspiratório.

— Ela fez você tomar chá?

Os olhos dela estavam cheios de calor e bom humor, e não consegui não gostar dela. Não era culpa de Anne o fato de Reyn e eu termos uma história horrível e confusa, e de eu ser uma completa idiota emocional.

— Fez.

— Eu sei — simpatizou Amy. — Tipo, chega de chá, né?! Chá não resolve *tudo*.

Eu realmente sorri desta vez.

— Está se sentindo melhor? — perguntou Reyn, educadamente. Ele já tinha visto o festival de horrores no meu rosto, então não era surpresa.

Era um termo tão relativo, *melhor*... Mas balancei a cabeça.

— Eu nem sei direito.

Reyn abriu a boca como se fosse dizer mais alguma coisa, mas então chegamos ao alto da escada e Charles e Jess se juntaram a nós. Jess não fez nenhum comentário sobre minha aparência, mas Charles assentiu.

— É um bom visual para você.

Dei-lhe um soco de leve no braço, e ele sorriu. Percebi que essas pessoas eram legais. Mais legais do que a maior parte das pessoas que já conheci. Eu era o único instrumento desafinado nessa pequena orquestra.

Na sala de jantar, Anne saiu pela porta da cozinha vestindo luvas de forno e carregando uma grande panela de ensopado. Ela a colocou pesadamente sobre a mesa e se virou para mim, examinando meu rosto.

— Já está melhor — falou, então deu um passo atrás e sorriu. — Nossa, como sou boa.

— Foi o chá — disse Amy solenemente, e Reyn sorriu. Por um momento, um calor reluzente se espalhou pela sala de jantar; seu rosto se transformava completamente quando ele sorria, quando seus olhos se iluminavam.

Em pouco tempo, estávamos todos sentados, passando tigelas de ensopado e cestos de pão e conchas. Me senti constrangida, pois todo mundo devia saber sobre meu acidente, e quando me vi no grande espelho dourado na parede, me encolhi de surpresa com o quanto estava feia, o quanto estava diferente. Eu me sentia deslocada antes de tudo isso. Agora, sentia como se fosse uma placa de neon piscando intensamente em uma noite suave de deserto.

Estava pegando um pedaço de pão quando um movimento chamou minha atenção e me fez soltá-lo. Havia larvas nele, dentro dele. Larvas vivas, se contorcendo dentro do pão.

Brynne gritou e também largou sua fatia.

— Olhem para o pão! — gritou ela.

— Mas o que... — começou River.

— Eu fiz esse pão hoje! — surpreendeu-se Rachel.

Charles tinha acabado de comer um pouco de ensopado, e agora seus olhos estavam arregalados. Ele pulou do banco e correu para a cozinha. Podemos ouvi-lo cuspindo tudo na pia.

— Prove o ensopado — disse Asher baixinho para Solis. — Só um pouquinho.

Solis encostou a colher levemente no ensopado e a lambeu com cautela. Seu rosto se contorceu, e ele colocou a colher sobre a mesa.

— Hum...

Anne se levantou rapidamente, enfiou um dedo na tigela e provou. Em seguida cuspiu diretamente na própria tigela, sem a gentileza de correr para a cozinha para nos poupar. Ela parecia chocada.

— Esse ensopado estava perfeito cinco minutos atrás — falou.

— Eu provei — concordou Rachel. — Estava delicioso.

— Agora está com gosto de carniça velha. Tóxico. — Anne sentou pesadamente.

— E o pão — comentou River. Seu rosto estava sério. — Quando você o fez, Rachel?

Reyn havia se levantado, e agora estava recolhendo todo o pão com larvas. Quando terminou de pegar todos, saiu pela porta da cozinha; ouvimos a porta externa bater.

— Fiz esta tarde — disse Rachel. — Há pouco tempo. Ainda está quente.

— E você não usou a receita de larvas — brincou Solis, sem ao menos sorrir ao fazer a piada ruim.

— Não — respondeu Rachel. Ela e Anne estavam estupefatas.

Eu estava tão angustiada quanto eles, mas então percebi: minhas trevas. Eu tinha feito isso. A comida estava perfeita até *eu descer a escada*.

— Ah, meu Deus... Sou eu — murmurei.

Ao meu lado, Jess falou:

— O quê?

Olhei ao redor da mesa, já levantando do banco.

— Fui eu. Eu fiz isso. Fiz o acidente acontecer. Fiz a biblioteca explodir. *Eu* estou fazendo todas as coisas ruins acontecerem.

— O que você... — começou Asher, mas eu interrompi.

— Na noite de Ano-Novo, eu tentei me livrar das minhas trevas — admiti, cada vez mais perturbada. — Mas eu apenas as *libertei*. Vocês não entendem? Sou eu! Eu sou a causa de tudo isso! *Eu!*

— Nastasya — tentou acalmar-me Solis —, não acho que...

— Não posso ficar aqui! — gritei, e saí correndo da sala de jantar.

Subi a escada correndo como se o diabo no qual não acreditávamos estivesse atrás de mim. Sentia vergonha do meu passado, da minha burrice, do quanto eu tinha resistido a saber de tudo por tanto tempo. Horrorizada com meus pais, que eu tanto amava, e com minha herança. Se eu achava que refletir sobre a vida era doloroso antes, agora era como uma dor lancinante e profunda, como a agonia crua de ácido sendo jogado no meu cérebro.

Quando eu saí daqui antes, eu *precisava* ficar, mas não *queria*. Agora, eu queria *e* precisava ficar. Mas estava obviamente levando destruição para tudo e todos que havia aqui. Depois de uma vida inteira fugindo, meu passado estava finalmente me alcançando.

Entrei no quarto, sentindo que minha cabeça ia se partir em enormes cacos. Lá dentro, olhei desesperadamente ao redor, sem ideia do que fazer. Agora que sabia sobre minhas próprias trevas, não havia como deixar de saber... e esse conhecimento ia me deixar maluca.

Dei meia-volta ao ouvir um som e vi que River tinha me seguido até o quarto. Ela segurou meu braço.

— Nastasya, me escuta! — exclamou. — Você devia...

— Eu devia *o quê*? — Eu estava ciente do desenrolar histérico que estava acontecendo na minha mente. Pensei em tudo que River não sabia sobre mim. Inclusive... — Ah, Deus!

Coloquei a mão sobre a boca, depois fiquei de joelhos e me contorci para debaixo da cama.

— O que você está *fazendo*? — perguntou River.

Puxei o rodapé e enfiei a mão lá dentro, então puxei o cachecol amarrado. Eu nunca tinha mostrado o amuleto da minha mãe para ninguém. Rapidamente desamarrei o cachecol e praticamente joguei o pesado objeto de ouro em cima de River.

— Toma! Pega! É das trevas, é do mal! Não posso mais ficar com isso.

Eu estava ofegante, com os olhos arregalados. Parte de mim sentia-se como um espectador, vendo a cena se desenrolar, mas incapaz de fazê-la parar ou de afetá-la.

River o pegou, abriu lentamente as mãos e olhou para meu amuleto, quebrado e sem a pedra. Seus olhos se arregalaram. Incrivelmente rápido, ela correu e fechou a porta, passando os dedos pelo umbral para que ninguém conseguisse abri-la de fora.

— O que é isso? — A voz dela estava sussurrada.

— Você sabe — respondi, trêmula.

Ela olhou para mim, atônita, então examinou o objeto de novo. Seus dedos compridos lentamente acompanharam as antigas runas e outras marcas gravadas no amuleto.

— O tarak-sin da Casa de Úlfur. Não posso... é... muito bonito — disse ela, de um jeito estranho. Tentou me devolver.

— Não preciso dele — falei, com amargura. — Sempre o carrego comigo.

Tirei o cachecol, me virei e afastei o cabelo da nuca. Outra novidade: mostrar de bom grado minha cicatriz para alguém.

River emitiu um som de surpresa.

— Ah, Nas — sussurrou, com compaixão. — Como...

— Uma queimadura. Foi sem querer — expliquei. — Então fique com esse. Longe de mim.

— Está quebrado — constatou River, girando-o na mão. Parecia brilhar com um calor dourado, como se estivesse ganhando vida na presença de uma imortal forte.

— Havia duas partes. E uma pedra da lua. — Passei a mão sobre os olhos. — Você precisa destruí-lo. É do mal. Trouxe o mal para cá — alertei, quase engasgando. — Me trouxe aqui.

— Não, você está errada — discordou River, parecendo vidrada no amuleto.

A ideia de que meu tarak-sin pudesse ser das trevas o bastante para seduzir Diavola a sair de seu esconderijo me revoltou instantaneamente, e eu não soube o que fazer. *Tudo* que eu fazia era ruim, com consequências ruins. Eu era um veneno, tão tóxica quanto o ensopado lá embaixo, e tinha que sair daqui antes que destruísse tudo o que River tinha lutado para criar.

Eu nunca tinha largado meu amuleto, sempre o carreguei comigo ou o mantive por perto, e a ideia de deixá-lo nas mãos de River me deu vontade de gritar. Mas eu não era forte o bastante para lidar com ele. Talvez River fosse. Eu esperava. Se não...

— Tenho que ir — falei, passando por River.

Abri a porta e disparei pelo corredor, mas River começou a vir atrás de mim novamente. Acelerei o passo, desci a escada e voei pela porta da frente em direção à noite, como se estivesse sendo perseguida por demônios.

CAPÍTULO 16

Corri.

Corri pela mata onde Reyn tinha me beijado, tipo, *semana passada*. O ar frio queimou meus pulmões e fez meus olhos lacrimejarem. Tinha esperanças de que correr fosse manter meu corpo aquecido, mas já estava tremendo de frio ou emoção ou medo.

Galhos finos batiam em meu rosto e meus braços. A neve se quebrava sob meus pés e calava meus passos. Tive uma lembrança repentina daquele sonho terrível com Incy, no qual aqueci as mãos em uma fogueira feita dos meus amigos. Bati o ombro com força em uma árvore e corri mais ainda bosque adentro. Percebi que estava nos fundos da fazenda, em um pasto que não era usado. Corri ao longo da cerca por bastante tempo, até cada respiração ser como um estilhaço de gelo sendo enfiado na minha garganta. Um suor frio congelava minha testa; meus pulmões trabalhavam como foles, pois eu nunca corro e sou completamente fora de forma.

Comecei a caminhar de forma cambaleante até parar, incapaz de prosseguir. Sentia-me apavorada e em pânico; estava do lado de fora sozinha e à noite. Com humilhação, percebi que uma pequena parte de mim torcia para que alguém seguisse meus passos e me encontrasse, mas isso seria pior, pois eu teria que voltar. De novo. Teria que encarar qualquer coisa horrível que me esperasse na Terra da Realidade.

Comecei a chorar.

Apenas algumas semanas atrás, tive um vislumbre de esperança rompendo a carapaça que cobre minha alma. Consegui contar as coisas que estava fazendo certo. Vi progresso, de verdade. O que tinha acontecido? Tudo parecia arruinado: meu tempo todo em River's Edge, meus relacionamentos com *todo mundo*, minha magick, meu aprendizado... Eu tinha encarado tanta coisa: minha herança, meu passado, meu vazio. Encarei isso tudo, e para quê? Agora estava pior do que quando cheguei, visto que agora realmente entendia o quanto eu estava mal.

Qual era o meu problema?

Caí na grama coberta de gelo, que se partiu sob meu corpo. Infelizmente, morrer congelada não era uma possibilidade. Eu teria hipotermia e desmaiaria, mas não iria morrer. Pisquei cansadamente, sentindo as lágrimas gélidas em meus cílios. Assim como em Londres, cheguei a um ponto em que não conseguia lidar com a dor.

Chorei até as costelas doerem e eu sentir que ia vomitar. A grama arranhava meu rosto, que já doía devido aos galhos no bosque, e minhas lágrimas salgadas faziam os arranhões arderem.

Fechei os olhos. Talvez eu acordasse e visse que ainda estava no Taiti, descobrisse que foi tudo um sonho horrível. Eu ainda era Sea Carata. Incy era Sky Benolto. Eu fazia arte a partir de conchas e vendia em lojas locais. Isso foi nos anos 1970. Depois que fui Hope Rinaldi, em 1960. Antes de virar Nastasya Crowe nos anos 1980.

Minha cabeça doía. O frio a fazia latejar insistentemente.

Eu só queria ser feliz. Quando eu tinha sido feliz?

Eu me lembrava de rir.

Quando eu tinha rido?

Minha cabeça girou, e tentei me lembrar de quando ri, tentei ouvir como era minha gargalhada.

Ouvi o tilintar de taças de champanhe de cristal tocando delicadamente umas nas outras sobre uma bandeja de prata. Um dos garçons estava caminhando entre as pessoas, vestido como pinguim em um smoking elegante. Estiquei a mão e peguei minha sexta taça, sentindo as bolhinhas douradas fazerem cócegas no meu nariz.

— Querida. — Incy sorriu e ergueu sua taça para mim.

— Amor. — Sorri para ele. James. O nome dele era James. Éramos amigos havia uns 30 anos. Melhores amigos havia 28.

— Prentice! Querida!

Sarah Jane Burkhardt passou pela multidão, e demos beijinhos sem encostar as bochechas. Sarah Jane era uma moça inteligente e sofisticada de 20 anos, uma das filhas do nosso anfitrião. Tínhamos nos conhecido alguns meses antes em uma festa em Long Island. Ela colocou a piteira de marfim para o lado, de forma a não derrubar cinzas no meu vestido dourado.

— Como você escapou de Sir Richard?

Eu ri, lembrando-me de como acenei com alegria quando Sarah Jane foi obrigada a ouvir as histórias de guerra daquele convencido. O ano era 1924. A Grande Guerra tinha acabado fazia tempo, para jamais ser repetida. Os Estados Unidos já haviam tido cinco anos de não precisar mais de comida em conserva, bônus de guerra, nem enviar grãos extras para a Inglaterra e para a França. Era uma época de belas festas e pessoas novamente. Claro, a ridícula Lei Seca exigia que as pessoas tivessem cuidado ao beber por aí, mas havia tantos meios de contornar a regra que era quase como se ela não existisse para algumas pessoas. Pessoas como nós.

— Empurrei para Dayton MacKenzie — disse Sarah Jane.

— Ela mereceu — falou James/Incy. — Você viu o que ela usou no 21 semana passada?

Rimos com maldade, então os olhos de Sarah Jane se arregalaram.

— Meu Deus do céu. Quem é aquele homem *lindo*? — Ela tragou na piteira e soprou a fumaça pelo nariz, coisa que tínhamos praticado o dia inteiro.

Olhei. Um homem absurdamente lindo estava no saguão. Uma palmeira enorme em um vaso de mármore obscurecia parcialmente sua cabeça, mas ele era alto e louro, e estava usando um terno de linho belíssimo.

— Não sei — constatei. — Nunca o vi antes. James?

— Não — disse James. — Mas ele parece alguém que deveríamos conhecer. Vocês concordam, moças?

— Sem dúvida nenhuma — assentiu Sarah Jane, e James ousadamente nos levou para conhecer o estranho.

O homem se virou, como se pressentisse nossa aproximação, e ouvi Sarah Jane inspirar fundo. Eu também o achava bonito demais, com a pele lisa, olhos azuis e longos cílios que ficariam melhor em uma garota, mas estava claro que aquele homem era a realização dos sonhos de Sarah Jane.

Ela esticou a mão, com a palma virada para baixo, na altura do peito dele. O estranho obedientemente a beijou. Ela quase ronronou.

— Encantado — murmurou o estranho. — Sou Andrew. Andrew Vancouver.

— Sarah Jane Burkhardt. Estes são Prentice Goodson e James Angelo.

Vi quando nossos olhares se encontraram: Andrew era imortal. Ele também nos reconheceu. Percebi em uma rápida expressão que ninguém mais viu.

— Sarah?

Nos viramos e vimos uma garota com as feições e cores de Sarah Jane, porém mais refinada, mais bonita. Sarah Jane era atraente, estava elegantemente vestida e maquiada, já aquela menina devia ter uns 16 anos e era jovem e intocada, mas carregava a promessa de se tornar uma mulher realmente bonita um dia.

— Sim, Lala, o que foi? — A voz de Sarah Jane era gentil.

— Isso é champanhe?

Sarah Jane riu e estendeu a taça. A garota chamada Lala sorriu timidamente e deu um gole hesitante enquanto todos observávamos, entretidos. Ela engoliu, e seus grandes olhos azuis ficaram ainda maiores.

— É como... beber flores.

— Que maneira linda de se expressar — disse Andrew. — Srta. Burkhardt, sua convidada é encantadora.

Sarah Jane riu.

— Ela não é convidada, e sim minha irmã mais nova, Louisa. Louisa, diga "oi" para o Sr. Vancouver, a Srta. Goodson e o Sr. Angelo.

Louisa apertou a mão de Andrew e a minha, depois segurou a de James e olhou-o nos olhos.

E foi assim que Incy conheceu Lala Burkhardt e deu início àquele terrível escândalo com aquela pobre menina. Depois da tentativa de suicídio, acho que ela acabou em um sanatório na Suíça. A coisa toda foi abominável. Devia estar morta agora.

E Andrew Vancouver? Foi assim que conhecemos Boz. Boz estava investindo em outra herdeira naquela festa, com muito sucesso, pelo menos por um tempo. Mas pouco antes de arruiná-la completamente, o pai dela descobriu e chutou Boz para a sarjeta.

Depois disso, nós três passamos a andar juntos: farinha do mesmo saco.

Os anos 1920 foram uma época muito divertida e glamorosa. Havia festas e casas de veraneio e todos esses carros novinhos (carruagens sem cavalo!) chegando ao mercado. As mulheres finalmente se livraram dos espartilhos — graças a Deus — e em alguns lugares podíamos até votar. Incy e Boz e eu nos divertíamos muito. Os anos 1930 foram menos divertidos, depois da Crise; os anos 1940 foram rigorosos; a década de 1950 foi meio estranha e tensa e artificial. As coisas nos Estados Unidos só voltaram a ser divertidas nos anos 1960.

Deitada ali, agora, com todos os meus sentidos anestesiados, eu estava praticamente congelada. Me mexer ia doer. E eu ainda estava: sozinha, sem teto, sem casaco e sem amigos. Inspirei o ar frio novamente, tremendo e me perguntando como tudo isso ia terminar. Eu não tinha energia para me mexer ou tomar decisões.

Gradualmente, senti uma pontada de percepção, um leve distúrbio no meu campo de energia. Um animal? Uma pessoa? River ou alguém de River's Edge? Reyn? Fechei os olhos, tomada pelo desespero. Talvez, se eu ficasse muito, muito quieta, não me encontrariam. Uma esperança completamente sem sentido.

Estava impossivelmente escuro ali, sem lua, e com nuvens deslizando pelas estrelas, mas eu sentia alguém se aproximando de mim, então abri os olhos. Mal conseguia enxergar através da grama alta, com as pontas se dobrando sob o peso da neve. E então, uma figura escura surgiu em meio a ela, andando na minha direção.

Não era Reyn. Nem River.

Fiquei deitada, imóvel, observando. Era Incy.

CAPÍTULO 17

ncy.

Eu o conheci logo antes da virada do século, em 1899. Era de se pensar que, com uma amizade longa e unida como a nossa, teríamos um começo dramático, do tipo ele salvando minha vida ou eu roubando o cavalo dele.

Mas nos conhecemos quando ele estava vendendo obras de arte falsificadas em Nova York. Fui com uma amiga examinar uma pintura "recém-descoberta" de Del Sarto. Isso foi antes de técnicas forenses sofisticadas serem usadas para determinar a idade e autenticidade de obras de arte. Embora especialistas fossem frequentemente consultados, era muito fácil cometer fraude. Ah, os velhos tempos.

— Sra. Humphrey Watson — anunciou o porteiro. — Sra. Alphonse North.

Eu gostava de Eugenia Watson, e éramos amigas próximas havia pelo menos cinco anos. Não existia nenhum Sr. North; eu tinha inventado um marido morto para mim porque uma mulher casada, mesmo viúva, tinha mais liberdade do que uma solteira.

Fomos com a carruagem de Eugenia para a casa da nossa amiga, e o lacaio dela nos ajudou a puxar as saias armadas idiotas pelos degraus da carruagem até a calçada. As armações já eram menores, felizmente, mas minha cintura estava apertada até uma circunferência elegante de 45 centímetros. Faça um círculo de 45 centímetros com as mãos. É. Era uma surpresa que meu aparelho digestivo funcionasse.

— Coral! — disse Eugenia, e deu dois beijos em nossa amiga, a Sra. Barrett-Smith.

— Eugenia! — cumprimentou Coral. — E querida Sarah. Obrigada por virem.

— Obrigada por nos convidar. Estamos *muito* interessadas nessa pintura que você encontrou — falou Eugenia, e eu sabia que ela estava falando a verdade: o marido dela trabalhava em uma das maiores casas de leilão da cidade. Se Coral tinha descoberto uma nova fonte de pinturas europeias desconhecidas do século XVI, Eugenia iria querer saber.

— Primeiro, quero apresentar o homem que a colocou na minha vida — disse Coral. Ela fez um gesto gracioso, e um homem elegante saiu das sombras de uma alcova. — Sra. Watson, Sra. North, este é Louis Carstairs.

E ali estava Incy. Ele era muito bonito, vestido lindamente, com uma aparência um tanto estrangeira, e, como percebi quando ele beijou minha mão, imortal. O brilho de reconhecimento nos olhos dele passou despercebido por minhas amigas.

Enfim. A pintura era falsa, mas ninguém disse isso para Coral. Ela a comprou, e tinha muito orgulho dela. Ela e Incy iniciaram um caso tórrido que durou vários anos, e ele e eu ficamos amigos. Nós dois gostávamos de viver bem, nos divertíamos com as mesmas coisas e nos dávamos muito bem. Tínhamos discordâncias ocasionais, mas logo fazíamos as pazes. Foi ele quem me estimulou a ser mais ousada em minha aparência, e quem me deixou à vontade com comportamentos diferentes, tanto meus quanto dele. Sempre adorei viajar, mas foi Incy quem decidiu que devíamos sair da nossa zona de conforto e ir para o Egito, Peru, Alasca.

Todos esses anos, senti que estar com Innocencio me permitia ser meu eu verdadeiro, meu eu completo. A sensação era bem essa. Como pude estar tão errada? Ficamos grudados como manteiga de amendoim no céu da boca durante um século. Como pude me enganar por todo esse tempo?

E agora, aqui estávamos. E eu estava me escondendo dele havia dois meses.

Ver a silhueta de Innocencio vindo na minha direção em meio àquela paisagem branca não colocou instantaneamente lembranças de nossos momentos de diversão na minha cabeça. Na verdade, minha mente foi tomada pelas visões terríveis, pelos sonhos pavorosos, por meus medos cada vez maiores em relação a ele. Será que meus pesadelos estavam virando realidade agora?

Meu coração tinha ficado lento como o de um esquilo em hibernação, mas nesse momento deu alguns saltos e se colocou ao trabalho. Eu era pura confusão emocional e física, sem condição nenhuma de lutar contra Innocencio ou fugir dele, e longe demais para que meus gritos fossem ouvidos. Então inspirei o ar gelado e cortante e tentei, com dificuldade, me sentar.

Innocencio. Toda vez que eu o imaginava ultimamente, ele estava coberto de sangue, levado ao limite, em uma loucura pura e apavorante. Agora ele estava aqui, como se meus piores medos estivessem se materializando na escuridão, como se minhas próprias lembranças o tivessem criado, o tivessem levado a mim.

Idealmente, eu teria sido capaz de pular e assumir uma posição ameaçadora de luta, mas, do jeito que as coisas estavam, projetei mais uma energia de vítima. Lutei para me sentar, e me apoiei pesadamente na cerca, passando as mãos na perna da calça com nervosismo.

— Incy? — O que saiu foi um gemido.

A figura alta e magra se aproximou, e minha garganta se fechou quando senti o primeiro sinal do aroma da colônia dele. Ele usava a mesma desde os anos 1930, chamava-se 4711. Todas as células no meu cérebro a reconheciam.

— Nas... Não acredito. É você mesmo! Eu estava te procurando.

Agora ele estava acima de mim, e tentei inutilmente levantar os braços para me proteger de alguma forma. Porém, meus músculos estavam lentos e frios, e eu mal conseguia me mexer. Tentei projetar força, mas cada medo que eu tinha se uniu em um redemoinho de arame farpado que estava destruindo minha capacidade de pensar.

Naquele momento, as pesadas nuvens subitamente saíram da frente da lua crescente, e ela lançou uma luz anêmica sobre nós. Olhei para ele com o coração na garganta... e pisquei. Incy parecia... incrivelmente normal. Nas visões, ele parecia um louco, paciente de manicômio, com olhos brilhantes demais de raiva e intensidade. Mas ele parecia *bem*; bem vestido, com o cabelo penteado para trás acima da testa elegante. Estava barbeado, e tinha os olhos calmos e preocupados.

— Andei procurando você em todos os lugares — repetiu. — Então estava passando por aqui de carro e... simplesmente senti você. — Ele indicou o espaço ao nosso redor. — Achei que estava ficando louco, mas a sensação era tão forte... E agora, aqui está você. — Ele olhou para mim e franziu a testa. — O que está fazendo aqui? E o que aconteceu com seu rosto?

Surtando e *acidente de carro* não pareceram respostas inteligentes. Mas ele não esperou.

— Ah, Deus... Olha seu cabelo! — Ele riu de leve. — Não vejo essa cor des-de... sempre. Mas você está congelando! — disse ele, e tirou um grosso sobretu-do de casimira que devia ter custado uns 4 mil dólares. Ele o colocou sobre mim, e fui lembrada de uma época não muito tempo antes, quando eu estava do lado de fora chorando e River colocou o casaco sobre mim. Como naquela época, fiquei imediatamente chocada pelo calor da roupa.

— Eu estava voltando — falei, limpando a garganta em seguida. — Estão me esperando a qualquer momento. O que você quer? — Minha voz estava trê-mula e rouca de tanto chorar.

Incy deu uma gargalhada levemente constrangida.

— Me desculpe, querida. Não quero bancar o stalker.

Ele se ajoelhou na neve, esmagando a grama congelada com as belas botas artesanais, e me ofereceu a mão. Não queria tocar nele, então lutei para ficar de pé, sentindo cada músculo protestar e me xingar de coisas horríveis.

Incy também ficou de pé. Eu estava mais alerta agora, descongelando sob o in-crível calor do casaco dele. Examinei seu rosto com atenção, mas se ele tinha ficado completamente louco desde a última vez em que o vi, não consegui encontrar evi-dências. Então será que todos os meus sonhos e visões eram, como eu temia, ape-nas uma projeção das minhas trevas interiores, produtos do meu ódio profundo e antes escondido por mim mesma? O pensamento era arrasador, e eu quase gemi.

— O problema, Nas — disse Incy —, é só que eu estava preocupado com você.

— Preocupado? Por quê?

— Nas, você desapareceu sem dizer nada. — O tom dele era gentil e infini-tamente sensato. Analisando nós dois nesse campo esquecido, era eu quem pa-recia maluca.

Quando não falei nada, ele prosseguiu.

— Olha, sempre fizemos viagenzinhas sozinhos. Mas eu deixava um reca-do para você. Ou você me ligava de Bali ou de onde estivesse. Desta vez, você simplesmente desapareceu, e ninguém sabia por que e nem para onde e nem se tinha alguma coisa errada.

Um vento gelado entrou pela beirada do casaco. Vi Incy tremer e esfregar as mãos.

— Andamos juntos, você e eu, como pão e manteiga, durante um século, querida. Se você seguiu em frente, se terminamos nossa amizade, tudo bem. Mas me *diz*, sabe? Não me deixa preocupado, achando que alguém apareceu e cortou sua cabeça fora.

Ele parecia tão racional. A confusão tomou conta do meu cérebro. Parecia inacreditável ele não estar como o vi. Eu tinha fugido dele com medo e desgosto por causa do motorista de táxi, mas o Incy daquela noite não tinha relação nenhuma com o homem parado à minha frente. Será que eu tinha imaginado aquilo tudo?

Lambi os lábios rachados e secos.

— Eu só precisava de um tempo.

Ele esticou as mãos: um homem são lidando com uma doida.

— Tudo bem. Não tem problema. Eu aceito. Mas você entende por que fiquei preocupado? — Incy expirou, deixando uma trilha de fumaça na noite. — Andei perguntando por você em toda parte. Até tentei usar uma bola de cristal! — Ele riu, deixando dentes brancos e retos à mostra. Lembrei-me de quando ele os ajeitou, nos anos 1980. — É claro que isso não levou a nada, mas, querida, andei tão preocupado — disse, balançando a cabeça. — Não consegui descansar até ter certeza de que estava bem, até te ver com meus próprios olhos. Mesmo se voce só quisesse sair para andar por aí, eu tinha que ter certeza de que nada horrível tinha acontecido com você. — Ele soprou nas mãos e as esfregou. — Se eu tivesse deixado para lá e depois descobrisse que você precisou da minha ajuda, não conseguiria viver comigo mesmo.

– Como você pôde viver consigo mesmo depois do que fez com aquele motorista de táxi? — falei, em um rompante.

Ele inclinou a cabeça, refletindo, e seu rosto se iluminou.

— Ah, o *motorista* — disse ele, como se as coisas estivessem se encaixando. — Ah, Nas... Você ficou perturbada com aquilo?

— Você o aleijou! Para sempre! — Ajeitei a postura, e meu sangue começou a correr mais quente nas minhas veias.

— É mesmo — concordou ele lentamente. — Eu o aleijei. Eu estava tão... furioso. Ele arrancou Katy do táxi, e ela estava passando mal, e ele foi tão detestável. Lembro de sentir como se ele estivesse jogando veneno na gente. Então eu simplesmente... surtei.

Ele não protestou e se declarou inocente, nem justificou sua atitude. Não tentou rir e deixar de lado. O que ele fez foi olhar ao longe, como se estivesse lembrando daquela noite. Então suspirou, formando outra nuvem.

— Querida, foi por isso que você foi embora?

— Foi por um monte de coisas — murmurei.

Ele ficou em silêncio, como se revisando tudo mentalmente.

145

— Certo — continuou. — Lamento ouvir que fui parte do motivo. Eu queria que você tivesse falado comigo na época. Enfim... Então você está aqui, nesta fazenda. Estava aqui o tempo todo? Está... sendo bom para você? — Ele fez um gesto na direção de River's Edge.

"Bom" não era como eu descreveria minha estada aqui. Dei de ombros.

— Olha, se eu souber que você está saudável e feliz agora onde está, e entre amigos, posso ir embora com a consciência limpa — falou Incy, então abriu um sorriso. — Porque saberei que minha amiga está bem.

Amiga. *Fomos* amigos por tanto tempo. Meu relacionamento com ele parecia ser a definição de amizade. Eu ligava para ele em emergências, e ele sempre aparecia. Quando ele precisava de ajuda, eu ficava feliz em ajudar. Saíamos para fazer compras e dávamos palpite no que o outro vestia. Por muito tempo, meus dias sem fim foram suportáveis porque Incy estava a meu lado. Quando eu ficava deprimida, ele fazia qualquer coisa, coisas loucas, para me alegrar. Quero dizer, é claro que o vovô stripper não tinha sido uma boa ideia, mas... Mandávamos um para o outro chocolates e flores e presentinhos que víamos e nos faziam lembrar o outro. Ele me deu um Studebaker certa vez. Eu dei para ele um Corvette. Que ele detonou.

Nós apenas... sempre preferimos a companhia um do outro a qualquer outra. Olhei nos olhos dele, tão escuros que pareciam parte do céu noturno. Eu tinha olhado naqueles olhos um milhão de vezes, logo antes de adormecer, por cima de mesas de jantar, em incontáveis transatlânticos, em um pronto-socorro.

Quem eu podia chamar de amigo em River's Edge? Com uma surpresa desconfortável, percebi que não havia ninguém. Ninguém me odiava, mas ninguém era realmente um bom amigo, nada próximo do que eu e Incy já fomos, e nem mesmo Boz e Katy. Pensei em como Anne e Amy andavam de braços dados, como Brynne e Rachel estudavam juntas, com as cabeças próximas. Eu achava que o jeito exagerado de Brynne seria um contraste ruim com o jeito estudioso natural de Rachel, mas, ao que parecia, em magick elas eram mais parecidas.

Eu era uma intrusa quando cheguei, e permaneci assim por mais de dois meses. E talvez tenha sido minha culpa, eu admitia, pensando nas aproximações que recusei, nos convites para caminhadas, para filmes... certa vez, para passar a tarde fazendo biscoitos. Eu nunca aceitei, e costumava ir para o meu quarto em seguida.

Lembrei-me de River dizendo que eu nunca conseguiria amar ninguém até amar e aceitar a mim mesma. Esse ainda parecia um objetivo tão inatingível quanto era quando apareci lá como um vira-lata faminto.

Ah, Deus... Eu fiz tanta besteira, desperdicei os últimos dois meses. Estava me enganando. Todas as minhas tentativas sinceras, meu trabalho idiota e patético, meus esforços fracassados para aprender, para me encaixar... Era uma lembrança dolorosa após a outra. O que eu estava pensando? Por que sequer tentei? Lembrei-me dos sorrisos pacientes, das explicações comedidas sobre as coisas básicas e primordiais que todos os imortais do mundo sabiam, menos eu. Eles deviam estar morrendo de rir.

Incy expirou de novo, então se levantou.

— Não me lembrava de Massachusetts ser tão frio — comentou.

Ele olhou para cima enquanto um floco de neve perfeito caía, balançando para a frente e para trás como uma pequena pena. Outro floco se juntou a ele. Perfeito. Porque eu precisava de neve caindo em cima de mim, além de tudo. Eu ainda não tinha para onde ir, nem sabia o que fazer comigo mesma. E teria que devolver o casaco de Incy.

E depois, o quê? Sim, eu realmente tinha pensado bem nisso. Estava fazendo grandes escolhas. Tinha aprendido muito.

Incy sorriu de repente e olhou para mim.

— Você lembra aquela vez em Roma... Quando foi? Nos anos 1950. No final dos anos 1950? Estávamos naquele restaurante, e Boz estava contando uma história, e o garçom colocou um enorme prato de espaguete na mesa, e estávamos morrendo de fome?

Eu consegui ver a cena na mesma hora e sorri involuntariamente, sabendo o que vinha depois.

— É claro que Boz estava bêbado como um gambá — recordou Incy.

— Montepulciano — falei, me lembrando do vinho que estávamos tomando.

— E ele ficava sacudindo os braços, contando aquela história idiota sobre as ovelhas — continuou Incy, começando a rir. — E então ele bateu com o punho na mesa no meio da história...

— E a tábua da mesa deu um pulo, que fez o prato de espaguete voar — completei, sorrindo. — Ah, meu Deus, espaguete para todo lado. Quanta sujeira.

— Mas nós nem vimos nada — relembrou Incy, e seu sorriso parecia iluminar a área ao redor.

— Porque saímos de lá correndo, deixando Boz para assumir a culpa — eu disse, rindo.

Incy inclinou a cabeça para trás e gargalhou, e apesar de eu já tê-lo visto rir um zilhão de vezes antes, ainda assim era divertido. O Incy enlouquecido e coberto de sangue das minhas visões parecia quase incompreensível agora. Sim ele tinha aleijado o motorista de táxi, mas agora eu me perguntava se não teriam sido as trevas internas de Incy explodindo de dentro dele sem aviso. Como tinha acontecido comigo. Ou será que minhas trevas o tinham levado a fazer aquilo? Era uma possibilidade nauseante.

Tremi ao pensar em devolver o casaco de Incy. Eu estava tão deliciosamente aquecida. Sem pensar, enfiei os braços nas grandes mangas e o enrolei ao redor do corpo.

Incy me lançou um sorriso doce e amoroso.

— Estou tão feliz, tão aliviado de ver que você está bem, querida — falou. — Estava preocupado, mas você está bem. Então... me ligue na próxima vez que quiser sair e contar histórias sobre Boz.

— Como ele está? — Em pedaços em algum lugar? Ainda não conseguia afastar aquela imagem assustadora da cabeça.

— Está ótimo. — Incy balançou a cabeça como se dissesse: o tolo do Boz. — Ele, Katy, Stratton e Cicely estão esperando por mim em Boston. Também estavam preocupados com você. De qualquer modo, estávamos pensando em passar um tempo aqui e no final do mês pegar um cruzeiro de sessenta dias que Halliday acabou de anunciar.

Eu *amo* cruzeiros. Não ter que dirigir, não ter que procurar hotéis, nem restaurantes. Além do mais, você pode ficar muito bêbado e o pior que pode acontecer é cair no mar. O que é realmente muito difícil.

— Vai para o oriente: China, Japão, Tailândia, Vietnã, depois para a Índia e dá uma volta por lá. Tem uns passeios ótimos nas cidades. — Ele deu de ombros. — Pareceu divertido.

Parecia o próprio paraíso.

— Hum. Quanto custa? — Não que o custo fosse problema para nós.

Incy riu.

— Praticamente nada. Vinte e dois mil por uma suíte. Por sessenta dias.

— Vocês todos vão? — Lembrei-me de outros cruzeiros com o grupo; foram tão, tão divertidos.

Incy assentiu.

— Stratton ainda está em cima do muro. Depende de uma garota com quem ele está flertando.

— Ah. Parece divertido. Parte no final de janeiro?

Ele assentiu e colocou as mãos nos bolsos de veludo. Devia estar congelando, e estava se mexendo sem parar.

— É. Tipo dia 25, eu acho. Katy diz que precisa de um guarda-roupa novo. — Ele revirou os olhos. — Mas podemos fazer compras em Boston, depois pegar um voo noturno para Los Angeles a tempo de pegar o navio. — Ele me deu outro daqueles sorrisos doces e um tanto melancólicos. — Eles vão ficar felizes em saber que você está bem. Só escondida aqui na floresta, esfriando a cabeça. Literalmente.

Dei uma risadinha.

— Como você chegou aqui? — perguntei.

Ele fez um gesto vago para trás.

— Tenho um carro legal, um Caddy. O mais novo Incymóvel. A estrada não fica longe daqui, na verdade. Concentrei-me em você, parecia sentir sua energia. Achei que estava louco, mas alguma coisa me mandou parar lá, sair do carro e andar. E aqui estava você.

— Ah. — Lambi os lábios outra vez. Meu carro estava destruído, é claro.

Incy olhou para mim.

— Querida... Você está feliz aqui, certo? Está bem? Posso ir embora e ficar feliz por você?

Meus olhos se encheram de lágrimas de novo, e Incy pareceu alarmado. Eu era conhecida por não ser chorona, e ele não estava por perto nos dois últimos meses de aguaceira.

Não sabia o que dizer. Minha mente estava se partindo em duas. Não havia como voltar para River's Edge, encarar todas aquelas pessoas, parecer tão fracassada e deixar que se dessem conta do quão inevitavelmente das trevas eu era. Mas será que ficar sozinha seria melhor? Teria que elaborar toda uma vida nova para mim. O que eu faria? Para onde iria? Sempre tive meu próprio apartamento ou casa (Incy era bagunceiro demais), mas sabia com quem passaria cada dia. Sabia basicamente o que faria. Estar em River's Edge, de certa forma, tinha sido mais do mesmo: um padrão.

Se eu saísse de River's Edge e não fosse ficar com Innocencio, o que eu faria? Aquele pensamento me encheu de pânico enquanto eu me imaginava morando em uma casa nova, talvez conhecendo alguns imortais com quem não tinha intimidade. Era a última coisa que eu tinha vontade de fazer.

Mas que escolha eu tinha? Afinal, eu ainda estava com um pouco de medo de Incy, não é? Eu nem mesmo sabia. Ele parecia tão... ele mesmo. Completamente. Tranquilo e divertido e sinceramente preocupado comigo, e, ah, sim, *são*. Porque a insanidade óbvia seria um empecilho, com certeza.

Passei a mão pelos olhos, que ardiam e pareciam cheios de areia. A neve estava caindo com mais intensidade agora.

— Nas. Agora estou preocupado de novo. Alguém foi ruim com você? Preciso dar uma surra em alguém?

Aquele pensamento por si só era hilário; ele jamais arriscaria estragar a roupa. Dei um sorriso fraco.

Eu estava congelada; não de frio, mas de indecisão e pura confusão. Se dois meses atrás eu estive perdida, sem saber quem eu era, agora eu estava o dobro disso.

— Escuta — falou Incy, realmente parecendo preocupado. — Você quer simplesmente sair daqui? Você pode vir comigo para o carro. Ligo o aquecedor e estaremos em Boston em duas horas. Você pode tomar um belo banho quente, com um conhaque para te aquecer por dentro. Pedimos comida no quarto. Você vai se sentir uma nova mulher. Então pode decidir o que quer fazer depois.

Tudo pareceu tão atraente de repente que quase choraminguei. Mas como eu poderia apenas subir no carro dele como se tivesse apertado um botão de reiniciar? Eu passei os últimos dois meses me esforçando ao extremo para me esconder de Incy. Mas *sabia* que não podia ficar *ali*.

— Não quero te pressionar. Sei que você está fazendo esse... experimento, sei lá, por você, e quero dar apoio — disse Incy com gentileza.

Isso me fez lembrar da vez em que decidi estudar balé em Paris, no final dos anos 1940. Ele comentou com delicadeza que a maior parte das bailarinas de sucesso tinha começado a estudar cedo, aos 5 ou 6 anos, talvez 7. E eu já tinha... você sabe, mais de 400. Mas, mesmo assim, ele me apoiou, foi comigo comprar a roupa e as sapatilhas. Até mesmo foi a uma apresentação, até que eu finalmente percebi e desisti de tudo.

— Mas só estou dizendo que, se quiser, você pode vir ficar com a gente. Não precisa ficar conosco, nem comigo, se quiser seu espaço — acrescentou rapidamente. — Você faz o que quiser. Poderia pegar um avião e sair de Boston amanhã, ir para onde quisesse. Mas é claro que você seria muito *bem-vinda*. Eu adoraria que você fosse ao cruzeiro. Quem mais conseguiria apreciar verdadeiramente a amostragem de raça humana que se vê nos cruzeiros? Acho que só você.

Ele e eu sempre fomos impiedosos, analisando guarda-roupas e penteados de passageiros enquanto ficávamos no bar, entornando drinks com gim. Rá, como se eu pudesse falar dos cabelos e das roupas de outras pessoas, certo?

Esse era o golpe de misericórdia: o cruzeiro parecia o paraíso. Sessenta dias observando pessoas e vendo coisas fabulosas sem ter que pensar em nada. Sem ter que trabalhar, nem aprender, nem me provar de maneira nenhuma. Sem precisar olhar para Reyn, ou ver o rosto de Amy sorrindo para ele. Sem ter que ver River me dar chance após chance.

Eu tinha fugido de Incy antes. Tinha me convencido de que ele era mau e perigoso.

E já tinha fugido de River antes.

Eu era uma tremenda fugitiva. Nunca fui do tipo que encara o que vier. Por algum motivo, eu via Reyn reprovando minha covardia, incapaz de respeitar minha necessidade de fugir. Ele pensaria que eu estava sendo covarde, infantil.

Que bom que eu não ligava para o que Reyn pensava. Aquela situação toda era impossível, de qualquer modo. Eu sabia disso.

Nada parecia certo, inquestionável. Nenhuma das decisões, entre minhas três opções, parecia uma boa ideia.

Eu realmente não sabia o que fazer, mas o que quer que eu decidisse teria um grande efeito sobre mim, sobre minha vida.

Mande-me um sinal, implorei em silêncio. Deusa? Universo? Alguém? Alguém? Mande-me um sinal. Diga-me o que fazer.

Por favor, alguém me diga o que fazer...

— Nas? — A voz de Incy era gentil. — Vamos para o carro. Vou cuidar de você. Tá?

CAPÍTULO 18

rês horas depois, estávamos de frente para as milhões de luzes intensas de Boston. Tínhamos parado um pouco antes para comprar vinho e bolinhos Twinkies, e preciso admitir que esses são sabores maravilhosos que ficam bem ruins juntos.

De vez em quando, Incy olhava para mim e sorria.

— O quê? — perguntei.

— Estou muito feliz em te ver — disse ele. — Sei que foi besteira. Você é uma garota crescida, afinal, mas não conseguia afastar a preocupação. Além do mais, sabe, foi difícil para *mim*. — Ele deu uma risadinha. — Mas já chega de *você*. Vamos falar sobre *mim*. Eu estava tão acostumado a fazer tudo com você que fiquei desequilibrado por um tempo.

Tomei outro gole de vinho, o melhor que um 7-Eleven de estrada tinha a oferecer, e senti a primeira pontada de alarme desde que entrei no carro. *O quanto* desequilibrado ele ficou? Será que entrar no Cadillac dele foi a coisa mais burra que já fiz? Bem, sim. O que quero dizer é, além da burrice *geral* da ação. Será que entrei despreocupadamente em um carro com um assassino?

— O que você quer dizer com desequilibrado?

Eis uma prova do meu crescimento pessoal: ir atrás de uma coisa que eu talvez não quisesse ouvir, mas achava que devia saber. Era uma coisa nova e diferente para mim, toda essa aplicação prática das aulas. Eu o observei com o canto do olho caso ele de repente ficasse visivelmente insano ou começasse a se transformar em um lobisomem, ou coisa do tipo. Mais uma vez, lobisomem = empecilho.

O que ele fez foi rir com constrangimento.

— Eu não tinha me dado conta do quão dependente de você eu estava — admitiu. — Fiquei tão acostumado a consultar você, a planejar coisas juntos, a pensar em *nós dois* fazendo coisas. Sem você, eu fiquei andando de um lado para o outro choramingando pateticamente até Boz me dar um tapa e dizer: "Recomponha-se, homem!"

Ele contou a parte final com sotaque inglês, como se estivesse citando um filme, e depois riu.

— Hã — murmurei, ainda o observando.

Incy deu de ombros.

— Senti sua falta o tempo todo, não parei hora nenhuma de sentir, mas acabei descobrindo como me vestir e tomar banho.

Não, eu *não* fazia isso para ele. Pelo amor de Deus. Ele estava *exagerando*.

— Ah.

— E então eu comecei, sabe, a simplesmente planejar tudo para uma pessoa só.

Outro balançar de ombros constrangido. E ele parecia tão normal. Inacreditavelmente normal e saudável, mais ainda do que quando fui embora. Será que minha partida foi uma coisa boa para ele? Será que aquilo quebrou um padrão ruim que havia entre nós? Talvez eu *estivesse* irradiando trevas já naquela época, e isso o tenha afetado, afetado todos nós. Com minha ausência, que teve o maior período de tempo em cem anos, ele conseguiu se desintoxicar. Nesse caso, tudo certamente aconteceria de novo, pois eu ainda era das trevas. Mas agora eu sabia. Será que isso ajudava? Eu não tinha certeza, e pensar no assunto fez minha cabeça doer. Eu não queria pensar, analisar tudo até o fim. Só queria... me sentir melhor.

Mesmo que Incy estivesse melhor agora, mais por conta própria.

Supus que tudo acabaria ficando claro. Ou as coisas ficariam bem, ou minha vida se tornaria uma atrocidade muito mais traiçoeira do que eu poderia imaginar. Um ou o outro. De alguma forma, eu lidaria com a situação, como lidei com tudo mais; foram 450 anos de fomes e pragas e inundações e guerras e economias desmoronando.

Olhei pela janela em direção às ruas movimentadas de Boston, agradavelmente tonta devido ao vinho horrível, protegida pelo casulo quente que era o Caddy de Incy. Tinha incontáveis lembranças de estar em um carro com Incy,

🌸 153 🌸

desde os primeiros Model T até o Caddy de hoje. Eu e ele somados já tínhamos dado perda total em uns oito ou nove carros, o que gerou várias manchetes de jornal do tipo "Sobreviventes Milagrosos de Colisão Grave". Me lembrava de nós dirigindo na Autobahn, na Alemanha, cruzando um deserto escuro e vazio à noite. Tivemos carros esportivos fabulosos e outros velhos com rodas tipo pneus de bicicleta. Incy e eu. Tantas lembranças.

Minha mente conjurou o rosto de River, e tomei um longo gole da garrafa para bloquear a imagem. Será que algum deles ficaria surpreso por eu ter feito isso, por estar com Incy de novo? Ou será que balançariam as cabeças e pensariam que sempre souberam que eu faria uma besteira monumental? Será que me procurariam? Será que procuraram? E Reyn... ele queria alguma coisa de mim. E, tipicamente, eu fugi dele como um coelho foge de uma raposa.

Por menos de um segundo, por uma ínfima fração de tempo, imaginei o alívio de ver Reyn vindo me buscar. Reyn aparecendo, me arrancando de Incy, me salvando de... mim mesma.

Em seguida, fiquei furiosa por ter tido esse pensamento, por ser tão fraca que precisava de alguém para me salvar de mim mesma. Que se dane! Eles não sabiam mais do que eu! Aquela vida podia ser boa para eles, mas foi uma tortura para mim! Eu não fui feita para aquilo. Não deu certo. Eu traí a mim mesma ao visualizar Reyn como o forte, mais forte do que eu. Eu era bastante forte. Podia muito bem cuidar de mim mesma, como tinha feito nos últimos quatro séculos e meio. Não precisava dele nem de ninguém para refazer minha vida e nem me salvar de nada.

Eu estava ótima.

E estava mais do que pronta para me divertir depois de dois longos meses de labuta e frustração.

— Aqui estamos — disse Incy, parando sob o toldo do Liberty Hotel.

Já tínhamos nos hospedado ali várias vezes antes; era um dos melhores e mais agradáveis hotéis de Boston. O fato de o prédio já ter sido a cadeia da cidade o tornava muito mais legal. O arquiteto fez referência a isso de várias maneiras. Um dos restaurantes se chamava Xadrez, por exemplo.

Um manobrista abriu a porta para Incy, e um concierge fez o mesmo por mim.

— Bem-vinda ao Liberty, senhora — falou. — Posso pegar sua bagagem?

— Não tenho bagagem. — Engoli em seco, pensando no que tinha deixado para trás. Meu amuleto. A coisa mais preciosa da minha mãe. O tarak-sin da minha família.

E todas as minhas roupas feias. Já vão tarde. Eu tinha um cofre aqui em Boston com dinheiro, passaportes, etc. Está vendo? Não há problemas. Só soluções.

— Ah. Muito bem — disse ele, treinado para não reparar que eu estava usando um casaco fabuloso grande demais para mim por cima de uma calça jeans suja e botas pesadas. Sorrindo, ele correu para abrir a enorme porta do hotel para nós.

Entrei pela porta e voltei para minha antiga vida.

Estava horrivelmente claro. A luz batia contra as minhas pálpebras, e escondi a cabeça debaixo do travesseiro. Eu estava em uma cama enorme, deliciosamente confortável, com os braços e pernas espalhados como uma estrela-do-mar.

Luz?

Dei um salto e me arrependi imediatamente: meu estômago deu um pulo e minha cabeça balançou sobre meu pescoço como um daqueles cachorros que as pessoas colocam no painel dos carros.

Estava claro lá fora! Devo ter dormido demais! Devo...

Eu não estava em casa. Estava no Liberty, em Boston, com Incy. Olhei, piscando, para o relógio. Eram 8h13. Eu supunha que da manhã. Não dormia até tão tarde havia meses. Inclinei-me em direção à mesa de cabeceira e peguei o telefone, então apertei o botão do serviço de quarto. Com movimentos lentos, empilhei meus quatro travesseiros fofos e me recostei sobre eles.

Pedi alguns doces, algumas mimosas, e antiácido, depois deixei o fone cair da minha mão sobre a cama.

Era espantoso eu estar em Boston com Incy de novo. Tínhamos chegado por volta das 22h. Incy estava radiante quando me levou para a cobertura e abriu, cheio de pompa, a porta da maior suíte do hotel. Lá dentro, Boz, Katy — claramente vivos —, Stratton e Cicely estavam discutindo sobre alguma coisa de (juro por Deus) *Buffy, a Caça-Vampiros*.

Eles olharam em choque quando segui Incy para dentro da suíte, e Katy literalmente se afastou quando viu o que eu estava usando: uma calça jeans verde-oliva com manchas de lama nos joelhos, uma camiseta térmica por baixo e uma camisa xadrez de flanela.

— Ah, meu Deus! Ela *foi* sequestrada! — exclamou Katy. — Incy, você estava certo! Olha para o rosto dela! Nas, você estava presa em uma fazenda de trabalhos forçados?

— Mais ou menos — respondi.

— Que bom te ver, Nasty! — Abraços e beijos por todos os lados.

— Sentimos sua falta! — Katy, em especial, parecia genuinamente anima-da em me ver. Observei-a com atenção, mas não vi nada da Katy furiosa e de saco cheio de mim. Além disso, não estava nem um pouco em pedaços ou pe-gando fogo. Isso era bom. — Mas, falando sério, o que você está vestindo? Veio de uma festa à fantasia?

— Mais ou menos — repeti, aceitando o coquetel de vodca e chocolate que ela me oferecia.

Tomei um longo gole, que estava delicioso por sinal, depois dei um sorriso para Incy, que sorria largamente para mim do outro lado do quarto. Que a festa começasse!

Essa parte de Boston era ótima para caminhadas, e depois de pegar algu-mas roupas emprestadas e passar maquiagem nos olhos e no nariz, saímos de pub para bar para clube para bar. Eu estava fora havia dois meses, mas não que-ria falar sobre os pontos altos do meu fiasco na fazenda. Em vez disso, eles fala-ram; contaram histórias sobre serem expulsos de aviões, de festas e um inciden-te infeliz em que uma pesada mesa de hotel foi empurrada por uma varanda em uma tentativa de fazê-la atingir a piscina lá embaixo. Não caiu dentro d'água por pouco mais de um metro; Boz perdeu mil dólares nessa aposta. E Cicely acidentalmente assustou um cavalo no Central Park, fazendo com que ele se empinasse, quase derrubasse a carruagem, e saísse correndo enquanto o co-cheiro de cartola tentava fazê-lo parar antes que atropelasse alguém.

Comecei sorrindo e gargalhando com algumas dessas histórias. Katy em particular era hilária, e as descrições dela das pessoas revoltadas eram irônicas, mordazes e incrivelmente engraçadas. Mas, conforme a noite prosseguiu, eles foram ficando menos interessantes. Só me animei de novo quando Boz me con-tou sobre uma instalação de arte que estava acontecendo por toda Barcelona. Eu queria poder ter visto; parecia louca e ambiciosa, com estátuas para todos os lados. E, durante a noite toda, bebemos e comemos tudo em que conseguíamos pensar. Tudo estava disponível, fosse de cultivo local ou da temporada ou o que quer que fosse. Eu não precisei preparar nada, nem limpar depois. Adorei isso.

Cambaleamos para o hotel por volta das 2h, um tanto cedo (os bares têm horário para fechar em Boston), mas continuamos a festa em nossos quartos até a gerência aparecer e pedir para controlarmos o barulho. Bons tempos.

Mas... eu tinha esquecido os inevitáveis efeitos pós-festa. Agora, eu me sentia terrível. Como se estivesse com a peste. Ou como imagino que seja a pes-te, depois de ter visto os efeitos. (Observação rápido: a Peste Negra, que matou cerca de um terço de todos os europeus ao longo de um século, pode hoje em dia quase sempre ser curada com uma dose de antibióticos comuns. Estou falando de *antibióticos*. Erradicando a *peste bubônica*. Saber de coisas assim me apavora, me faz desejar poder voltar no tempo. Eu deixaria o fungo crescer no pão, inventaria a penicilina e ganharia uma fortuna.)

A Nas vítima da peste não conseguiu chegar à porta quando o serviço de quarto bateu, mas o garçom entrou e colocou uma bandeja forrada na cama, ao meu lado.

— Será que você pode fechar um pouco mais as cortinas, por favor? — pedi, esticando a mão para pegar a primeira mimosa. Humm. O melhor remédio para a ressaca era o álcool. No caso, champanhe. Aliado à vitamina C do suco de laranja. Afinal, *estávamos* na época de gripes e resfriados.

O garçom escondeu o sol matinal, criando um interior maravilhosamente escuro.

Comi metade de um donut, tomei a outra mimosa e um antiácido efervescente. Percebi que estava exausta e que *não tinha motivo para me levantar ainda*. Assim, tirei a bandeja do caminho, soquei alguns travesseiros até me obedecerem e me acomodei no enorme colchão macio. Puxando o edredom até o queixo, pensei que nunca tinha me sentido mais fisicamente confortável na vida. Obviamente, essa era a vida que eu deveria estar vivendo. Que. Luxo.

— Vamos! Acorde, dorminhoca!

Senti alguém me batendo com um travesseiro e, cautelosamente, tirei a cabeça de sob o edredom. As cortinas tinham sido bem abertas, e o quarto estava tomado pela intensa luz do inverno, que agredia meus olhos de novo.

— Ai, para — murmurei, esticando uma das mãos.

Incy se sentou na lateral da cama.

— São duas horas — disse ele. — Da tarde.

Era tão estranho vê-lo de novo depois de me perguntar se eu voltaria a vê-lo alguma vez na vida, depois do enorme muro de medo que construí ao redor dele, não sei por que motivo. Ele ainda parecia... ótimo. Com olhos sãos, não loucos. E estávamos no Dia Dois, então, viva. Quantas vezes acordei em um hotel ou apartamento com Incy por perto? Um milhão? Muitas vezes. Era verdade que ele costumava ir parar na casa de outra pessoa, ou, às vezes, eu ia. Mas tínhamos passado bastante tempo juntos nos últimos cem anos. Muito mais do que com qualquer outra pessoa durante toda a minha vida.

E aqui estávamos de novo.

— Vejo que você tomou o desjejum — disse ele, usando uma palavra diferente para ser engraçado.

— Sim — falei, então me sentei e tirei o cabelo do rosto. — Mais ou menos.

— Bem, você precisa levantar agora. — Incy jogou um travesseiro em direção à cabeceira e se levantou. — Temos muita coisa para fazer hoje.

— Tipo o quê? — Não seria pegar ovos de galinhas infernais e nem limpar estábulos. Graças, graças, graças a Deus.

Ele chutou minhas roupas velhas no chão com nojo.

— Suas roupas são horríveis, e você não pode ficar pegando emprestado dos outros para sempre. Seu cabelo está uma desgraça. Se você não tivesse usado os Miu Miu de Cicely ontem, eu não poderia ser visto em público com você. Então, vamos te ajeitar. Vem! Você tem 17 minutos!

Abri um sorriso. Incy era divertido. Alegre e cheio de vida. Ele conseguia ser muito irritante, mas também era divertido. O senhor empolgação. A festa começava quando ele entrava pela porta. Ele era um catalisador, fazia as coisas acontecerem. E eu podia estar ao lado dele nesses momentos.

— O quê? — perguntou ele.

— Você se importa com o que eu visto — falei. As únicas vezes em que Reyn mencionou minha aparência, não foi para elogiar.

— É claro. — Incy pareceu indignado. — Você é uma garota bonita, devia estar vestida de cetim e veludo. Só aceito o melhor para minha melhor amiga.

Sorri de novo. Fazia muito tempo que não me chamavam de bonita. Percebi que Incy realmente fazia com que eu sentisse que a beleza estava ao meu alcance. Depois de ninguém ter se impressionado com meu visual durante séculos (certamente não em River's Edge), a sensação era fantástica.

Peguei o doce que tinha sobrado e fui para o chuveiro. A água quente estava maravilhosa. Deixei uma das mãos do lado de fora e fui comendo o donut aos poucos. Depois, lavei o açúcar e os restos que estavam na mão. Muito eficiente.

Quando saí, Incy tinha jogado minhas roupas no lixo, então fui às compras usando o roupão do hotel com o cachecol no pescoço.

— Estou pensando em magenta — disse a cabeleireira, mordendo o lábio com concentração. Mais uma vez, ela passou a mão pelo meu cabelo, deixando que escorregasse entre seus dedos. — Está em excelentes condições, considerando que você o descoloriu para caramba. — Em seguida, ela franziu a testa e esfregou alguns fios entre o polegar e o indicador. — Ah, meu Deus, não foi descolorido. Essa é sua cor verdadeira. Uau.

— Essa é sua cor verdadeira? — Incy se levantou da cadeira e se aproximou. — Você está brincando.

— É — admiti, lembrando-me de quando River fez o feitiço que revelou meu verdadeiro eu. Agora eu estava me escondendo de novo. E daí? Era assim que eu me sentia confortável, tá? — Acho que você nunca tinha visto.

— Nunca — disse Incy, parecendo pensativo. Ele pegou meu cabelo e soltou. — Quero dizer, até os antigos romanos pintavam o cabelo.

Ele deu um sorrisinho de desdém para mim, e eu fiz uma careta. Eu não era *tão* velha.

— Seja como for, você precisa de uma grande mudança — disse ele. — Concordo que magenta seria fabuloso. E talvez um corte curto à navalha? Ficaria incrível com seus olhos.

Eu me olhei no espelho, vi o suéter preto de casimira que parecia simples e a calça cáqui macia da loja Comme des Garçons. Eu nem sabia quanto tinha gastado hoje. Minhas ankle boots pretas da Ann Demeulemeester, a própria definição de perfeito, tinham custado três vezes mais do que gastei comigo o tempo todo em que fiquei fora. Eu estava com aparência elegante e cara; as roupas me caíam bem melhor agora que eu não parecia mais um espantalho.

Estiquei as mãos: Incy tinha comprado para mim um lindo anel "de amizade" Hoorsenbuhs, de ouro e com esmeraldas grandes o bastante para fazer um cachorro pequeno engasgar. Ele brilhava sob as luzes do salão, e eu virei a mão para um lado e para o outro. Incy viu o que eu estava fazendo e sorriu.

Enquanto isso, a cabeleireira brincava com meu cabelo, virando para um dos lados, partindo no meio. Acho que esperando que a musa dos cabelos lhe mandasse uma inspiração. Eu não cortava o cabelo fazia séculos. Mesmo antes de eu ir para River's Edge, meu corte desgrenhado estava crescendo, pois eu estava perturbada demais para cuidar dele.

— Não, com navalha, não — discordei. — É muito chato de manter. Você não pode aparar as pontas, dar um formato, mas deixar comprido?

— Claro — disse a cabeleireira, e Incy franziu a testa.

— Que tal uma coisa angulosa, escultural? — sugeriu. — Para exibir o formato de coração do seu rosto, seus belos olhos?

Tentei pensar no passado, lembrar se Incy controlava minha aparência. Será que meu cabelo e minhas roupas eram um reflexo dele, e não de mim? Como eu poderia saber? Quase não havia um "eu" para refletir. Mesmo assim, me perguntei como ele reagiria ao ser contrariado.

— Não — recusei, com alegria. — Prefiro algo fácil, que eu possa lavar e sair. Não quero ter que secar e passar mousse e ficar ajeitando.

A cabeleireira me olhou pelo espelho com uma expressão abismada no rosto, como se eu tivesse sugerido que ela fizesse um permanente dos anos 1980. Ergui as sobrancelhas e sorri.

Incy suspirou, sorriu para mim e esticou as mãos.

— O que você quiser, querida — falou. — O cabelo é seu.

Em seguida, ele se virou de lado, colocou os pés na cadeira ao lado da dele e começou a ler uma revista de celebridades bastante amassada.

Acalme-se, aconselhei a mim mesma. E daí que você teve uns sonhos, umas visões? Olhe para ele: não está tentando controlar tudo que você faz. Relaxe.

Olhei para o espelho, nos olhos da cabeleireira.

— Magenta, não — pedi. — Mas aceito outro tipo de ruivo.

Tipo um ruivo meio magenta, por exemplo?

— Eu disse "um tom de *ruivo*" — resmunguei, virando a cabeça para ver o novo corte de cabelo.

Apesar de parecer que eu tinha sido mergulhada de cabeça em uma jarra de suco de morango artificial, o corte ficou ótimo, e tinha todo um movimento. Eu estava aproveitando enquanto podia, pois esse efeito exigia secador e mousse e um spray de brilho e quem sabe o que mais? Muitos produtos de cabelo tinham morrido para fazer esse movimento, e qualquer um deles era demais para mim. Além do mais, você sabe, tinha toda a maldita coisa do magenta.

— Eu falei *não* para o magenta, bem claramente.

— Ainda assim, está fantástico — disse Cicely, ao meu lado. Eu estava no meu quarto do hotel, e estávamos nos arrumando para ir ao Den, anunciado para mim como "um novo clube superlegal".

— Está *magenta* — repeti, tentando lembrar o feitiço de desfazer que River usara, mas é claro que lembrei só de um bando de murmúrios com som de magick. — Mal me reconheço.

— Porque não se parece mais com a pastorinha Hilda? — Katy se inclinou ao meu lado e fez o rosto de "aimeudeus" para passar rímel. Ela viu meu olhar e ergueu as sobrancelhas. — Querida, você parecia a pastorinha Hilda. Agora está linda. Parece você mesma.

Eu estava com um corte magenta *intenso* na altura do ombro, com algumas mechas de franja desfiada sobre o rosto. A cabeleireira tinha feito camadas no cabelo ainda curto demais, e o corte parecia proposital e chique. Ao redor do pescoço, eu usava uma gargantilha larga feita de muitas tiras de cristais Swarovski verdes e roxos. Eu ainda estava paranoica com meu pescoço, e tinha colocado uma echarpe fina por baixo para ficar duplamente coberta.

Puxei para cima o corpete verde com armação que enfatizava algumas partes nas quais ganhei peso. Acho que era para ser assim, mas eu tinha medo de me inclinar para pegar alguma coisa. Perguntei-me o que River (ou Reyn) pensaria da minha nada prática calça cigarrete de cetim preta e dos sapatos Louboutin de salto agulha menos práticos ainda e incrivelmente desconfortáveis. Por sorte, nem Reyn nem River estavam aqui, e, além disso, eu não ligava para o que eles pensavam. Eu estava linda. Bonita mesmo, decidi com surpresa. Todas as minhas partes ossudas e vazadas tinham sido preenchidas com, sei lá, quinoa na casa de River, e eu não conseguia me lembrar de já ter tido a pele tão limpa e viçosa. Eu estava linda e completamente na moda. Hum. Eu nem lembrava quanto tempo fazia desde que ficara bonita assim. Desde os anos 1960? 1970?

— Moças? — Boz colocou a bela cabeça através da porta do banheiro.

Quando eu o conheci, só conseguia descrevê-lo como "muito lindo e louro". Com o passar das décadas, já conseguia dizer com precisão: "Se Robert Redford e Brad Pitt tivessem um filho, seria Boz." E todas as vezes que o via, e ele não estava em pedaços e sem todo o seu sangue, ficava aliviada. Tinham sido sonhos muito, muito estranhos. Provavelmente gerados por comida saudável em excesso. Ainda bem que eu estava limpando meu organismo daquilo.

— Estamos prontas — disse Katy, dando uma última olhada no espelho.

Ao longo dos anos, meu visual mudou tanto quanto possível, passando por todos os comprimentos e cores de cabelo, uma grande variação de peso, a pele alterando entre diferentes tons de palidez e bronzeamento. Katy era uma das poucas imortais que eu conhecia que não saía muito da zona de conforto. Ela tinha cabelo castanho com luzes naturais, pele cor de marfim e olhos castanhos. Prendia o cabelo ou deixava solto; às vezes, encaracolava. Mas só isso. E enquanto meu senso de moda (pode botar aspas aí, se quiser) também passara por extremos, indo de lona camponesa e linho grosseiro a belas sedas bordadas à mão a jeans rasgado, de desleixado a sem graça e agora a um estilo moderno, Katy sempre se vestiu com um bom gosto muito caro. Não moderna nem desarrumada demais. Só com roupas muito caras, de cortes bonitos e caimento perfeito, década após década.

Cicely expressava outro estilo de imortais: a eterna adolescente. Sim, é claro que a maior parte de nós parece realmente jovem; nosso processo de envelhecimento parece ficar muito mais lento quando chegamos aos 15 ou 16 anos. Mas há as exceções, como Jess, que parecia estar entre 50 e 60 anos. Mesmo River, que tinha 1.300, parecia estar no final da casa dos 30, mas com cabelo grisalho. Eu passo por alguma coisa entre 17 e quase 21. Mas Cicely parecia muito jovem. Mesmo com maquiagem bem-feita, ela tinha que mostrar a identidade em todos os lugares. Sem maquiagem, não conseguia entrar sozinha em filmes com censura de 17 anos.

Ela era menor do que eu, mais fina, com pulsos pequenos e tornozelos como os de uma dama inglesa bem-nascida no final dos anos 1800, que foi mesmo quando ela nasceu. Seu cabelo natural era louro como a luz do sol, fino e encaracolado. O problema às vezes era a roupa dela. Ela adorava as últimas modas, independente de quais fossem, e fazia compras em lojas de adolescentes. Então, ela era bonita, muito bonita, mas quase nunca elegante ou sofisticada. Não que *eu* fosse. Eu conseguia me arrumar, mas ainda deixava claro minha natureza desleixada. Apenas não me importava o suficiente para dar um jeito nisso. Cicely cuidava da aparência, mas como uma adolescente.

Nós três éramos muito diferentes. Eu nunca tinha reparado nisso antes. Ainda assim, elas eram minhas melhores amigas, e demos a volta ao mundo juntas mais de uma vez.

Sorri.

— Meninas, estamos *maravilhosas*.

Peguei os braços das duas e sorri para o espelho. Cicely sorriu e beijou minha bochecha.

— Estamos mesmo — concordou.

Pegamos uma limusine até o Den para que Incy não precisasse dirigir se enchesse a cara. Quanta responsabilidade de nossa parte. Minha barriga ficou embrulhada durante todo o percurso, enquanto eu rezava para que o motorista não fizesse nada que aborrecesse Incy.

A fila para entrar no Den começava no fim do quarteirão, e tinha a largura de umas cinco pessoas. Todo mundo parecia vestido para matar, muito diferente de West Lowing, e me perguntei por um segundo o que Meriwether acharia dessas pessoas. Ou até mesmo Dray.

A limusine nos deixou, sem incidentes, bem no tapete vermelho que seguia até a porta do clube. Saímos do carro, e fiquei feliz com a capacidade dos meus pés de se ajustarem de tênis a sapatos incrivelmente altos sem me fazer cair de cara no chão. De volta à bicicleta, essa era eu.

162

Uma música alta e vibrante soava pela porta fechada da boate. Senti uma pontada de excitação, como nos velhos tempos, e Incy sorriu para mim, segurando minha mão. Dois seguranças grandes e de pescoços largos estavam posicionados à porta para espantar curiosos e pessoas sem permissão para entrar. Perguntei-me como conseguiam enxergar usando óculos escuros à noite. Eles também tinham aqueles fios enrolados no ouvido que faziam com que parecessem da CIA. Para quê? Para poderem correr para dentro se alguém ouvisse que estava havendo uma enorme liquidação de drinks no bar?

Um deles assentiu estoicamente para Incy e Boz, então deu um passo para o lado, abrindo espaço na barreira. A multidão de pessoas esperando começou a gritar em protesto. Quem sabia há quanto tempo estavam esperando, e estava gelado ali fora. O segurança gritou para que calassem a boca, e nós seis entramos. Não vou mentir: me senti como a realeza, ou uma pessoa famosa, passando na frente de todos aqueles pobres mortais. A sensação foi fantástica. Depois de dois meses sendo a última na hierarquia, adorei me sentir perto do topo de novo.

Lá dentro, meus olhos demoraram um minuto para se ajustar à escuridão. O único espaço iluminado era o palco, onde uma linda menina de minissaia vermelha de vinil estava cantando com uma banda retrô. O ar estava tomado de fumaça e aromas, vozes altas e música ainda mais alta. As notas do baixo pulsavam em meu peito como ondas. A energia aqui estava praticamente estalando, como eletricidade. Quase como magick.

— Não tinha me dado conta do quanto sentia falta disso! — gritei no ouvido de Stratton, ficando na ponta dos pés para alcançá-lo. Ele sorriu e assentiu para mim, então segurei a barra do casaco dele para não me perder, feliz por ele ser alto e com ombros largos como um jogador de futebol americano enquanto seguíamos até o bar cheio demais.

Meia hora depois, tínhamos nossa própria mesa com um sofá roxo ao redor. Eu estava tomando uísque sour, e Katy demonstrou sua habilidade de dar um nó no cabo de uma cereja usando apenas a língua.

Os bons tempos estavam de volta.

CAPÍTULO 19

E a curva de aprendizagem aqui na Hacienda Liberdade era uma reta. Eu tinha esquecido como podiam ser altos os preços da diversão. Acordei na manhã seguinte com gosto de guarda-chuva na boca e uma dor de cabeça de rachar, e quero dizer *realmente* de rachar. Quando levantei a cabeça, eu meio que esperava deixar grandes pedaços dela no travesseiro, como um melão quebrado.

Perdão. Foi uma dor de cabeça muito ruim.

Olhei para mim mesma: tinha dormido com a mesma roupa. Tentei não pensar no quanto ela tinha custado. Provavelmente dava para lavar a seco sem problemas. Pelo menos eu tinha conseguido voltar para o hotel. Repreendi-me com ironia: meu Deus, talvez haja mesmo alguma ligação entre beber demais à noite e me sentir um lixo no dia seguinte! Não sei... O que *você* acha?

Saí me arrastando da cama e cheguei ao banheiro, onde queria vomitar, mas não consegui. Lutei para tirar as roupas, olhando para as bolhas estouradas nos meus pés, causadas pelos sapatos muito, muito lindos sobre os quais consegui dançar durante horas. Coloquei o roupão do hotel e fui até a sala da suíte.

Stratton, completamente adormecido, tinha se encaixado em um sofá pequeno demais, e eu sabia que era apenas uma questão de tempo até que rolasse de lá e caísse no chão. O que seria engraçado. Cicely estava encolhida em uma poltrona, sem maquiagem nenhuma. Ela parecia uma criança que tinha dormido no meio da festa dos pais. A suíte deles era do outro lado do corredor, mas a julgar por todas as garrafas no chão, tínhamos continuado a farra depois que chegamos aqui, e aquela distância acabou se tornando grande demais para eles.

Olhei dentro do quarto de Incy, torcendo para não encontrar nada terrível. Não encontrei. Ele estava dormindo na cama, com um braço sobre o rosto. Katy estava ao lado dele, mas provavelmente só tinha desabado ali mesmo. Todos nós evitamos ter envolvimentos românticos uns com os outros ao longo dos anos, o que era incrível e muito mais inteligente do que qualquer um de nós.

Fiquei em silêncio observando Incy dormir. Certa vez, no Metropolitan Museum of Art, vi um retrato de um enterro de um jovem que morreu dois mil anos atrás na Roma antiga. Ele tinha pele morena, olhos grandes e escuros, um nariz reto e lábios carnudos. Não sabia se ele havia morrido no auge da juventude ou se era um retrato idealizado de um homem mais velho que queria ser lembrado com todo seu encanto. Fosse como fosse, ele tinha sido belo de uma forma masculina e clássica, e suas feições eram tão proporcionais que nem dois mil anos conseguiam mudar a noção de quem via do que era beleza.

Incy era idêntico a ele. Na verdade, quando vi o retrato de Fayum, sufoquei um gritinho e levei um susto, como se Incy tivesse me pregado uma peça ao fazer com que seu retrato fosse inserido na coleção do museu.

Lembrei-me disso agora, ao vê-lo dormir com o rosto relaxado e a expressão suave.

Incy. Ele e eu nos conhecíamos muito, muito bem. Tínhamos visto um ao outro doente, furioso, vomitando, feliz de forma delirante, entediado, bêbado e perplexo. Vimos um ao outro em nossos piores e melhores momentos, e sempre nos apoiamos. Até mesmo durante o episódio Lala Burkhardt. Até durante meu caso com Evan Piccolo, e esse *ainda* me provocava caretas. Meu Deus, pobre Evan.

Na verdade, agora que eu estava pensando no assunto, não conseguia saber qual tinha sido nosso melhor momento. Quando qualquer um de nós esteve em seu melhor estado? Humm. Devia haver uma mensagem aqui, em algum lugar. Conto para você se eu descobrir.

Percebi novamente o quanto me sentia péssima, e afundei em uma poltrona ao lado da janela dele. Precisava de um antiácido, que acho uma das melhores coisas inventadas pela civilização. Talvez quimioterapia. Fechei os olhos.

Estava me perguntando vagamente quanto esforço seria necessário para pegar um Tylenol quando me dei conta de que Incy estava apoiado sobre um cotovelo, observando-me da cama do mesmo jeito que eu o tinha observado.

— Oi — cumprimentei, sem entusiasmo.

— O que você precisa é de um dia de spa — sugeriu, saindo da cama.

Ele ficou de pé e se espreguiçou, a camisa feita sob medida terrivelmente amassada. Em seguida, expirou profundamente e sorriu, pronto para começar o dia.

— Como você faz isso? — perguntei, mantendo a voz baixa para que minha cabeça não implodisse.

— Faço o quê? — Incy foi em direção ao banheiro.

— Você está fabuloso. — Indiquei ele todo. — Parece descansado, e saiu da cama cheio de vigor e disposição. Por que não está horrível? Por que não está de ressaca? Você estava completamente bêbado ontem. Eu me lembro disso, pelo menos.

— Ah, eu não bebo tanto quanto parece — disse ele, lentamente, então tirou a camisa e bateu em mim com ela. — Anda, vai se vestir. Vamos te levar para ser paparicada e cuidada. Você vai poder expelir todas as toxinas de seu delicado sistema.

Isso realmente parecia bom, e seis horas depois eu me sentia uma nova mulher. Fui sujeitada a vapor, socos, massagens e pedras quentes na coluna; tudo isso com meu cachecol fino de algodão ao redor do pescoço. A excêntrica garota do cachecol. Tomei litros de água de coco e chá-verde e comi uma tigela de arroz integral com um pouco de vinagre. Era melhor do que parece. Meu rosto não tinha sido tão profundamente limpo desde uma queimadura de sol muito feia no final dos anos 1970, que tinha resultado em uma descamação completa.

Fiz as unhas das mãos e dos pés, maquiagem e cabelo. Ele estava com movimento de novo. Depois de Katy fechar o zíper do meu vestido preto sem mangas e com gola alta da Armani e de eu ter colocado os pés cobertos de band-aids nos sapatos de salto agulha cor-de-rosa, me sentia uma modelo. Com um cabelo magenta muito intenso e esquisito. Meu Deus.

Naquela noite, Incy, Katy e eu fomos jantar no B&G Oysters, no South End. Havia uma dezena de pratos frescos na seção de saladas, e Katy relatou que a seleção de vinhos era excelente. Senti as pessoas olhando para mim e a princípio achei que fosse pelo cabelo, mas Incy me garantiu que era por eu estar lindíssima e elas estarem se perguntando quem eu era.

Eu adorava aquilo, de verdade. Adorava ir a restaurantes realmente bons em vez de, digamos, ao Auntie Lou's Diner. Amava usar roupas bonitas em vez de camisas de flanela e jeans. Não tinha me dado conta do quanto adorava tudo aquilo. Durante uma sobremesa que me deixou de pernas bambas, concluí que nunca tinha realmente apreciado tudo isso. Eu encarava como normal, e admiti ter chegado a um ponto nada saudável da vida. Mas agora eu sabia mais sobre equilíbrio. Desta vez, tudo ia ser maravilhoso.

Exceto por suas trevas. Meu Deus, eu odeio tanto, tanto meu subconsciente.

Depois do jantar, marcamos de encontrar Boz em uma galeria de arte no moderno bairro de SoWa. Incy chamou um táxi, e tentei sufocar a reação instantânea de medo e pavor que eu sentia em relação a tudo que envolvia Incy + táxi.

Quando Katy entrou, Incy pegou minha mão e a beijou.

— Eu estava errado — admitiu, baixinho, olhando com atenção nos meus olhos. — Eu estava errado, e você me mostrou isso. Você não tem nada a temer.

Não fazia sentido fingir que não entendia alguma coisa com Incy. Ele sabia que eu sabia do que ele estava falando. Sempre nos entendemos, com palavras ou sem.

Assenti e entrei no táxi, me sentindo aliviada e emocionada.

A galeria de arte ficava a menos de dez minutos de distância, e chegamos bem, sem que minhas trevas dominassem ninguém e o obrigasse a cometer atos hediondos. Pode desenhar uma carinha feliz aqui: [ ].

Saímos do táxi e vimos enormes janelas que iam do chão ao teto exibindo uma grande galeria cheia de luz, pessoas e obras de arte, incluindo algumas de Lucien Freud, cujo trabalho sempre admirei. Algumas pessoas se viraram quando entramos, mas nenhuma apontou abertamente para meu cabelo e riu discretamente. A noite estava indo bem.

— Aah, ali está Boz! — Katy pegou uma taça de vinho tinto em uma bandeja e andou em meio às pessoas até onde Boz estava encantando um pequeno grupo de admiradores.

— Quem é aquela garota com quem ele está falando? — perguntei a Incy quando ele me trouxe mais champanhe. — Ela me parece familiar.

Incy olhou na direção que indiquei.

— Tinha uma foto dela vomitando de uma sacada na página principal do *Boston for You* ontem.

— Ah. Ela. A herdeira.

— Por que outro motivo Boz estaria falando com ela? — Innocencio sorriu, e eu assenti. Não era nenhuma surpresa.

❀ 167 ❀

— Ele precisa aprender a investir dinheiro, fazê-lo durar — constatei. — Tem um limite para o número de pessoas ricas que se pode conhecer.

— Ele não pareceu chegar a um limite ainda — disse Incy. — Vamos dar uma volta?

— Vamos.

Repórteres de revistas da alta-sociedade tiravam fotos. Havia um número inacreditável de pessoas bonitas naquele local. Eu tinha certeza de que muitas eram famosas e notáveis, mas eu não estava por dentro da sociedade de Boston e não reconheci ninguém além da vomitadora.

Pensei que me sentiria uma idiota com meu cabelo de picolé, mas havia tantos estilos extremos ali que me misturei bem. Uma garota negra, alta, linda e com corpo violão tinha cabelo afro curto e branco como neve. Ela poderia ser modelo com esse visual, e pensei rapidamente em Brynne. Outra tinha um corte de cabelo matematicamente preciso de um tom azul-marinho no alto e preto por baixo. Alguém até me disse que adorou *meu* cabelo. Isso não acontecia havia... décadas, eu acho.

— Você está mesmo sensacional, querida — disse Incy por cima do meu ombro.

Virei-me, e ele ofereceu um minúsculo pratinho de porcelana com um canapé de beterraba assada ainda mais minúsculo em cima e algumas outras coisinhas pequenas. Tínhamos acabado de jantar, então me limitei a alguns pratinhos. Reparei em Incy sorrindo para mim quando engoli minha terceira ou quarta bomba tamanho miniatura. Eu entendo toda essa coisa de comida delicada, mas se for uma bomba, é melhor que seja grande e suculenta, entende?

— O que foi? — indaguei.

— Você recuperou seu apetite — falou. — As férias foram boas para você.

Sorri e fiz que sim com a cabeça. Será que meu tempo em River's Edge foi apenas isso? Umas férias para me recuperar? Agora eu estava de volta, vivendo minha antiga vida de novo. E estava adorando. Será que eu era mesmo tão infeliz antes? Será que meus amigos, será que Incy era tão horrível?

Afinal, *Reyn* tinha matado centenas de pessoas, se não milhares. Meus pais tinham matado pessoas, incluindo meu tio. River e os irmãos tinham assassinado *os próprios pais*. Tudo que Incy fez foi aleijar um motorista de táxi. Tudo bem, é bastante ruim, eu sei. Mas *comparativamente*... E isso foi possivelmente causado por minhas trevas ancestrais, pelas quais não se podia culpar alguém, não é?

Tomei meu champanhe, refletindo sobre mais coisas do que refleti desde que saí da casa de River. Meus olhos vagavam com meus pensamentos, e de repente, como eles o tivessem conjurado, vi um homem alto com ombros largos e cabelo louro-escuro desgrenhado. Parei de respirar quando meus olhos o avaliaram para verificar os detalhes. Tinha cerca de 1,85 metro. Será que podia realmente ser Reyn? Será que ele tinha ido me procurar? Meu coração começou a bater rapidamente, minha pulsação zumbindo como uma mosca-varejeira dentro de uma garrafa.

Então ele se virou. Prendi a respiração, já andando na direção dele, pensando no que diria, em como explicaria minha ausência, em como poderia falar disso tudo dando risadas.

Quando vi o rosto do homem, senti uma decepção tão grande que quase tropecei. Era um rosto liso, de um advogado ou banqueiro. As feições eram sem graça, suaves; os olhos eram redondos, azuis e ilegíveis. Outras mulheres provavelmente o achariam bonito, mas ele estava tão abaixo do que eu esperava ver que quase fiquei com os olhos cheios de lágrimas.

E quando ele se virou de novo, rindo de alguma coisa que alguém dissera, suas costas e seus ombros não se pareciam em nada com os de Reyn. Ele era arrumado demais, civilizado demais, com boas maneiras demais para ser Reyn, ou mesmo do mundo dele. Reyn vinha abrindo caminho à força pela vida havia mais de 400 anos, e suas feições angulares, olhos levemente puxados para cima e perpétuo ar de alerta e cautela anunciavam isso.

Ele nem sempre parecia cauteloso... O champanhe se revirou calorosamente no meu estômago quando lembrei do rosto de Reyn ruborizado de desejo, sua boca descendo sobre a minha enquanto as mãos fortes me puxavam para perto. O olhar sensual da conquista determinada de Reyn não se parecia em nada com o olhar tranquilo deste homem para a multidão.

Meu rosto ficou vermelho, e de repente a galeria ficou quente, cheia e iluminada demais, barulhenta demais. Procurei Incy e, depois de um momento, o vi ao lado de uma bela garota. Ela estava sorrindo, com os olhos arregalados mirando o interior escuro dos de Incy. Era quase tão alta quanto ele e usava menos roupa do que eu: um vestido curto tomara que caia de cetim lilás com miçangas nas beiradas de cima e de baixo. Incy inclinava-se para perto dela, murmurando, e ela baixou os olhos como se as palavras dele a escandalizassem e seduzissem ao mesmo tempo. E devia ser exatamente o que faziam.

Enquanto eu assistia à cena, vi os olhos da garota ficarem vidrados por um instante, e me perguntei o quanto ela teria bebido e se Incy tiraria vantagem disso. Já o vira fazer isso antes, embora normalmente seu carisma fosse o bastante para fazer as pessoas caírem voluntariamente aos seus pés. Somente neste aposento, havia umas trinta pessoas, entre homens e mulheres, que iriam para casa com ele sem pestanejar se ele simplesmente as convidasse.

Quase sorri ao imaginar o quão fácil era para Incy conseguir persuadir as pessoas a fazerem qualquer coisa. Tínhamos escapado de mais multas de trânsito do que eu era capaz de contar, recebido devolução de dinheiro por produtos vencidos e conseguido quartos em hotéis que estavam lotados. Ele vinha convencendo pessoas a abdicarem de suas roupas, seu dinheiro, seus contatos e suas influências desde que eu o conhecia.

Empertiguei-me ao ser atingida por um pensamento perturbador, e então a garota desmoronou. Ela tinha mesmo bebido demais. Enquanto eu observava, Incy graciosamente a guiou até um pequeno sofá de brocado encostado à parede, e eu pensei: "Que bom, ele não vai tentar carregá-la para fora daqui." Ele estava fazendo a *escolha certa*, e aquilo me deixou feliz. Sorri quando ele deitou a cabeça dela no braço do sofá com cuidado, e foi aí que eu vi: o sorriso de triunfo no rosto dele.

Por alguns segundos, não entendi, mas então um tremor percorreu meu corpo, como se eu estivesse em uma geleira. Nããão... O rosto de Incy. Sua expressão de triunfo. A garota caída, seu peito se movendo erraticamente devido à respiração irregular. Incy ficou de pé e olhou para a garota, então inspirou profundamente. Seus olhos estavam brilhando, sua pele cintilava. Ele parecia... do jeito que nós ficávamos depois de um círculo em River's Edge: cheio de vida. Cheio de magick. Minha respiração ficou presa na garganta como um pedaço de madeira.

Parecia que ele tinha usado magick nela, em uma pessoa normal. Todo mundo, *tudo* tem poder, seja ou não imortal. Os imortais têm bem mais. Incy tinha murmurado um feitiço no ouvido dessa garota e tomado o poder dela. Não tinha certeza disso, não tinha provas, mas alguma coisa dentro de mim me dizia que sim, era exatamente o que ele tinha feito.

Por um minuto, fiquei ali parada como uma daquelas estátuas caras demais, o copo a meio caminho dos lábios. Mas Incy me parecia tão diferente agora... Parecia bem, nada cruel. *Será* que ele era tão das trevas quanto eu desconfiava? O que ele estava *fazendo*? Comecei a andar na direção deles e fui imediatamente bloqueada por um grupo de pessoas que se posicionou ao redor de um quadro enquanto alguém fazia comentários sobre a obra. Olhei por entre elas e vi Incy se afastar da garota. Será que ela estava viva? Será que ele a tinha *matado*? Um desespero cada vez maior acabou com a agradável sensação do álcool quando tentei passar entre dois homens de terno. O que eu faria se ela estivesse morta? O que faria se magick pudesse salvá-la e eu *não soubesse o suficiente*?

🌼 170 🌼

Finalmente empurrei a multidão com força e, quando cheguei ao outro lado, vi duas garotas inclinadas sobre a amiga, sacudindo o ombro dela. A garota do sofá piscou lentamente e se sentou com dificuldade. Diminuí o passo. Ela não estava morta. As amigas estavam rindo, provocando-a por ter bebido demais, mas ela só balançou a cabeça e pareceu confusa. Ouvi uma amiga dizer "Chame um táxi e vá para cama, bobinha", e torci para ela ficar bem. Ela até mesmo conseguiu ficar de pé e, com a ajuda das amigas, saiu da galeria andando.

Não sabia como ela ficaria amanhã.

Não sabia como Incy tinha aprendido a fazer aquilo.

Não sabia como eu poderia viver com isso.

Então, o que eu faria agora?

CAPÍTULO 20

Naquela noite, mantendo minha tradição de sonhar com qualquer pessoa com quem eu não esteja, sonhei com River's Edge. Eu estava parada ao lado da cerca que impedia que os cervos entrassem na horta, toda vestida de preto, com minhas velhas botas que tinham um compartimento secreto no salto para esconder meu tarak-sin. No sonho, senti o calor e o peso do meu amuleto irradiando do calcanhar até a perna.

Estava observando River e Reyn trabalhando na velha picape de River, que parecia ser do início dos anos 1960. Talvez fosse. River estava no banco do motorista, com a cabeça para fora da janela para poder ouvir as instruções de Reyn. Ele estava inclinado sobre o motor, fazendo coisas másculas com ferramentas. Via os dois conversando, mas não conseguia ouvir. Recostei-me sobre a cerca, querendo parecer indiferente, e esperei que eles me vissem, para eu poder esnobá-los.

O plano era parecer marginalmente surpresa quando eles falassem comigo, e então ficar tranquila e desinteressada quando me pedissem para voltar. Eu diria para eles que tenho lugares melhores onde estar, pessoas melhores com quem estar. Diria que estava esperando meus amigos virem me buscar. Eles ficariam decepcionados, arrasados.

172

E então, um carro apareceria. Eu entraria no banco de trás, de vidro escuro, e diria: "Adios."

Só que eles não repararam em mim. Fiquei parada ao lado da cerca até meus pés doerem, até eu estar exausta de ficar em pé, mas eles não viraram para me olhar.

Então cheguei mais perto, ainda agindo de forma indiferente, esperando que seus rostos se iluminassem para que eu pudesse ostensivamente não sorrir em resposta.

Senti as vibrações do motor da picape tentando pegar, mas ainda nenhum som. Eu estava em um cone de silêncio, separada de tudo.

Cheguei bem perto deles, abandonando todo o fingimento de indiferença. Falei, mas não saiu som algum da minha boca. Tentei segurar o braço de Reyn, mas apesar de eu ter visto minha mão se estender, ela nunca o alcançava; só se estendia eternamente. Agora eu estava gritando, tentando bater com a mão na picape, tentando segurar o ombro de River, tentando bater em Reyn, mas eu estava em silêncio e sozinha, sem afetar ninguém.

Quando acordei, meu rosto estava molhado, minha garganta estava doendo e todos os meus músculos latejavam como se eu tivesse ficado em pé em um descampado durante horas.

Não fazia ideia do que isso queria dizer. Se você descobrir, me liga.

— Que garota? — O rosto de Incy estava genuína e sinceramente confuso.

— A garota na galeria ontem à noite — falei.

— Que galeria?

— Acho que foi *a única galeria* aonde fomos — insisti.

Os olhos dele observaram os meus. Ele não estava acostumado a me ver questionando algo que ele fizesse. Até alguns meses atrás, eu achava tudo o que ele fazia engraçado. Meu eu antigo era tranquilo, condescendente, não costumava fazer julgamentos. Eu havia elaborado um rigor crítico com os outros, que tinha ficado evidente em River's Edge, mas quase nunca o usava com Innocencio.

— Tudo bem, *que* garota? — Estava perplexo. Com a testa completamente franzida.

Estávamos no meu quarto com a porta fechada; eu não queria confrontar Incy na frente dos outros. Ainda me sentia uma intrusa. Depois de décadas pertencendo a esse grupo, eles agora pareciam uma coisa, e eu, outra. Isso era apenas temporário, claro. Devia ser coisa da minha imaginação. Mas fiquei relutante em tocar no assunto em público.

Era o começo da noite e estávamos nos arrumando para sair para jantar. Depois que acordei aquela manhã, no meio do sonho, a segunda coisa que me ocorreu era que meu tarak-sin ainda estava na casa de River. Eu nunca soube o nome tradicional dele, sempre tinha sido apenas o amuleto da minha mãe. Agora que sabia, sentia-me ainda mais perdida sem ele. Eu poderia tentar recuperá-lo. Poderia mesmo. Mas será que devia? Era das trevas. Tornaria minhas trevas mais fortes. Eu acreditava nisso. Eu o desejava, mas ainda tinha medo do poder que ele exercia sobre mim. Ugh.

Depois disso, minha consternação e horror pelo que eu achava que Incy tinha feito na noite anterior caíram sobre mim como água de louça suja, e me senti pior ainda. Não tive chance de questioná-lo sobre o assunto no momento, pois ele e Katy foram a uma boate logo depois. Eu percebi o quanto me sentia antissocial e voltei para o hotel. Não fazia ideia do que Boz, Cicely e Stratton tinham feito.

Mas não fugi de Boston. Não peguei o primeiro voo para longe. Estava tentando... fugir menos esses dias. Mas depois de pensar no assunto a tarde toda, decidi colocar em ação um pouco do meu progresso emocional: confrontar alguém sobre uma questão, em vez de ignorar ou morrer de raiva em silêncio. Muito bem, River!

Não que fosse fácil. Tive dúvidas sobre confrontar Incy o dia todo. Por um lado, eu sentia que precisava fazê-lo; por outro, tinha medo do resultado. Não que Incy e eu nunca tivéssemos discutido. Nós discutíamos, sim, e sempre fazíamos as pazes. Mas, na maior parte das vezes, deixávamos o outro fazer o que quisesse, sem sermões ou perguntas. Talvez isso só acontecesse porque eu me recusava a ver o que estávamos realmente fazendo.

Sentei-me na cadeira *boudoir* que havia no banheiro e peguei os belos sapatos Manolo Blahnik que usaria aquela noite: peep toes de oncinha rosa-shocking. Assim que eu começasse a aprender magick de novo, iria descobrir alguns feitiços contra bolhas, sem dúvida.

Eu estava enrolando. Tinha ensaiado o que dizer, mas agora tudo parecia abrupto demais. Uma pequena parte não evoluída de mim queria apenas não pensar sobre o assunto, não se preocupar, fingir que nada estava errado. No passado, era o que eu fazia. Mas você sabe, Eva comeu a maçã da Árvore da Sabedoria, blá-blá-blá...

Coloquei minha calcinha de menina grande metafórica.

— Incy. Ontem à noite vi você sussurrando no ouvido de uma garota...

Ele sorriu para si mesmo no espelho e ajeitou o cabelo.

— Sussurrei no ouvido de muitas garotas ontem à noite. Aliás, eu te contei quem eu vi no Carly's? Você já foi ao Carly's? Pequena e esquálida e *perfeita*...

— Essa era alta e estava de vestido lilás tomara que caia — interrompi. — Você sussurrou no ouvido dela e a fez sorrir, e então os olhos dela ficaram vidrados e ela caiu no sofá. Quando você se levantou, parecia que tinha acabado de beber um... energético, ou coisa assim.

Ele inclinou a cabeça.

— Energético? É nojento. Você já experimentou? Por que eu beberia *isso*?

Respirei fundo, sentindo uma incerteza cada vez maior sobre pressioná-lo.

— Innocencio — falei, com uma voz gentil. Talvez ele apenas precisasse de ajuda, como eu. E eu o salvaria, e riríamos sobre isso daqui a cem anos. Talvez. — Você usou magick para tirar a energia vital daquela garota, o *chi* dela ou sei lá. Você tomou poder dela para ficar mais forte. Sugou energia dela.

Innocencio olhou para mim com firmeza; dois pares de olhos escuros presos um ao outro. Nos cem anos em que olhei naqueles olhos, será que nunca vi a profundeza deles? Parte de mim sentia que nosso relacionamento todo tinha acabado de mudar. O ar ao nosso redor parecia carregado, quase eletrificado, e Incy pareceu ficar subitamente na defensiva.

— Nas. Não sei sobre o que você está falando. — Nem um traço de falsidade. Sólido como um tijolo, olhando para mim de frente. Sou uma mentirosa de primeira classe, e consigo detectar mentira a 100 metros de distância. Apesar de eu estar procurando agora, querendo ver, não conseguia. Era estranho. Ele franziu a testa. — Espere... você está falando da garota bêbada? — perguntou.

— Ela não estava bêbada.

Fiquei de pé e olhei para meu reflexo no espelho, ajeitando meu cabelo de desenho animado com os dedos. Esta noite eu estava usando um macacão da Alexander Wang de cetim rosa-shocking, sem mangas e de capuz, combinado a um cinto largo de oncinha com três fivelas. Os saltos de 10 centímetros me deixavam com a respeitável altura de 1,70m. Eu parecia uma frequentadora de boates com dinheiro demais. Se alguém de River's Edge pudessem me ver agora... provavelmente se perguntaria por que se deram ao trabalho de tentar me salvar.

— Tudo bem, ela realmente não estava bêbada, mas a margarida que ela tomou não estava ajudando em nada.

Ele se inclinou para perto do espelho e passou a mão pelo queixo para ver se precisava se barbear.

— O que você quer dizer?

— Eu a estava provocando sobre ficar sóbria para aproveitar melhor minha mercadoria, por assim dizer, e ela riu e disse que era tarde demais, que a margarida ia fazer efeito a qualquer momento. E, por Deus, o efeito veio com tudo. — Ele deu de ombros e usou um dedo para ajeitar as sobrancelhas longas e escuras. — Segui em frente, em busca de desafios mais interessantes.

Margarida era um narcótico poderoso, popular em boates. Era redondo, amarelo no meio e branco ao redor, como uma margarida mesmo. A droga a teria deixado perturbada, teria feito com que agisse como agiu.

Se ela tivesse tomado.

Tive a sensação de que Incy usou magick nela. Nos últimos dois meses, vi muitas pessoas em vários estágios de magia, e sentia que ele de fato fizera aquilo. Do mesmo jeito que agora eu conseguia sentir a energia de uma pessoa quando ela se aproximava de mim ou do meu quarto; do mesmo jeito que eu me sentia viva, vibrante em um aposento onde magick tinha sido feita. Do mesmo modo como consegui sentir os ares sombrios de poder antigo saindo de meu tarak-sin, como fumaça saindo de incenso. Todos esses sentidos foram despertados, desenvolvidos, durante meu curto tempo em River's Edge. E eu confiava neles.

— Certo, ela tomou uma margarida — aceitei, colocando brincos de pérola em formato de gota. A luz acima reluziu no meu anel de esmeralda quando coloquei a tarraxa. Incy se recostou no portal do banheiro e me deixou falar, parecendo elegante com sua calça John Varvatos e suéter listrado de gola alta. — Isso não explica por que *você* fez a cara que fez. Você parecia... cheio de magick, cheio de poder.

Innocencio sorriu com tranquilidade e parou atrás de mim, com as mãos nos meus ombros. Olhamos um para o outro pelo espelho.

— Nossa, obrigado, minha querida. Estou lisonjeado. Eu queria ter crédito por isso, mas provavelmente foi o uísque que eu estava entornando, junto com o aquecimento desnecessário naquela galeria lotada. Achei que muitas pessoas estavam úmidas e cintilando, se você entende o que quero dizer.

Que explicação simples. E eu teria acreditado completamente nela no passado se o tivesse questionado, coisa que eu não teria feito. Abri a boca de novo, mas Incy se inclinou e passou a mão pelo meu pescoço para encostar um dedo delicadamente nos meus lábios.

— Nas. Você está preocupada comigo? — perguntou ele baixinho. — Assim como eu estava preocupado com você? — Ele olhou nos meus olhos, e pude ver, simplesmente ver, o amor brilhando lá dentro. — Não consigo expressar o quanto isso significa para mim, o quanto senti falta disso. Você está preocupada comigo. Não quer que eu me meta em confusão. Quer que eu seja, por assim dizer, um homem melhor. Certo?

Suspirei profundamente.

— É. Acho que sim. — Sentia-me confusa frente à virada repentina da conversa.

— Obrigado. — Incy deu um beijo no meu ombro exposto. — Com você ao meu lado, sou o melhor que posso ser. Sei que sou. E agora você voltou para me manter centrado. Você se preocupa comigo. — Ele realmente parecia feliz com a ideia.

— Sim, claro. Você sabe disso — falei, sentindo que tínhamos desviado do assunto. O que eu queria dizer...

— Don't worry. Be happy — disse ele, citando uma antiga música. Innocencio apertou meus ombros de novo com um ar alegre, saiu do banheiro e abriu a porta do meu quarto. — Está todo mundo pronto? — gritou.

Olhei para mim mesma no espelho, sem saber o que pensar. Isso não foi como eu planejava. Como ele afastou minhas preocupações tão facilmente? Balancei a cabeça para a Nas no espelho.

— Você não sabe de nada — sussurrei. Em seguida, peguei meu xale de casimira e fui para a sala de estar da suíte.

A gangue estava toda lá, e todos, menos Stratton, estavam arrumados. Ele estava usando um suéter velho e uma calça jeans, com o cabelo castanho desarrumado e adorável.

— Você não vem? — perguntei.

— Não — disse ele. — Tem jogo hoje. É a final. Vou assistir no Paddy's, no final da rua. Vejo se arrumo alguém para me carregar para casa. Mas comportem-se, vocês. — Ele sorriu e meio que dançou de lado até a porta da suíte.

Não consegui deixar de rir. Ele era como um urso grande e lindo, principalmente em comparação a Incy e Boz, sempre arrumadinhos. Era um alívio estar aqui com todos em vez de tendo uma conversa difícil com Incy.

— Stratton... Americano demais, cara — repreendi.

Ele dançou de costas para fora da suíte, e o ouvimos cantando enquanto descia o corredor.

— Desde quando ele gosta de basquete? — questionei.

— Meu Deus, até *eu* sei que é futebol americano — disse Cicely, acendendo um cigarro.

— É estranho. Ele desenvolveu uma fascinação por futebol americano — contou Boz, pegando alguns biscoitos da bandeja servida no chá da tarde e levando um deles à boca. — Estou com medo de ele querer jogar.

— Acho que poderia — constatei. — Ele poderia jogar com vigor e não se preocupar muito com contusões.

— Rúgbi — disse Boz, jogando um biscoito no ar e pegando com destreza. — Uau, dois pontos! Vocês viram?

— É, porque você só teve dois séculos para treinar — desdenhei, e ele jogou um biscoito em mim. Caiu no meu colo, e eu comi.

— Pois então, *rúgbi* — disse Boz. — É isso que ele devia jogar. Nada desses acolchoamentos até a cintura e protetores de boca e essas coisas.

— Não consigo lembrar a última vez em que fiquei tão entediado — falou Incy, andando em direção ao quarto. — Vou fazer umas ligações. Gritem quando estiverem prontos para ir.

— Incy — disse Cicely, surpresa.

— Estamos prontos *agora* — comecei a dizer, mas a porta dele fechou. Lancei um olhar de surpresa para Cicely e Boz. — O que ele tem? Não parecemos prontos?

Boz deu de ombros: aquele era Incy sendo volúvel de novo. Ergui as sobrancelhas e sentei em um sofá com os pés para cima. Eu teria que andar nesses lindos instrumentos de tortura de oncinha mais tarde, então era melhor poupar meus pés agora.

— Pra quem ele vai ligar?

Cicely terminou o vinho que tinha no copo.

— Quem sabe? Encontramos algumas pessoas no Clancy's semana passada.

Quase levei um susto. Estive no Clancy's alguns meses antes, quando estava tentando fugir, desaparecer. Encontrei algumas velhas amigas lá (velhas, ha ha) e contei para Beatrice que estava me escondendo de Incy, como uma espécie de brincadeira. Será que eles a encontraram na semana passada? O que ela teria contado para eles? Aquela noite foi quando nossa amiga Kim usou magick para exterminar uma pequena porcentagem da população de pássaros canoros de Boston. Foi... grotesco. Nauseante. Um completo abuso de poder. Até *eu* consegui ver isso. Foi o que me convenceu a voltar para River's Edge pela segunda vez.

Mas falando em abuso de poder...

— Algum de vocês viu Incy com aquela garota ontem à noite, na galeria? — perguntei em voz baixa. A porta de Incy estava fechada, mas eu queria tomar cuidado.

— Qual delas? — perguntou Katy. — Sempre tem tantas.

Ela fingiu desmaiar, e nós rimos.

— A alta, de vestido lilás — falei. — Achei que vi... Pareceu que... Incy usou magick nela.

As sobrancelhas de Cicely se ergueram.

— Como? — disse Katy.

— Para mim, pareceu que ele usou magick pra... tirar o poder dela. Não sei como chamar, mas todo mundo tem, e as pessoas podem usar magick para tirar isso de outra pessoa. Assim, quem tira fica mais forte.

— Sim, claro — assentiu Boz, e eu quase caí da cadeira.

— Você sabe sobre isso? — Foi uma novidade desagradável para mim. Será que eu era a única que não sabia?

— É, a gente ouve falar — argumentou Boz, franzindo a testa. — Mas você precisa saber o que está fazendo, e precisa ter poder. Poder mágicko. Nenhum de nós chegou nem perto de conseguir fazer algo assim. Só o bastante para chamar um táxi ou fazer alguém tropeçar. — Ele sorriu com a lembrança. — Mas para coisas grandes, você teria que, sabe, prestar atenção e aprender coisas.

— Eu acho que Incy aprendeu — sussurrei, e descrevi o que vi, contando ao final que Incy tinha me dito que a garota tomara uma margarida.

Cicely fez cara de "tanto faz".

— Todo mundo usa um pouco de magick às vezes.

— Sim, um pouco — concordei. — Mas isso é maior.

— Parece margarida mesmo. Mas você acha que ele usou magick nela? — perguntou Boz, mantendo a voz baixa.

Assenti, mas não estava gostando da conversa. Sentia-me uma traidora, uma intrometida nervosa. Será que eles acreditariam em mim, considerando a maneira como os larguei tão friamente meses atrás? Eu nunca teria questionado isso antes. Era um saco essa coisa toda de "diferenciar o certo do errado".

Boz se sentou e passou a mão pelo cabelo louro, o que só fez com que parecesse mais perfeitamente arrumado. Olhou para a porta fechada de Incy, depois pareceu trocar um olhar com Katy.

— Admito sentir que... Incy anda recorrendo a extremos ultimamente — disse ele, baixinho.

Uma onda de alarme desceu por minha espinha.

— O que você quer dizer?

— Lá vamos nós de novo — murmurou Cicely.

Boz a ignorou.

179

— Ele parece mais... impulsivo — contou, desconfortavelmente. — Como com o motorista de táxi naquela noite, no outono passado. Está correndo riscos estranhos. Alguns foram muito perigosos. Exagerados, até para mim. — Ele deu uma risadinha envergonhada.

— Já falei, você está exagerando — disse Cicely, irritada. — Incy apenas gosta de se divertir. Algumas coisas deram errado, mas acontece. Não foi culpa dele.

Boz pareceu querer discutir com ela, e tive a sensação de que eles já haviam tido essa conversa antes.

— Deram errado como? — perguntei.

Boz balançou a cabeça.

— É que... nada nunca parece ser suficiente. Ele sempre usou outras pessoas, mas agora... parece que elas nem são reais para ele.

Boz era o rei dentre todos que usavam pessoas. Se *ele* achava que Incy tinha ultrapassado um limite, era assustador.

— Teve um lance com um cachorro de rua. Ele não o machucou, mas o fez... fazer coisas, para ser engraçado. Sei lá. — Boz parecia cada vez menos disposto a falar sobre o assunto. — Ele parece diferente, mas não consigo identificar exatamente como. Se bem que, na verdade, ele melhorou bastante desde que você voltou. — Boz lançou um sorriso para mim. — Talvez fosse só uma fase.

— Eu também ando preocupada. — Katy quase sussurrou. — Quero dizer, todos nós somos uns babacas, mas eu não achava que éramos *malucos*. Mas tem um lugar, é muito...

— Vocês estão sendo ridículos. — A voz de Cicely foi cruel. — Incy é o mesmo de sempre: quer sempre se divertir. Como todos nós. Não sei qual é o problema de vocês.

— *Eu também* não sei qual é o problema de vocês.

Dei um pulo ao ouvir a voz de Incy, e o vi parado junto à porta do quarto. A porta que estivera bem fechada da última vez em que pisquei. Como ele a abriu tão rápida e silenciosamente? Como nos ouviu? Seu rosto estava rígido, e seus olhos, frios.

— Não consigo acreditar que estão falando de mim pelas costas!

Eu teria pensado que ele estava brincando, sendo intencionalmente dramático, mas ele parecia aborrecido de verdade.

— De que mais falaríamos? — respondi alegremente, fingindo não ver a raiva dele. Incy sempre fora esquentado, explodindo do nada, mas também superava rapidamente. Eu sabia lidar com ele. — Você é a coisa mais interessante que existe.

180

Por um momento ele hesitou e seu rosto relaxou, mas então sua expressão ficou fria de novo.

— Mas vocês não estavam falando da minha boa aparência, do meu charme e nem de como meu rosto é o mais jovem de todos — rebateu, debochadamente. — Vocês estavam dizendo que estavam *preocupados* comigo. Que eu tinha ido a extremos. Que extremos? Por que estão conspirando contra mim?

O rosto dele era o mais jovem...? Mas como assim? Todos tínhamos aparência jovem. Todos ainda tínhamos que mostrar a identidade em várias situações.

— Não estamos conspirando contra você — disse Cicely, lançando-me um olhar zangado.

— Que extremos? — perguntou Incy de novo. — Me deem um exemplo.

Ele vinha sendo doce, quase terno comigo desde que voltei, mas agora parecia zangado e inflexível.

Boz ficou de pé lentamente, para mostrar que era vários centímetros mais alto do que Incy.

— Relaxa, cara — falou. — Não tem conspiração alguma. Somos amigos, falando de um de nós.

— Sim, falando *de* — rebateu Incy, com os olhos estreitos. — Não *com*. Se estão tão preocupados, por que não falam diretamente comigo? Por que precisam falar pelas costas? Por que sentem tanta inveja de mim?

— Inveja? Do que você está *falando*? — disse Katy.

Incy se virou para ela.

— Você sabe do que estou falando. Estão falando de mim há *semanas*, dizendo que estou louco, que sou das trevas, que faço coisas más.

Os olhos de Katy se arregalaram.

— Não, não estam...

— Parem! Apenas parem! — A voz de Incy ecoou pelo quarto de hotel. Se ele fosse uma pessoa normal, eu me perguntaria se estava chapado com alguma coisa, mas a maior parte das drogas, com exceção do álcool, não funciona bem em nós. — Olhem, estou progredindo! Vocês, não! Vocês não estão indo a lugar *algum*. — Ele andou pelo quarto. — Só quero que fiquemos junto, como antigamente. Mas vocês não vêm comigo. Estão *com inveja*.

Ele se virou para nos encarar, com os olhos pretos incendiados por dentro, o que fez eu me sentar mais ereta. Isso era estranho. Incy estava nervoso, e parecia completamente paranoico.

Será que ele *estava* sendo louco, das trevas, que estava fazendo coisas do mal? Será que vinha fazendo magick das trevas, como eu pensava, e isso o esta-

181

va afetando? O caminhar dele estava abrupto, irregular, como o de um maníaco. Eu o tinha visto ter ataques antes, quando algo não seguia como ele queria. Ele jogava as coisas e xingava estranhos e gritava loucamente. Eu tolerava, e até achava engraçado às vezes: o mimado do Incy. Mas ele nunca tinha ficado *assim*, paranoico e acusatório. Exceto nos meus sonhos. Nas minhas visões. Lembrei-me dos corpos cortados, do fogo cheio de ossos.

Talvez... Seria possível que eu tivesse vindo para cá para impedir que essas coisas acontecessem? Que tudo tenha me trazido até aqui para *ajudar*? Talvez Incy estivesse no limite e eu estivesse aqui para impedi-lo, afastá-lo do abismo. Sem querer ficar cheia de mim quanto à minha influência cármica, mas a ideia de que eu estava nesse lugar para ajudar *de propósito* era bem mais atraente do que pensar que vim até aqui para me jogar na esbórnia sem motivo algum. Que era exatamente o que eu tinha feito, é claro.

— Ah, meu bom Deus — falei, parecendo entediada e tentando manter minha tensão no nível mais discreto. No passado, eu sempre conseguia acalmá-lo, e apesar de parecer diferente dessa vez, eu ia tentar. Peguei outro biscoito da bandeja e mordisquei, ganhando um segundo a mais para pensar. — Deixa de ser pretencioso, Incy.

Ele se virou de repente.

— Você! — gritou. — Eu confiei em você!

Ergui as sobrancelhas apenas um pouco, insinuando que ele não merecia uma sobrancelha completamente levantada.

— Sim, é claro que confia. Mas escuta, não é que não seja fascinante falar sobre você. *Sempre* é. Eu estava gostando, com ou sem você. Mas uma coisa é falar sobre uma pessoa, e outra é ouvir alguém tagarelar sobre *si mesmo*.

Coloquei o resto do biscoito na boca e me espreguicei, arqueando as costas sobre o braço do sofá.

— Eu amo vocês — disse ele, quase sussurrando. — Por que se viraram contra mim?

Ele balançou o punho e bateu com nervosismo na parede atrás, mas não com força o bastante para causar dano.

— Ninguém se virou contra você — respondi.

Nossa, isso não era mesmo coisa dele. Incy sempre fora o oposto, na verdade, seguro de que todo mundo o amava e queria estar perto do encanto dele.

Ele olhou para mim com tristeza.

— Vocês acham que sou mau. Acham que estou louco.

Certo, podem me rotular como oficialmente preocupada. Esse era um comportamento novo em uma pessoa cujo comportamento eu presenciava quase todos os dias havia cem anos. Pensei em como River se aproximou de mim, mesmo quando eu estava mais agressiva. Como sempre, estava calma e tolerante. Eu tinha voltado para ficar com Incy, meu melhor amigo. Não ia largá-lo só porque tinha alguma coisa acontecendo com ele. Eu queria oferecer ajuda a ele, assim como River tinha oferecido a mim. Queria fazer diferença na vida dele, mesmo tendo falhado com Meriwether e Dray. E comigo mesma.

Boz, Katy e Cicely pareciam chateados e desconfortáveis. Tive a impressão de que ele fizera isso enquanto eu estava longe, e sem a minha presença para segurar as explosões dele, aquilo tinha virado um grande problema.

— Nós... achamos que você anda um pouco convencido, na verdade — falei. — Para com isso, vai... Você, mau? O pior que já vi você fazer foi quando combinou sua sandália hippie com aquele lindo terno brilhoso. E louco? — Bati no queixo com um dedo, obviamente "pensando". — Certo, sim. Concordo com o "louco". Você não come frutas. Não gosta de *frutas*. Coisa que todos no mundo gostam. Já vi você lamber o chocolate de um morango e descartar a fruta. Você estava na Polinésia Francesa, terra das frutas incríveis e sempre presentes, e comia biscoito cream-cracker. Isso, sim, sugere um desvio nas faculdades mentais. Mas isto... — balancei o braço. — O drama, a atuação? Sai dessa.

Incy estava bastante surpreso. Ah, sim, eu já o tinha visto pior do que citei no meu exemplo. Pior do que percebi na época. Mas agora eu precisava desviar a sequência de pensamentos dele.

Boz se mexeu na cadeira, me observando. Katy parecia preferir estar em outro lugar. Cicely parecia zangada.

— No entanto, se você tiver terminado seu show de autopiedade, estou com fome. — Coloquei os pés no chão e olhei para ele. — Acabou? Com a história da maldade e isso tudo aí?

Como se eu tivesse apertado um interruptor, o rosto dele perdeu a aparência triste e zangada. Ele piscou várias vezes e observou o aposento, como se estivesse se situando. Tudo que eu queria fazer agora era me deitar com um pano gelado na testa. Eu realmente precisava entender o que estava acontecendo e se eu podia fazer alguma coisa. Será que poderia levá-lo até a tia de River, Louisette, no Canadá? Será que ele estava tão mal assim? Eu não sabia o quanto daquilo era o Incy dramático se exibindo e o quanto era realmente digno de preocupação.

Incy engoliu em seco, com o rosto pálido porém mais parecido consigo mesmo. Foi até o bar da suíte e se serviu de um pouco de uísque, que virou de

🍁 183 🍁

um gole só. Acrescentar álcool à situação volátil dele seria muito útil, definitiva-mente. Em seguida, ele se virou e olhou para mim. Retribuí o olhar com uma expressão de paciência.

— Ah, Nas — disse ele, andando até mim, então se ajoelhou no chão aos meus pés e segurou uma das minhas mãos. Eu queria me encolher ao sentir o toque dele, e isso me chocou. Ele deu uma risada triste e balançou ligeiramente a cabeça. — Graças a Deus você está aqui. Está vendo o quanto preciso de você? É a única que me entende. — Pensei ter ouvido Cicely tossir com raiva. As mãos de Incy estavam frias e grudentas; o suor molhava sua testa e suas costeletas. Ele inclinou a cabeça em direção às nossas mãos, aos nossos joelhos. — Senti tanto a sua falta. Sou melhor quando você está comigo. Você me faz sentir humano.

— Eca — exclamou Katy.

— Você sabe o que quero dizer — rebateu Incy, erguendo a cabeça. — Nor-mal. Real.

Isso estava me apavorando seriamente.

— Bom saber — falei, bruscamente. — Só queremos agradar. O som que você está ouvindo agora é do meu estômago roncando.

Ele riu, parecendo completamente o antigo Incy, e se levantou com gracio-sidade do chão. Pegou um lenço de seda do paletó que estava nas costas de uma cadeira e secou o rosto com delicadeza.

— *Andiamo* — disse ele, então pegou o paletó e seguiu para a porta.

Por trás dele, Boz e Katy me olharam, ao que ergui as sobrancelhas. Eles achavam que aquilo não tinha terminado. E eu também.

CAPÍTULO 21

ß ß ß ß ß ß ß ß ß ß ß ß ß ß

— É mesmo? Você acha isso, querida? — Os olhos da viúva Barker piscaram para mim por trás dos óculos de gatinha.

Balancei as mãos; toda essa conversa de negócios fez minha linda cabecinha doer.

— Nem posso contar, Sra. Barker — falei. — Cá entre nós, eu preferia estar lendo revistas na piscina do motel Beaufort.

A palavra *motel* tinha três sílabas no meu sotaque sulista. Mo-té-al.

— Esses homens... estão sempre se zangando por uma coisa ou outra — disse a viúva, e demos uma risada.

Ela se levantou e pegou a jarra de café de cima do fogão antiquado. Estendi minha xícara, e ela a encheu com um café tão denso e preto quanto o assunto que realmente me interessava: petróleo texano.

O ano era 1956, e o sudeste do Texas estava jorrando petróleo bruto havia 40 anos. Agora, algumas pessoas estavam especulando que as reservas geológicas de xisto iam bem mais para o oeste do que se esperava. Eu já tinha passado pela corrida do ouro da Califórnia em 1849; tinha sido muito bom para mim. Desta vez, eu queria ser dona do recurso em vez de apenas fornecedora de um recurso adjunto.

E era por isso que eu estava tentando comprar os direitos de óleo e minerais da viúva Barker por uma ninharia.

O tempo não fora gentil com a viúva Barker. As lápides rústicas no jardim mostravam que ela enterrara dois maridos e quatro filhos. Eu pensaria que ela tinha algum problema com a população masculina se não soubesse que os filhos morreram na Segunda Guerra Mundial, o primeiro marido tinha fugido e bebido até morrer, e o segundo caiu de trator pela colina íngreme no pasto ao norte apenas dois anos antes.

Agora ela se sustentava com uma pensãozinha do governo, e dava para perceber: seus óculos cor-de-rosa com pedrinhas nos cantos eram a única coisa nova em evidência no local. A pequena fazenda não era pintada havia décadas; mal dava para ver alguns pedaços de tinta branca ainda presos às tábuas cinzentas. O fogão era do tipo que você acendia com espigas de milho velhas; o milho para ração que o segundo marido plantou durante 30 anos.

— Mas por que seu primo acha que aqui seria um bom lugar para sua mãe? — perguntou a viúva, sentando-se novamente em frente à mesa de madeira gasta.

— Ele apenas disse que seria um pedaço enorme de terra onde ela poderia praticar jardinagem — falei, e meu tom insinuava que eu achava que meu primo estava louco.

— Acho que sim — assentiu a viúva, tentando não olhar pela janela para a terra seca e árida que ia até onde os olhos alcançavam. Dei um sorriso tranquilo e tomei um gole do café, que era surpreendentemente bom. Os olhos claros dela ficaram um tanto calculistas. — Mas sempre prometi ao meu marido, ao meu primeiro marido, que jamais repartiria essas terras. Elas estão na família dele há gerações. O bisavô dele começou a cuidar desta fazenda antes mesmo de o Texas ser um estado.

Não fazia ideia se aquilo era verdade ou não, então apenas bebi meu café, parecendo preocupada.

— O terreno todo? — indaguei, sem entusiasmo. — Ah, não sei, não. Acho que minha mãe só iria querer a casa e terra o suficiente para o Velho Shep poder correr um pouco. Uns 5 acres?

Mas a viúva Barker tinha uma convicção emperrando as engrenagens do cérebro

— Foi o que meu vizinho Edford Spenson disse — falou ela, com reprovação. — Ele me perturbou durante toda a primavera. Falei para ele que não venderia. Não, eu prometi a Leland que não repartiria o terreno, e não vou! Se você quer a propriedade, tem que comprá-la por inteiro.

— Mas... — Meus olhos se arregalaram de consternação por baixo de meu penteado grande, bufante e preto. Meu estilo texano. — Sra. Barker, são quase mil acres!

— Não, Srta. Whitstone — discordou a viúva. — São quase *dois* mil acres. — Ela começou a parecer preocupada. Provavelmente não teria como eu concordar em comprar dois mil acres.

— Ah, meu Deus — murmurei, imitando a personagem Lorna Doone.

Na verdade, os registros do condado mostraram que o terreno dela tinha 1.967 acres, mais alguns poucos metros. Os terrenos ali já tinham valido 65 dólares por acre, mas isso fora antes da seca dos últimos cinco anos.

A viúva mexia nervosamente no guardanapo de papel, os dedos retorcidos e duros por causa da artrite. Devia ter cerca de 60 anos apenas, e fiquei impressionada por ela ter compactado uma vida inteira naquele pouco tempo, com começo, meio e agora um fim. Sem filhos, sem netos e sem marido, estava planejando se mudar para Oklahoma para morar com a irmã mais nova, também viúva.

— Meu Deus — repeti, calculando no meu guardanapo com a unha. Inspirei fundo. — Sra. Barker, a 37 dólares por acre, o total é, meu Deus. O total é 74 mil dólares!

Ela tentou não parecer animada. Imaginei que ela estava se visualizando chegando à casa da irmã com várias malas velhas contendo todas as suas coisas e podendo dizer com orgulho que não estava lá em busca de tolerância, de caridade. Que tinha um patrimônio e que podia contribuir com sua parte.

— Edford ofereceu 50 por acre — disse ela, e eu sabia que era uma mentira deslavada. Eu poderia pechinchar até chegar a 35 dólares. Peguei outro biscoito e molhei no café. Lorna Doone era muito boa.

— Ah, você sabe, Sra. Barker, eu realmente só preciso de 5 acres — repeti. — O Velho Shep já não sai muito.

— Você poderia fazer muita coisa com dois mil acres — sugeriu. — Eu preferia que esta terra ficasse para a sua mãe do que para Edford ou alguma empresa de petróleo que só quer furar tudo.

Dei um sorriso fraco.

— Meu primo diz... — comecei, mas ela me interrompeu.

187

— Seu primo é um homem inteligente — comentou. — Com ótimo tino para negócios, tenho certeza. Mas isso é entre você e eu. De mulher para mulher. Não vou mentir para você: esta terra não foi boa para mim. Ela precisa de sangue novo. Precisa de você e de sua mãe, para trazerem vida nova a ela. Estou pronta para vender, para ir morar em Greer's Pass, Oklahoma, e nunca mais ter que voltar aqui. Mas tem que ser o terreno todo. E tem que ser a 50 dólares o acre!

Ela se empertigou. Seu cabelo grisalho e fino estava preso em um coque descuidado. Seu rosto estava cheio de rugas e a pele era grossa pelos 60 anos de sol do Texas. Ela estava me extorquindo no valor das terras, mas eu gostava da viúva Barker. Sorri para ela.

— Sra. Barker, creio que meu primo Sam vá ficar fulo da vida — falei. — Mas tenho dinheiro do meu pai, e ela é minha mãe, afinal. Vou topar. Vou comprar seu terreno todo, e posso pagar... — hesitei, e então demonstrei resolução e engoli em seco visivelmente. — Quarenta dólares por acre!

A viúva Barker fez as contas rapidamente de cabeça: quase 80 mil dólares. Mais do que esperava receber. Ela estendeu a mão, e eu a apertei. E foi assim que comprei quase 2 mil acres do campo de petróleo no centro-sul do Texas. Paguei 78 mil dólares e uns trocados, o que era uma soma enorme em 1956. E vendi por um valor verdadeiramente astronômico em 1984. E nunca mais preciso me preocupar com dinheiro, enquanto eu viver, o que é bem significativo. A não ser que a humanidade volte ao sistema de escambo. Nesse caso, estarei ferrada.

A viúva Barker deve ter ido para Oklahoma com seu pé de meia e morado lá pelo resto da vida, provavelmente se sentindo meio culpada pelo golpe que deu na garotinha de Louisiana. Se ela ficou sabendo que foi encontrado petróleo naquela propriedade apenas dois anos depois, nunca fez contato comigo sobre o assunto.

E meu "primo" Sam ficou mesmo fulo da vida.

— Quarenta dólares por acre! — gritou Incy, batendo com o copo de uísque na mesa de fórmica. — Você tinha que ter oferecido no máximo 35!

Gargalhei enquanto prendia o cabelo em uma toca de natação coberta de enormes flores de plástico. Estava muito quente, e a piscina do motel parecia me chamar.

— Tenho o dinheiro, e ainda assim é como tirar doce de uma criança; você sabe que aquele terreno vale um zilhão de vezes mais.

— Talvez — disse ele, de modo sombrio. — Se tiver petróleo lá.

Dei de ombros.

— Petróleo, gás natural... Este lugar está cheio de tudo isso. Você viu os relatórios. Além do mais, gostei da viúva Barker. Fizemos um acordo de mulher para mulher.

— Eu devia ter ido com você.

Incy se serviu de outra dose de uísque e empurrou o chapéu de caubói para trás. Com seus tons morenos, ele ainda parecia estrangeiro, diferente dos locais, mas tinha assumido completamente as roupas e o jeito do oeste. Contudo, eu proibi as esporas e os chifres no capô do carro. Uma garota tem seus limites.

Parei o movimento no meio.

— Por quê? Porque não sei comprar propriedades? — Meus olhos se encontraram com os dele no espelho.

Ele fez uma pausa.

— Claro que sabe — rebateu. — Mas você foi *enganada*. Deixou aquela mulher te enrolar...

— Innocencio — falei, usando o nome favorito dele, ao qual ele sempre atenderia, independentemente de qual fosse seu nome público na época. — Não fui enganada. Fiz um acordo. Eu sabia o que estava fazendo. Foi tudo bem. — Usei um tom mais intenso, que raramente usava com ele.

Ele piscou ao ver que tinha me pressionado. Em seguida, abriu um sorriso e se levantou, me ajudando a colocar uma toalha ao redor dos ombros.

— Tudo bem, Bev. Eu te apoio. Você sabe que só quero ajudar, não é? Quero dizer, comprei o terreno ao lado a 35 dólares por acre. Queria que você também fizesse um bom negócio. Você sabe que é só porque você é minha melhor amiga. Somos você e eu. Certo? — Os olhos dele brilharam, e os cantos dos lábios se ergueram de maneira irresistível.

Sorri.

— Eu sei. Mas não precisa se preocupar. Você só precisa aparecer no fórum para ser minha testemunha na quinta-feira, quando vamos fechar o negócio.

— Estarei lá! — prometeu, alegremente.

— Sem esporas — avisei, e ele fez uma expressão triste.

Mais tarde, ele saiu e depenou os clientes do bar local em uma longa noite de pôquer. Não pensei sobre o assunto na época, mas agora me parecia que ele não conseguia suportar *não* tirar vantagem de alguém, não deixar a pessoa com menos do que tinha quando eles se conheceram. Tinha realmente ficado irritado comigo por não enganar a viúva com o pagamento depois de eu já tê-la enganado em relação às terras nas quais ela não sabia que havia petróleo.

— Você não tem instinto assassino — disse ele quando saímos do fórum, depois de assinar os papéis.

— Tenho instinto de ganhar dinheiro — rebati com um sorriso.

Ele deu de ombros. Para mim, era questão de ter passado várias centenas de anos tendo que contar com homens; para ter uma propriedade, um negócio, terras para trabalhar, estar em segurança. Ter que depender de um homem, mesmo um de quem eu gostava ou amava, não era uma sensação confortável para mim. Meu pai morreu quando eu tinha 10 anos e meu primeiro marido depois de 18 meses de casamento, então passei décadas sendo criada em várias casas para ficar protegida, sem ter que sofrer todos os riscos e limitações de ser uma mulher sozinha.

Por isso minha compulsão por dinheiro. Agora estávamos no século XXI, e estava claro que para algumas mulheres depender de homens ainda era uma necessidade ou uma escolha. Mas não para mim. Nunca mais.

Para Incy, era questão de vencer, de ser melhor do que alguém. Até mesmo as pessoas que ele seduzia era por questão de desafio, não amor ou afeto e nem mesmo atração química.

Nós dois éramos motivados por controle, mas de maneiras diferentes e por motivos diferentes.

— Ah, não — protestou Katy. — Não vamos, não.

Incy olhou para ela. Depois da explosão dele no quarto do hotel, a ideia de sair em público com Incy pareceu no mínimo malfadada. Mas eu precisava de tempo para entender isso, para entendê-lo. Precisava saber mais sobre o que ele andava fazendo. No final, decidi que já tinha passado por cenas humilhantes com Incy antes, e se esta noite acabasse mal, não seria a primeira vez.

Não fiquei empolgada com a ideia de ele dirigir, mas estava sóbrio, ainda que um pouco desequilibrado, e admito que não queria arriscar pegar um táxi. Não que táxis automaticamente o irritassem, mas eu tinha um pressentimento. Não forte o bastante para deixar Incy de lado, para ir embora de novo. Eu ainda queria resolver isso, queria ajudá-lo. Em vez de vê-lo como irremediavelmente perdido, eu o via como cheio de defeitos e não compreendido, do mesmo jeito que River sem dúvida via a mim.

Assim, saímos para jantar, e tudo correu bem. Praticamente fechamos o restaurante, deixando os garçons impacientes ao tomarmos drinques seguidos de sobremesas, e mais drinques e mais sobremesas. Incy voltou a ser como sempre: encantador, até mesmo doce, e incrivelmente engraçado. Nos divertimos e rimos muito. Já me sentia melhor quando acabamos, com Incy de volta ao normal, e Cicely tinha relaxado depois de ficar furiosa comigo e com Boz no hotel.

Mas agora estávamos debatendo se íamos para o bar favorito de Incy, um lugar na periferia da cidade chamado Miss Edna's.

— Não podemos ir ao Den de novo? — perguntou Katy.

— Não seja careta — atacou Incy com um novo tom depreciativo na voz.

— Strat ligou. Vai nos encontrar lá depois que a experiência esportiva dele acabar.

Katy suspirou e olhou pela janela do Cadillac. Eu estava no banco da frente com Incy; Katy, Cicely e Boz estavam no banco de trás.

— Não é tão divertido, cara — argumentou Boz, parecendo cansado. Ele apertou a parte de cima do nariz e se empertigou. — Ei, vamos àquele bar no alto do prédio McAllister! Tem uma vista linda, várias das pessoas mais ricas e burras de Boston *e* uma banda de jazz.

— Parece incrível — falei. Uma banda de jazz > outro lugar com batidas altas.

— Não — teimou Incy. — Podemos ir lá a qualquer hora. Quero ir ao Edna's. Quero que Nasty conheça.

— Ah, isso vai ser bom — murmurou Boz. Olhei para ele e ele revirou os olhos.

— O que é o Edna's? — perguntei.

Incy sorriu e bateu na minha mão.

— É um lugar muito especial — garantiu. — Você vai adorar. Ando louco para te levar lá.

— Por assim dizer — falei, e ele riu.

— E Strat vai nos encontrar lá — repetiu ele.

— É muito interessante — disse Cicely. — É uma experiência completamente nova.

— Talvez você possa me deixar no hotel — pediu Katy.

— Não! — grasniu Incy de repente, enfiando o pé no acelerador. — Você é tão ingrata! Descobri esse lugar incrível e você quer estragar tudo que faço! Só quer me destruir! Não consegue suportar o fato de eu ser melhor do que você!

De novo, não. Lancei uma expressão intrigada para Boz, e ele respondeu com uma de sofrimento. Cicely estava com cara de tédio e examinava as unhas pintadas.

— Melhor do que eu! — esbravejou Katy, indignada. — Em quê? Em mijar de pé? Escuta, seu *babaca*...

— E aqui estamos nós. — Innocencio enfiou o pé no freio e apagou os faróis antes que eu pudesse olhar ao redor.

— Onde é aqui? — perguntei. — Incy, onde estamos?

Olhei pela janela do carro e vi que parecíamos estar em um cenário de filme de um "bairro perigoso". Sim, eu preferia evitar bairros perigosos. Se eu tomasse um tiro ou fosse esfaqueada, não morreria, mas ia doer tanto quanto em humanos, e seria muito traumático. Não somos super-heróis. Não temos a força do Homem-Aranha, e temos todos os receptores de dor normais. Podemos ser furtados e roubados e agredidos de várias maneiras terríveis.

Incy sorriu para mim e tirou a chave da ignição.

— Um lugarzinho que conheço em Winchley.

Winchley. Muito tempo atrás, era uma comunidade próspera de classe média com lojas no térreo dos prédios e apartamentos acima. Não fazia ideia de em que rua estávamos, mas quando eu pensava em Winchley, visualizava um dia ensolarado, uma rua de paralelepípedos cheia de palha no chão, cavalos e carruagens e vendedores de rua. Isso foi em... 1890, mais ou menos.

Olhei ao redor. Winchley tinha passado por momentos difíceis. Alguns bairros parecem piores do que realmente são, e alguns bairros são piores do que parecem. Esse era um que ganharia selo de propaganda fidedigna. Estávamos cercados de prédios escuros de três ou quatro andares, muitos dos quais pareciam desgastados, ou cobertos de tábuas repletas de pichação. Cercas de arame rodeavam terrenos vazios cheios de lixo, e várias partes delas tinham sido arrombadas. Até os postes de luz tinham sido quebrados ou levado tiros. Na escuridão, eu consegui ver algumas pontas acesas de cigarro.

— O que estamos fazendo *aqui*? — perguntei.

— Vamos visitar Miss Edna — falou Incy. Ele abriu a porta e saiu.

— Que merda — xingou Katy.

Cicely fez uma careta para ela.

— Então fique no carro.

Katy riu com deboche.

— Para estar dentro dele quando for roubado? Não, obrigada.

— Venham! — chamou Incy, se balançando com impaciência.

West Lowing passou pela minha cabeça como uma estrela cadente. As pessoas nem trancavam os carros à noite. Todo mundo se conhecia. Certo dia, eu estava no trabalho e vi um carro parado do lado de fora. Tinha um GPS dentro e um iPod no painel. As janelas estavam abertas, não tinha ninguém por perto e apostei comigo mesma que o carro estaria 2 quilos mais leve quando o dono voltasse. Mas, apesar de pelo menos vinte pessoas e um bando de carros terem passado por ele, quando a dona voltou, todas as coisas ainda estavam lá. Foi estranho.

A porta do meu lado abriu, e Incy estava do lado de fora com a mão estendida. Ele sempre fora uma montanha-russa, variando da alegria à raiva à tristeza com a facilidade de um pêndulo. Mas isso era diferente. Mais... malevolente. Não apenas alegremente egoísta e despreocupado, mas controlado e sombrio. Será que ele mudara tanto desde que fui embora? Será que sempre foi assim e eu preferia não ver? Pela primeira vez, me ocorreu que meu desejo de ajudá-lo era ingênuo, até mesmo algo para fazer bem a mim mesma, e não a ele. Como sabia muito bem, era preciso querer ser ajudado. Apesar de Incy ter dito que estava feliz por eu ter voltado para ajudá-lo a ser um homem melhor, nós todos sabemos que não sou nem um milionésimo tão sábia e paciente e altruísta quanto River.

— Você também vai ser estraga-prazeres? — perguntou Incy, depois riu. — Não você, Nastasya! Nastasya consegue me acompanhar! — Ele me lançou um olhar amoroso. — Você e eu somos um par. Como pão e manteiga.

Eu também achava isso antes, sem sombra de dúvida. Agora, nem tanto. Nem um pouco.

Saí do carro.

Cicely já estava ao lado de Incy, com as mãos enfiadas nos bolsos do casaco de pele. Estava começando a nevar, e um frio profundo e cruel tinha caído sobre a cidade. Esse era o inverno mais frio e nevado que eu conseguia lembrar de ter passado em Massachusetts. Katy e Boz, os dois com cara de alguém que tinha acabado de morder um limão, também saíram. Incy trancou o carro e balançou a mão rapidamente, murmurando alguma coisa.

Meus olhos se arregalaram.

— Você está fazendo magick?

Innocencio riu.

— Só uma coisinha à toa. Queremos que o carro esteja aqui quando voltarmos, certo?

Sem esperar uma reação, ele rapidamente seguiu para uma viela escura. É claro. Imagine se iríamos nos divertir sem estar em um bairro horrível com uma viela escura.

— Nastasya, venha — chamou Cicely. — Você vai adorar isso.

Eu quase sempre adorava as coisas que Incy inventava. Ele me levou para me divertir mais vezes no último século do que eu tinha conseguido na minha vida inteira. Por que eu estava hesitando?

Talvez por você não estar mais com a cabeça enfiada na porra da areia, disse meu inconsciente debochado. *Ah, e quem te perguntou?*, respondi com o mesmo tom de deboche enquanto corria para alcançar Incy e Cicely.

Consegui chegar ao final da viela sem ser abordada por ninguém. Paramos em frente a um galpão alto de tijolos onde havia uma lâmpada que tentava, sem sucesso, iluminar uma porta de metal cinza. Não ouvi música, nem senti qualquer vibração de graves pelas paredes ou no chão.

— Ai, caramba, é um lugar de escalada ou algo assim? — perguntei.

Cicely suspirou.

— É. Nós todos adoramos atividades físicas.

Havia um pequeno teclado numérico preto ao lado da porta, que mal podia ser visto. Incy digitou um código, então a porta de metal fez um clique e se abriu.

Dentro havia uma escadaria enorme, enorme mesmo, pintada de preto; e mais nada. Luzes cor-de-rosa brilhavam no alto dela. Agora eu podia ouvir música descendo pelos degraus até nós.

— É um bordel? — perguntei. Não era uma crítica. Ganhei uma fortuna com meu bordel durante a corrida do ouro na Califórnia, mas tudo tem limites. Por que estávamos aqui?

— Não. — Incy deu um sorriso reticente. — Não exatamente.

Ele começou a subir a escada.

— Não *exatamente*? — Levantei as sobrancelhas.

— *Não* é — garantiu Cicely, e foi atrás de Incy.

Foi no primeiro degrau que senti: trevas. Parei com um pé na escada e outro no ar. Incy estava subindo correndo. Cicely foi atrás dele, deixando um aroma de *Dreams by Anna Sui* atrás de si. Boz e Katy quase se chocaram contra mim quando parei, apurando meus sentidos.

Olhei para o alto da escada. Tendões de trevas, de magick negra, se esgueiravam em minha direção na luz fraca. Olhei para Boz e Katy.

— O quê? — perguntou Katy. — Vamos acabar logo com isso.

— Que lugar é esse? — repeti.

Boz deu de ombros.

— Um lugar idiota que Incy encontrou. Nem consigo entender. É muito chato.

— Bem, vamos pelo menos beber alguma coisa — sugeriu Katy, fazendo sinal para que eu andasse.

A magick negra me chamava, sussurrava para que eu subisse, subisse...

— Então... vocês sentem isso? — perguntei casualmente.

— Isso o quê? — Boz olhou ao redor.

— Hum, as, hum... trevas?

Katy franziu a testa.

— É. Não é iluminado lá dentro. — O "duh" ficou subentendido.

— Sinto o frio e a probabilidade do meu casaco de casimira pegar um fungo ou alguma coisa pior — admitiu Boz.

Assenti, então respirei fundo e comecei a subir os degraus, sentindo que este lugar detinha as pistas do que estava acontecendo com Incy. Era isso o que havia de diferente nele. Era isso o que o afetava, mas ainda não tinha me afetado.

O que me aguardava lá no alto? A cada passo, eu sentia o peso das trevas, de Terävä, de pessoas fazendo escolhas em prol do poder. O ar ao meu redor zumbia com uma magick que parecia desenfreada, descontrolada. Dois meses antes, eu provavelmente não teria sentido, como Boz e Katy pareciam não sentir agora. Tinha aprendido alguns pequenos feitiços de proteção, e os recitei baixinho várias vezes. Não fazia ideia se iam funcionar.

A escada terminava em um enorme salão iluminado por algumas poucas lâmpadas cor-de-rosa aqui e ali. Um bar longo de madeira lindamente entalhada ocupava uns 10 metros de uma parede de tijolos. O resto do salão era aberto, exceto por grossas colunas. O teto tinha 5 metros de altura e o piso de madeira estava preto, desgastado pelo tempo. Havia poucas janelas, e o aroma era de malte e fermentação, como se o lugar já tivesse sido uma cervejaria.

— Vou pegar uma bebida — avisou Katy. — Quer alguma coisa?

— Meu Deus, quero — falei, me sentindo cercada, quase esmagada. — Qualquer coisa.

Katy e Boz foram até o bar, e fiquei parada, olhando ao redor, tentando controlar a respiração. O medo arranhava minha pele como pequenas patas de insetos, mas tentei manter o foco. Não vi nem Incy nem Cicely. Apesar de ser um salão grande e aberto, ele estava tomado por pequenos grupos de mobília: sofás e poltronas agrupados ao redor de pequenas mesas baixas. Os sofás estavam surrados e eram de brocado, antiquados, dando ao local um ar estranho de 1930, somando-se à magick negra que quase me sufocava.

Telas dobráveis com desenhos diferentes formavam alcovas quase particulares onde grupos de duas, três ou mais pessoas pareciam entrelaçadas. Quando

❧ 195 ❧

olhei melhor, vi que ninguém parecia estar fazendo nada de mais. As roupas estavam cobrindo os corpos, os movimentos eram lentos, e as vozes, murmúrios baixos. Não era um bordel. Um antro de ópio, então? Será que eles ainda existiam fora da Ásia?

— Toma. Pelo menos não colocam água na bebida.

Katy colocou um copo pequeno na minha mão, e quase tomei tudo de uma vez. Minha garganta queimou um pouco quando o uísque com refrigerante desceu.

— O que as pessoas estão fazendo? — perguntei, sem ter certeza se queria saber.

Boz suspirou.

— É a mesma coisa que Incy provavelmente fez na galeria. Pessoas, pessoas comuns, vêm aqui, e os imortais meio que se alimentam delas, por falta de uma palavra melhor.

— Não tem palavra melhor. — Katy pareceu enojada e tomou um longo gole de gim tônica.

Olhei para Boz.

— Você está brincando. Um lugar inteiro para isso? E as pessoas comuns vêm aqui por vontade própria? Você me disse que Incy não sabia fazer isso.

— Eu achava que não — explicou Boz. — Eu sabia que ele gostava de vir aqui, mas depois de algumas vezes, não vi sentido. Não sei sugar a energia de uma pessoa, e ninguém estava dando aulas. Não sei quem ensinou Incy. — Os olhos azuis dele percorreram a sala, e ele deu uma risada sardônica. — Tirar o dinheiro de alguém, a fortuna de uma mulher? Sim. Até mesmo a inocência dela. A felicidade. Pode me chamar de canalha. Não me incomodo em roubar praticamente qualquer coisa de qualquer pessoa... menos a energia. A vontade.

— Assim que você falou da garota na galeria, pensei, "ai meu Deus, Incy aprendeu a fazer isso" — disse Katy. Ela balançou a cabeça e bebeu mais.

Essa era a resposta às minhas dúvidas quanto a Innocencio.

— Oi. — Uma garota parou na nossa frente. Ela parecia jovem, mas eu esperava que tivesse mais de 18 anos. Mais uma vez, tive a sensação de que este lugar era um retorno no tempo; o cabelo dela estava arrumado em ondas cuidadosas, e um prendedor com uma flor branca mantinha a franja longe de seu rosto. O vestido era de veludo verde-escuro, com um grande decote em V na frente e um cinto preto de contas. — Meu nome é Tracy.

Boz olhou para ela de cima a baixo e bebericou seu drinque.

— Oi — cumprimentou Katy brevemente, e afastou o olhar.

Tracy se concentrou em mim.

— Você é nova aqui. Nunca te vi antes.

— Sim, senhora — falei, e tomei uns goles da minha bebida.

Com seu rosto doce e antiquado, Tracy me deu um sorriso gentil.

— Não sou imortal.

Meus olhos brilharam.

— Ahm, tá...?

— Mas você é.

Quase engasguei com a bebida, e tossi de maneira estranha. Meu bom Deus.

— Ah, meu Deus, você consegue me ver? Pensei que estivesse usando minha capa da invisibilidade. — Sim, sou descolada. Misteriosa. Meu nome é Crowe, Nastasya Crowe.

Tracy olhou para mim com piedade carinhosa.

— Você se sente viva. Pessoas comuns se sentem mortas.

Ok, bem-vindos ao Território Macabro. Aqui está o seu mapa.

— Estou com pilhas novas. — Tentei beber, mas meu copo estava vazio, e o gelo escorregou e bateu no meu nariz. Isso acontece conosco, pessoas descoladas. Sequei-o com as costas da mão.

Tracy estendeu a mão, segurando a minha.

— Você me quer?

Meus olhos se arregalaram de novo, e olhei para Boz e Katy. Eles tinham saído dali, me abandonado com aquela garota; a garota robô.

A mão macia de Tracy estava acariciando meu braço. Os olhos dela eram de um belo tom de verde, como o vestido. O cabelo era macio e tinha cheiro de flores. Os lábios eram delicados e rosados, e estavam sorrindo para mim. Ela era... adorável. E assim, do nada, ofereceu sua vida, seu poder, para que eu pegasse se quisesse.

Tracy começou a me puxar para um sofá vazio. Será que podia mesmo ser tão burra? Sim, Boz me contou o que as pessoas faziam aqui, mas, ao ser confrontada com a realidade, eu ainda estava chocada. Quase sem perceber, sentei-me em um sofá cor de pêssego com braços grossos e arredondados.

Tracy sentou sobre uma das pernas e se inclinou em minha direção, cercando-me com o aroma de flores. Comecei a rezar para Katy não ter colocado nada na minha bebida. Eu podia confiar em Katy, não é? Ha ha ha ha.

197

— O que você está fazendo? — murmurei, com o rosto perto do cabelo de Tracy.

— Me tome — sussurrou ela. — Me faça sua.

Eu precisava ouvi-la dizer. Não conseguia acreditar que ela iria oferecer sua força vital para uma imortal assim.

— Do que você está falando? — Eu parecia um pouco mais alerta, então Tracy se sentou ereta e olhou para mim.

— Você... coloca suas mãos em mim — disse ela. — E, sabe, meio que me *toma*. Toma minha energia.

Empertiguei a coluna e coloquei o copo vazio na mesinha.

— E então, *você* se sente maravilhosa. — A voz sedutora dela voltou. — E eu também. — Ela se encostou em mim de novo e colocou a mão ao redor da minha cintura. — Você se sente... muito viva. Viva demais. Eu gosto do jeito como você se sente.

Este lugar *era* um bordel, um bordel das trevas para onde os imortais iam para se alimentar de pessoas normais. Como vampiros, se existissem. E essas pessoas, incrivelmente burras e autodestrutivas, se ofereciam. Elas sabiam sobre nós e pareciam completamente à vontade com o lance da imortalidade. Mas como, ou por quê? E Incy gostava de vir aqui. Tinha aprendido a fazer isso.

— Como você pode se sentir maravilhosa? — perguntei.

Tracy piscou para mim.

— Simplesmente sinto. Deixa você se sentindo sonhadora e flutuante. E, às vezes, preciso dormir depois. Uma vez, dormi por três dias.

— Tracy... você... — Balancei a cabeça. — Você sabe que isso pode te matar, não é? Alguém poderia literalmente canalizar força vital o bastante para matar você, deixar você como um vegetal, ou pior.

— Não — discordou, com descrença.

— Sim — insisti. — É assim que a maior parte dos imortais faz magick: eles a sugam de um ser vivo. E isso pode matar esse ser. É abominável, para ser sincera.

— Não. — Tracy balançou a cabeça.

— Sim. De verdade — repeti.

Agora eu conseguia ver claramente o que estava acontecendo. Os humanos pareciam atordoados, degenerados. Os imortais estavam fabulosos, cheios de vida e energia. E não era tudo. Além de toda a absorção de vida, havia magick das grandes sendo feita aqui. Magick negra. Podia senti-la no ar, praticamente a farejava, como o ozônio antes de uma tempestade. Este era... um lugar muito perigoso. Com muitas trevas, do mal, perigoso e ruim. E eu tinha que sair daqui.

Não via Incy desde que ele subira a escada. Katy e Boz estavam encostados em uma coluna, sem falar com ninguém. Eu estava um pouco surpresa por eles não terem mergulhado nisso de cabeça. Não que fossem pessoas horríveis, mas eram apenas... cegos. Ignorantes. Despreocupados com as consequências. Como todos nós. Como Boz dissera, ele estava disposto a roubar qualquer coisa de qualquer pessoa. E já tinha feito isso. Ele tinha arruinado pessoas, partido corações. Como Incy.

E a coisa que me deixou imediatamente sóbria, que me feriu no âmago, foi a certeza de que, dois meses antes, isso teria sido... muito interessante para mim. Eu não saberia fazer, mas estaria disposta a aprender. Acho que estuprar a energia dessas pessoas, tirar vantagem da burrice delas não teria me incomodado. Pensaria que elas mereciam, pois estavam literalmente pedindo. Não me tiraria uma noite de sono sequer.

Era revoltante que eu tivesse sido assim. Vergonhoso. Uma desgraça, no sentido antigo da palavra. E sabe o que era pior? Que agora eu conseguia me ver muito claramente. Eu tinha mudado, reconheci com amargura. Eu odiava conseguir ver como era antes. Que coisa terrível de se saber. Eu jamais conseguiria deixar de saber, esquecer.

E não via como poderia perdoar River por isso.

CAPÍTULO 22

e divertindo, amor?

Incy se recostou na parte de trás do sofá em que eu estava. Seus olhos estavam brilhando, seu rosto ruborizado e feliz. Antes, ele parecera cada vez mais agitado, quase nervoso. Agora, quando se sentou ao meu lado, parecia muito, muito calmo, muito centrado.

Ele tinha se alimentado de alguém. Talvez mais de uma pessoa. Eu achava aquilo tão... repreensível. E nem sou uma boa pessoa. Sou uma fracassada e um desperdício de gente, e *eu* achei repreensível.

— *Divertindo* é uma palavra forte — falei, desejando outra bebida.

Incy pareceu surpreso.

— Vi que conheceu a adorável Tracy.

— É.

Tracy pareceu empolgada ao ver Incy, e imediatamente abandonou a nada divertida Nas para ir para perto dele. Ele sorriu para ela e acariciou seus cabelos, o que a fez quase ronronar.

— Tracy é uma garota muito generosa — disse Incy, e os olhos da menina brilharam. Ele olhou para mim. — Você realmente deveria experimentá-la. Tenho certeza de que te ensinaram a fazer isso na escola de bruxaria.

— Escola de bruxaria? — Ele chamara River's Edge de fazenda antes. Como se não soubesse o que era.

— Tenho certeza de que ensinaram vários tipos de coisa — continuou, e reconheci o tom sedutor que ele usava com as pessoas. Agora, estava usando comigo. Depois de cem anos, eu tinha me tornado alguém que ele precisava subverter e seduzir. Dentro do peito, senti meu coraçãozinho duro se partir em dois.

— A catar ovos — falei, com teimosia.

Incy riu e acariciou a nuca de Tracy.

— Tem salinhas mais discretas nos fundos. Por que nós três não vamos para lá? Acho que Tracy iria gostar de estar com nós dois.

O rosto de Tracy se iluminou, como se ela tivesse encontrado cem dólares no bolso de um jeans velho.

— Sim! Eu gostaria.

Engoli em seco.

— É que... isso não é para mim, Incy.

Eu estava atordoada com os pensamentos que massacravam meu cérebro: aqui não era meu *lugar*, não mais. Meu *lugar* não era com Innocencio e os outros. Achei que estava exagerando antes, quando fugi. Achei que tinha tido um surto e continuado a mentir para mim mesma em River's Edge. Voltar para eles deveria ser como voltar para casa, como se eu estivesse me colocando de volta em um mundo onde sabia navegar, sabia me sair bem.

Mas eu me sentia uma erva daninha em uma estufa aqui também.

Eu não pertencia a lugar nenhum. Nem ao lado de ninguém. *Ah, deusa.*

— Não seja boba. — Incy deu uma risadinha. — Vai ser perfeito para você. Vai adorar. E, querida, quando você vir como se sente... — Havia tanto amor nos olhos dele. — Lembra quando você me apresentou aquelas raspadinhas com xarope em New Orleans e isso mudou minha vida? É a mesma coisa, só que mais. É isso que quero te dar.

Olhei para Incy e Tracy, sentados perto um do outro no sofá. Os dois eram lindos de uma maneira nada natural; sedutores, atraentes. Incy tinha me convencido a fazer um milhão de coisas diferentes ao longo dos anos, inclusive a voltar para Boston, e eu nunca hesitei e raramente me arrependi. Forcei-me a considerar se essa era mais uma dessas vezes, se eu estava sendo bitolada e moralista por reflexo.

Mas eu não podia fazer isso. Era ruim, era errado, era sujo. Reconhecia isso. Sentia isso. Ir contra esses sentimentos seria insuportável. Outra coisa que era culpa de River.

Dei um sorriso desconfortável.

— É tentador... — Ah, Deus, eu era tão covarde! Tão sem personalidade e fraca! Eu ainda estava tentando tranquilizar Incy, agradá-lo. Mas não queria mais mentir para todo mundo. E nem mentir para mim mesma. Meu coração se acelerou, eu engoli em seco e respirei fundo. — Não, Incy. Não é tentador. Não é. É nojento.

Tracy pareceu ofendida, e o rosto de Incy ficou imóvel, com os olhos presos aos meus.

Era melhor acabar logo com isso.

— É repulsivo que Tracy e qualquer uma dessas pessoas ofereçam a energia delas para nós. Elas são loucas e suicidas e mentem para si mesmas. Os imortais aceitarem a oferta ridícula e equivocada delas é, bem, *errado*. Por mais que minha bússola moral não pare de girar, até eu consigo ver que isso não é um bom caminho a se seguir. É ruim. Eu me sentiria... como uma coisa grudada na sola de um sapato.

— E aí?!

Todos levamos um susto pela chegada repentina de Stratton. Ele tomou um gole do colarinho da cerveja e olhou para nós.

— E que delicinha é essa que está na companhia de vocês? — Stratton olhou para Tracy, que piscou os olhos verdes para ele.

— Ela é mesmo uma delícia — concordou Incy, e Tracy pareceu feliz. — Mas Nastasya não concorda. Ela acha Tracy nojenta e repulsiva.

Tracy olhou para mim com reprovação.

— Eu disse que *o que se passa aqui* é nojento e repulsivo — esclareci. — Não Tracy.

— Não — concordou Incy. — A Tracy você chamou de burra e louca e suicida.

Tracy apertou os olhos para mim.

Stratton pareceu pensativo, como se tentasse decifrar se "nojento e repulsivo" poderia ser visto como uma coisa boa. Por fim, ele ergueu o olhar, com a mente tranquila.

— Nããão. — Ele tomou um gole de cerveja, completamente à vontade.

— Você está exagerando, Nas — disse Incy, ainda usando seu tom sedutor. — Aqueles puritanos fizeram uma lavagem cerebral em você. — Ele riu. — Confie em mim, é disso que você precisa. Experimenta uma vez. É como fazer bungee jumping. Você vai avançar rapidamente.

Ele queria dizer avançar magickamente. Em que ele andava se envolvendo? E há quanto tempo? Desde Londres? Antes?

De alguma forma, dois meses antes eu tive o instinto animal idiota de me afastar dele, de tentar ir para um lugar seguro. Mas foi difícil demais. Minha inadequação e minhas trevas me assustaram. Agora, aqui, minhas trevas florescentes seriam uma vantagem, uma força. No entanto, agora eu sabia demais para permitir isso.

Não conseguia acreditar que estava nesta posição. Acho que nunca fiquei contra nada a maioria da minha vida. Nunca enfrentei nada. Eu sempre acompanhava o que estava acontecendo, o que as pessoas mais poderosas estavam dizendo e fazendo.

Meu estômago se revirou com esse pensamento. Enojada, percebi que precisava encarar 400 anos de arrependimentos. Não sobreviveria a isso.

Fiquei de pé, sentindo como se minha pele estivesse se partindo. Meu coração já tinha se quebrado, e agora estava caído em uma pilha de pedacinhos afiados como os dentes de um animal no fundo do meu estômago. Eu me sentia... destruída. Se eu era uma carapaça quando fui para a casa de River, agora era um pedaço grotesco e amassado de espuma de florista, do tipo que se dissolve quando você aperta só um pouquinho.

— Vou embora — anunciei, com a voz trêmula, e enfiei os braços no casaco de casimira Jil Sander. — Vejo vocês depois.

Eles olharam para mim como se eu tivesse começado a falar em grego antigo, e não disseram nada quando me virei e segui em direção à porta. Eu não via Cicely desde que chegamos. Talvez ela estivesse em uma das salinhas dos fundos. Olhei nos olhos de Boz e Katy quando deixei o salão. É claro que eu não tinha carona, não tinha como sair daquele buraco. Peguei meu celular novinho e digitei desajeitadamente em busca de empresas de táxi enquanto descia a escada. Minha alma parecia mais leve a cada passo, mas não me deixei enganar; eu não tinha casa, não tinha para onde ir. Não tinha *eu*, na verdade.

— Nastasya! Espera! Espera!

Dei meia-volta e vi Incy descendo a escada correndo.

— Estou indo embora, Incy — avisei. — Isso não está dando certo.

Por um segundo, o medo se acendeu nos olhos dele como uma fogueira; e então sumiu, e eu nem tinha mais certeza se o vira mesmo.

— Nas. — Ele segurou a gola do meu casaco e se inclinou para chegar com o rosto mais perto do meu.

Alarmes dispararam na minha cabeça, mas tentei manter a expressão neutra. Isso tudo foi um erro tão grande. Eu tinha me ferrado completa e totalmente, pra valer. Incy não estava interessado em receber ajuda e nem ser salvo. Nunca foi o que quis de mim.

— Nas — repetiu, com delicadeza. — Me desculpa. Eu realmente achei que isso seria fabuloso e que você adoraria.

E o que isso dizia sobre mim? Eca.

— Mas se você não gostou, tudo bem — disse ele. — Não precisamos ficar. Boz e Katy também querem ir embora. Vocês três viraram um bando de estraga-prazeres. — A voz dele estava ligeiramente amarga, mas ele forçou uma risada. — Stratton e Cicely vão ficar. Eles entendem.

Então pareceu perceber que estava se enterrando ainda mais fundo e balançou a cabeça, ajeitando minha gola e prendendo o cachecol ao redor do meu pescoço.

— Eu *entendo*, Incy — argumentei. — Só acho repugnante. É *estupro*. Aqueles idiotas lá dentro não sabem o que estão fazendo, não sabem o quanto é perigoso. Você está tirando vantagem deles. — Olhei para ele com a expressão séria. — Você não é assim, Incy. Nós não somos.

O belo rosto dele se contorceu rapidamente em uma expressão cruel de desprezo que me fez recuar e me recostar ao corrimão da escada. Naquele momento, Boz e Katy começaram a descer, e Incy se controlou.

— Eba — comemorou Katy. — Vamos para outro lugar.

— Os bares vão estar todos fechados — constatou Boz, e então percebeu que Incy e eu estávamos tendo uma conversa particular.

Incy deu um sorriso.

— É. Mas não tem problema. Podemos ir fazer outra coisa. Tudo bem, Nas? Nas voltou! — Ele colocou o braço ao redor dos meus ombros e beijou minha bochecha. — Voltou para sempre! Você e eu, babe! Você vai ver. Em alguns dias você e eu seremos como pão e manteiga de novo.

A depressão caiu sobre mim como um cobertor.

Do lado de fora ainda estava muito frio. Andamos rapidamente para o carro de Incy, que nem tinha sido tocado, graças ao feitiço dele. Olhei para o céu, com as estrelas praticamente apagadas pelas luzes da cidade e pelas nuvens sombreadas que se moviam rapidamente do sudoeste para o nordeste. Só conseguia ver o suficiente para supor que eram cerca de 2 horas da manhã.

Sentia-me muito, muito velha.

Uma sensação lancinante de arrependimento e perda tomou conta de mim. Desesperadamente, percebi que daria qualquer coisa para não estar aqui, para acordar amanhã na minha cama dura em River's Edge. Eu queria me desfazer em um choro convulsivo. Por que eu tinha feito isso?

Ah, certo. Isso mesmo. Porque eu sempre, *infalivelmente*, estragava tudo. Sempre me esfaqueava pelas costas. Tinha medo de ser feliz, porque ninguém pode ser feliz para sempre, e não conseguiria suportar o medo da perda inevitável da felicidade.

Entrei no carro gelado de Incy em meio a uma infelicidade entorpecida. Boz e Katy sentaram-se atrás; as portas se fecharam e Incy ligou o motor. Olhei pela janela, imaginando que conseguia ver o rosto de River bem na minha frente. Os olhos cheios de sabedoria, amor e perdão. Compreensão. Foi tudo o que ela sempre me ofereceu. E eu joguei tudo de volta para ela, não uma vez, mas duas.

E Reyn. Eu o afastei e, ao mesmo tempo, o desejava de maneira hipócrita. Apesar de seu passado, ele estava sinceramente se esforçando para ser bom. E aqui estava eu com Incy, pão com manteiga. A ideia me revirou o estômago, e o álcool se solidificou em um nó de dor. Incy tinha um passado ruim e zero interesse em ser bom. Como eu não sabia disso? Talvez estivesse percebendo tão lentamente ao longo dos anos que consegui evitar ter que admitir. Ou talvez tenha vindo tudo de uma vez só nos últimos dois meses. Eu esperava poder falar com Boz sobre isso quando tivesse certeza de que Incy não podia nos ouvir.

Encostei a cabeça na janela fria, sabendo que precisava planejar uma vida nova para mim. E era o pensamento mais triste que eu podia ter.

— Nasty! — A voz de Innocencio era insistente.

Levantei a cabeça de supetão.

— O quê? — Olhei ao redor e vi que estávamos saindo de Winchley. Incy estava me olhando com um ar perturbado.

— Perguntei por que você acha que aquilo é estupro. As pessoas lá no Miss Edna's estão se *oferecendo*. Se elas dizem "sim", não é estupro, é?

— Ainda é — falei, querendo voltar para o hotel, entrar no chuveiro, me encolher no chão e chorar por alguns dias, com água quente caindo em cima de mim. — Elas não entendem o que estão fazendo.

— Algumas podem não entender, é verdade — admitiu Incy, eminentemente racional. — Mas algumas realmente entendem e querem continuar mesmo assim. É meio como hipnose. Enquanto os dois estão conectados, você consegue incutir uma sensação de paz e bem-estar nas pessoas. Elas se sentem eufóricas depois.

— Isso pode matá-las — argumentei.

— Nunca mata — disse Incy. — Sempre tomamos muito cuidado.

— Quem te ensinou a fazer isso?

O poderoso aquecedor do carro tinha sido ligado, mas eu ainda estava tremendo.

— Miss Edna — respondeu Incy, entrando em outra rua.

— Estamos voltando para a cidade? — perguntou Boz. — Onde estamos?

— Estamos no meu *carro* — rebateu Incy com paciência exagerada. — Nunca mata. Faz com que elas se sintam fabulosas, e elas se oferecem livremente. Como isso pode ser estupro?

Eu estava cansada daquela discussão, cansada demais de Incy, ansiosa para sair do carro e estar sozinha em algum lugar para conseguir libertar parte da emoção que sentia. Quanto ao dia seguinte, eu voltaria a suprimir tudo completamente. Não havia outro jeito.

— É estupro estatutário — teimei, apoiando a cabeça na janela de novo. — É errado.

— Errado! — exclamou Incy, atônito. — Errado para *quem*?

— Errado *em geral* — falei, sentindo soluços começarem a apertar meu peito, como nuvens de tempestade. — O negócio é que existe certo e errado, e faz diferença de que lado suas decisões caem.

Incy tirou os olhos da rua para me encarar, incrédulo.

— Do que você está *falando*?

— Algumas coisas são certas de se fazer; outras não. — Eu realmente precisei explicar isso.

— Como se *você* soubesse! — grasniu Incy, imitando inconscientemente as palavras que Dray gritou para mim. Eu estava começando a detectar um padrão. — Você, que roubou de pessoas durante *décadas*! Você, que abandonou pessoas para que *morressem* enquanto fugia! Sou *eu* para quem você está dando sermão do seu púlpito, Nas. Eu. Vi você fazer coisas que fariam uma barata te cumprimentar! E aquele acidente de trem na Índia? Quantas pessoas você salvou? Ah, espera... você estava ocupada demais catando as coisas de valor deles na grama e enfiando nos bolsos!

— Foi outra época! — retruquei, sentindo a consciência do quanto aquilo tudo era verdade me queimar. Incy poderia falar durante vários dias sobre as muitas coisas horríveis que fiz. Eu jamais conseguiria me lembrar de todas, mesmo que tentasse pelo resto da vida.

Incy deu uma gargalhada curta e zombeteira.

Algumas respostas pungentes e defensivas chegaram aos meus lábios, mas as engoli. Não fazia sentido lembrá-lo de seus próprios crimes. Ele estava certo: eu não era ninguém para julgar.

— Foi outra época — repeti, sem entusiasmo. — Mas sei distinguir o certo do errado *agora*, e não posso desfazer isso.

Mal conseguia falar de tanta repulsa que sentia por mim mesma, pelo meu passado. Desesperada, fechei os olhos, e imediatamente vi o rosto de Reyn, hostil e ameaçador, depois atento e concentrado, depois ruborizado de desejo enquanto fundíamos nosso presente e passado com apenas um beijo.

Eu o joguei fora como um miolo de maçã.

— Não sei de nada disso — disse Boz — e está tudo infinitamente tedioso. Mas eu preferia ir a um bar diferente.

— Eu também — concordou Katy.

— Eu também. — Minha voz soou tão destruída quanto eu me sentia.

Ficamos em silêncio por um tempo, apesar de Incy estar murmurando furiosamente para si mesmo. Provavelmente nos xingando de traidores ingratos. Por dentro, eu estava me contorcendo de dor, com os pensamentos ricocheteando em histeria e pânico. Eu estava perdida; estava sozinha. Não tinha nada nem ninguém para me ajudar. Não mais.

Quando Incy falou, sua voz estava controlada, quase desinteressada.

— Lamento muito ouvir vocês todos dizerem isso — disse ele, e balançou a mão para o lado como se estivesse tirando o excesso de água nela.

E, de repente, eu estava me afogando em escuridão.

CAPÍTULO 23

ão conseguia me mexer. Minhas mãos, meus pés, meu corpo todo pesava 500 quilos. Ainda conseguia sentir tudo, mas nem mesmo meus maiores esforços apavorados conseguiam fazer algo em mim se mexer além dos olhos.

O mundo parecia coberto de vaselina. As beiradas estavam borradas e indistintas. As luzes fora do carro eram auréolas embaçadas. Incy parecia estar falando comigo de muito longe.

Tentei gritar, tentei invocar um barulho imenso de dentro de mim, mas só percebi um som agudo de choro. Mais uma vez, tentei mexer os braços e as pernas, mas a gravidade estava forte demais. E é claro que isso me lembrou de alguns dos piores momentos da minha vida: a noite em que meus pais morreram, quando o mordomo do meu pai me escondeu na carroça de um dos vizinhos, embaixo de uma pilha de feno. Não me mexi nem emiti ruído algum durante horas, por puro choque, trauma, medo de ser encontrada. Mesmo quando respirava a poeira quente do feno, eu lutava contra a tosse. Mantive os olhos bem fechados, como se o mundo não pudesse me ver se eu não o estivesse vendo. Coberta pelo peso do feno sufocante, tive horas para reviver vividamente as mortes dos meus pais, irmãos e irmãs. Repetidas vezes, vi a cabeça de Eydís cair dos ombros até o chão.

Outras vezes, durante invasões do Açougueiro do Inverno ou de outras tribos, escondi-me em árvores, no subterrâneo de celeiros, em buracos especiais de esconderijo que fiz questão de manter até o final do século XVII, quando os invasores deixaram de ser parte do meu mundo. Durante horas fiquei agarrada a galhos de árvores, com a saia presa debaixo do corpo, tentando não sacudir uma única folha, derrubar uma única bolota de carvalho ou pinha. Fiquei em silêncio e parada até meus músculos gritarem de dor, até eu estar tremendo de frio e meu maxilar doer de tanto eu trincar os dentes. Quando finalmente pude me mexer, bem depois de eles terem ido embora, meu corpo estava tão duro que eu não conseguia descer. Eu caí, batendo em vários galhos e chegando ao chão com tanta força por cima do ombro que minha clavícula se quebrou.

Mais tarde, descobri um vizinho que se escondera em um depósito de feno, que foi incendiado com ele dentro. Outro vizinho se escondeu em um barril que foi aberto a machadadas quando os invasores procuravam cerveja. O vizinho também foi aberto a machadadas. Eu tive sorte, pois ainda estava viva, com ou sem a clavícula quebrada.

Todas as minhas lembranças de ter que ficar parada, em silêncio, todas aquelas lembranças associadas ao pavor, à dor e ao medo voltaram com tudo como um furacão, como demônios aos berros, enquanto eu permanecia sentada, petrificada e imobilizada no carro de Incy. Ah, deusa, me ajude. Ah Deus ah Deus ah Deus...

Ao meu lado, Incy riu. Ele se virou para olhar para Boz e Katy no banco de trás.

— Pronto! Todos vocês estão bem encasulados, não é? — Ele riu de novo. — Melhor ainda, vocês *calaram a boca*. Chega de resmungos e reclamações e hipocrisia. Fantástico! — Incy se virou para mim. — Está vendo o que sou capaz de fazer quando outras pessoas me dão o poder delas? Fico muito, muito poderoso.

Ouvi sons abafados no banco de trás. Incy obviamente tinha feito algum feitiço de aprisionamento em todos nós. Como aprendera a fazer isso?, perguntei-me com histeria crescente. Será que a misteriosa Miss Edna o ensinara isso também? Tentei trincar os dentes, erguer um dedo usando toda minha força, e gritei por dentro quando nada aconteceu.

Incy deu um suspiro. Tínhamos saído das ruas principais e estávamos agora em uma sem iluminação. Mãe do céu, para onde ele estava nos levando? Isso não podia estar acontecendo. Mesmo com todos os meus medos em relação a

Incy, nunca imaginei que as coisas fossem chegar a isso, nunca realmente acreditei que ele fosse se virar contra mim, me machucar.

Tentei dizer "Incy, você me ama!", mas era como estar presa em uma gelatina firme, e não consegui emitir som nenhum, nem mover o maxilar.

— Sabe, eu tentei de verdade, Nasty — disse Incy. — Tentei *mesmo*. Isso tudo é sua culpa. Você se colocou nessa situação, e você sabe. Não era assim que eu queria que as coisas acontecessem. Eu não queria você morta. Queria você ao meu lado, pão e manteiga, como antigamente. Nós dois, governando igualitariamente.

Meus olhos se arregalaram. Governando? Governando *o quê*? Espera... morta? *Morta?*

Incy estendeu a mão e segurou a minha, que parecia anestesiada; eu conseguia senti-la, mas estava dormente.

— Tentei tanto e por tanto tempo — continuou. — Fiz tudo o que você queria. Fiquei ao seu lado. Apoiei você em tudo que queria fazer. Mas nunca foi o bastante, não é? Você devia ter me agradecido. Devia ser grata. Mas foi embora sem dizer nada. *Sem dizer nada!* — Ele gritou a parte final dolorosamente alto, batendo com as mãos no volante. — Você me *abandonou!* — brigou ele. — Como ousa?! Como você *ousa?!* Você fugiu! Tive que sair *perguntando* pras pessoas! Ninguém sabia onde você estava! Você sabe o quanto isso foi *humilhante?* Todo mundo ficou surpreso por eu, sua *metade*, não saber onde você estava!

Eu realmente pensava nele como meu melhor amigo, minha metade. Parecia uma coisa boa. Agora via aquilo como se eu fosse um prédio, e ele, a hera venenosa cobrindo as paredes, bloqueando as janelas, entrando. Mais uma vez eu lutei, os braços tentando romper cordas que não estavam lá. Talvez o feitiço tivesse diminuído, ou ele não o tivesse feito certo, ou fosse passar... Não. Tentei gritar e mal consegui emitir um som parecido com *unnhh*. Estava me afogando, me afogando em um casulo de magick negra.

— E *você* — prosseguiu Incy, apontando para mim com o dedo como tinha feito no quarto do hotel. Isso tinha sido hoje? Apenas *hoje*, mais cedo? — Você tem um poder adorável. Mas ofereceu-se para compartilhá-lo comigo? Não. Você fugiu e deu seu poder para estranhos! Jogou-o sobre aqueles puritanos ridículos! E eles nem ligam para você! Não como eu!

Descobri que meus olhos ainda eram capazes de lágrimas. As pessoas se importavam comigo em River's Edge. De verdade. Não dei nada para eles em troca. Alguma vez eu disse obrigada? Ao menos uma vez? Eu não conseguia lembrar. Meus olhos ardiam. Todas as palavras de Solis sobre consequências, sobre causa e efeito, voltaram com força total à minha mente. Isso era o universo jogando uma bigorna na minha cabeça e gritando: "Você fez escolhas de merda, sua *idiota* colossal!" Porque nenhuma das dicas anteriores teve efeito.

Incy queria meu poder. Queria mais poder do que uma pessoa comum podia dar. Assim como nos meus sonhos, nas minhas visões.

Por que eu... Por que eu estava *desperdiçando tempo me sentindo um lixo?* Meu cérebro subitamente clareou, e meu pânico histérico foi temporariamente posto de lado. Eu lidaria com o arrependimento e o desespero infinito depois. Agora precisava me salvar, pelo menos para poder ir até River's Edge e pedir desculpas por ser eu e depois me esconder em uma caverna pelo resto da eternidade.

Concentrei-me. Dirigi meu foco a suprimir o pavor terrível que crescia em mim. Pense, Nastasya, *pense.* Lembrei-me de todas as aulas chatas de meditação impostas a mim. Inspirei profundamente e bem devagar: um, dois, três, quatro. Aqueles quatro segundos pareceram infinitos. A adrenalina atingiu meu cérebro quando expirei lentamente: um, dois, três, quatro. E mais uma vez. Puxe o ar para a barriga, dissera Anne. Inspire e expire só pelo nariz. Inspire calma e expire distrações externas. Respire. De novo.

Meu maxilar pareceu mais frouxo.

— Não tenho poder nenhum — consegui murmurar, quase incoerentemente.

Incy gargalhou, inclinando a cabeça para trás. Em seguida, seu rosto se contorceu e ele sacudiu o punho em minha direção. Não conseguia me mexer, não podia me abaixar. Ele bateu com o punho ao lado da minha cabeça, fazendo-a balançar.

— Não minta para mim! — gritou ele, na minha cara. — Você não para de mentir para mim!

Seu rosto estava feio, com manchas vermelhas. De repente, ele se inclinou e puxou o cachecol que estava ao redor do meu pescoço. Sentia-me tão submersa que fiquei chocada quando ele conseguiu encostar em mim. Ele o puxou várias vezes e o tirou do meu pescoço, então abriu a janela e jogou-o para fora. Meu *cachecol*, minha proteção... Agora eu estava completamente surtada.

Ah, meu Deus. *Respire.* Respire. Devagar. Inspire, dois, três, quatro.

Incy estava dirigindo como louco, voando pela rua escura. O carro deslizava toda hora na neve. Se batêssemos, Boz, Katy e eu ficaríamos presos, incapazes de nos mexermos. Se ele capotasse e o tanque de gasolina explodisse, nós queimaríamos e sentiríamos tanta dor que ficaríamos loucos. Mas não *morreríamos.*

Ele enfiou rispidamente a mão atrás da minha gola e seus dedos encontraram a cicatriz em alto relevo com facilidade.

— Você acha que sou burro? — gritou. — Sei quem você é! Sei *o que* você é! Achou que eu não conseguiria juntar as peças? Não! Sou! *Burro!* — Ele bateu no volante a cada palavra, e o carro ziguezagueou, o que fez meu estômago se revirar.

Ele *sabia?* Sobre minha família, minha herança? Como? Há quanto tempo? Será que só tinha ficado comigo para tirar proveito de mim? A ideia era esmagadora, e aumentou a tristeza e desilusão que sentia sobre tudo o que Incy e eu fomos um para o outro. Então ele sabia que eu era a única herdeira da Casa de Úlfur, o Lobo. Meu poder era supostamente imenso e antigo. E ele iria tomá-lo de mim.

— Você é uma *vaca* egoísta! — atacou-me Incy. — Mas te recebi de volta com braços abertos. Você não merecia, não depois do que fez. Mas recebi você de volta. — Ele olhou para mim com uma malevolência fria, e o carro deslizou de novo.

Nunca tinha me sentido tão impotente; o que era irônico, pois Incy estava fazendo isso tudo para obter o meu poder. Não tinha dúvidas de que ele já tinha mapeado uma forma de fazê-lo. Innocencio ia arrancar o poder da minha família, e, ao contrário de mim, tinha planos para ele. Veja o que ele conseguia fazer apenas roubando força de pessoas normais. O que faria com um poder tão grande, tão forte? *Eu* não fiz nada com ele além de tentar enlouquecer Nell. Não fiz *nada* com meu legado, meu potencial, minha herança. Agora, estava prestes a perder qualquer chance.

Eu tinha que sair dessa, tinha que aceitar quem eu era e o que era capaz de fazer, senão jamais voltaria a fazer qualquer outra coisa. Essa certeza caiu sobre mim como um manto, e quase chorei de desespero.

Existe um manual que lista armazéns abandonados para onde maníacos enlouquecidos podem levar suas vítimas? Na TV, nos filmes e nos livros, sempre parece haver um por perto onde o assassino da semana consegue se esconder e executar suas ações covardes.

Aparentemente, Incy tinha esse manual. Acho que o armazém dele era nos arredores de Boston, depois de Quincy, em uma área industrial que beirava o oceano. Ele parou o Caddy em uma área de carga e descarga e saiu, deixando os faróis acesos. Assim que saiu do carro, lutei de novo, tentando me contorcer, relaxar e me contorcer de novo para me libertar desse maldito feitiço de prisão.

Não sabia como Boz e Katy estavam se saindo. Não ouvi nada vindo deles e não podia me virar para ver.

Vi Incy pular em uma plataforma e abrir uma porta de metal que levava a uma escuridão profunda. Parecendo empolgado e determinado, ele voltou para ꞇ carro e abriu a porta de trás.

— Vocês primeiro — disse ele, cruelmente.

Ouvi sons de movimento e senti as pernas de alguém baterem nas costas do meu assento. Só quando Incy puxou Boz para o chão de cascalho e o arrastou para a frente que pude vê-lo. O rosto de Boz estava branco e molhado de suor. Seus olhos estavam entreabertos, sem foco, e sua boca, escancarada e mole. Incy colocou o ombro debaixo de um dos braços de Boz e o levou até a rampa de cimento que levava à porta aberta. Os pés de Boz se arrastavam desajeitadamente pelo chão; um passante poderia supor que estava completamente bêbado. Incy puxou Boz até o armazém, para o meio da escuridão, e minha garganta doía com os soluços. Incy tinha nos trazido até aqui para morrer. Eu não sabia por que ele iria incluir Boz e Katy nesta cena; ela era destinada a mim. Contudo, as mortes deles estavam nas minhas mãos.

Meu cérebro estava travado pelo pânico. Eu estava tentando lembrar qualquer coisa mágicka que aprendi, desde como afastar moscas até ajudar cebolas a crescerem, torcendo para que alguma coisa útil surgisse. Meus pensamentos eram aleatórios, desorganizados, vibravam lentamente de um lado para o outro como átomos em uma matriz super-resfriada. Ouvi um som abafado vindo do banco de trás, como se Katy estivesse tentando chorar ou estivesse com dificuldade para respirar.

Innocencio demorou séculos para voltar, não sei quanto tempo. Mas acabou voltando para buscar Katy.

Ele a pegou e puxou para fora do carro, com mais facilidade do que teve com Boz. Ela caiu como uma marionete sem cordas sobre o braço dele, parecendo inconsciente, exangue. Ocorreu-me que Incy provavelmente estava sugando o poder de Boz e Katy agora mesmo. E os estava machucando. Talvez até matando. Ele os usava para nos manter presos, para conseguir absorver o meu estoque muito maior de poder.

Ele acabou voltando para me buscar, sua terceira refém. Eu queria chutá-lo, gritar como uma harpia, mas o pouco que falei antes exigiu um esforço hercúleo. Pense, Nas. Eu precisava domar qualquer energia mental e mágicka que tivesse para o brilhante plano de fuga que eu tinha certeza que surgiria com detalhes na minha mente enevoada a qualquer segundo.

— *Tsc, tsc.*

Incy pareceu pesaroso quando abriu a minha porta. Eu estava envolvida em uma teia de aranha mágicka, um casulo dormente de total impotência. Ele abriu meu cinto de segurança e me puxou do carro como se eu fosse um peso morto.

— Incy — murmurei, lutando para endireitar meus pés enquanto ele me puxava pela rampa.

Ele franziu a testa para mim.

— Cala a boca. Você teve sua chance. Agora vai fazer o que *eu* quero.

Minhas pernas pareciam lâminas de grama, incapazes de sustentar meu peso, sem responder às minhas ordens indistintas. Na porta do armazém, senti um ar úmido e frio, e com ele veio a impressão inconfundível de corrupção e malignidade. Magick negra já havia sido feita ali antes. Atos terríveis e inumanos tinham sido executados ali. Passar pela porta reacendeu meu pânico, como se cruzar o limiar acabasse com meu último fio de esperança.

Incy me soltou e caí pesadamente no chão de concreto frio e empoeirado. Uma dor intensa irradiou do meu ombro até meu peito, tornando a respiração dolorosa. Ele puxou algumas correntes enferrujadas, e a porta de correr gemeu e chiou, descendo como um portão antiquado de castelo. Poeira entrou pelo meu nariz e boca, e eu queria espirrar, mas até esses músculos pareciam incapazes de se organizarem, então fiquei apenas com uma irritação incômoda nos seios da face.

— Sinto muito que a gente termine assim — disse Incy em tom de conversa quando me pegou por debaixo dos braços para meio que me carregar e meio que me arrastar para uma gaiola de metal. — Não precisava ser assim. Podia ter sido você e eu. Pão e manteiga. Dividindo seu poder.

Ele me colocou dentro da gaiola, que era também um elevador. Então apertou um botão, e a gaiola começou a subir sem firmeza, com cabos gemendo e engrenagens trincando. Ela parou com um movimento repentino que me fez perder o equilíbrio de novo e cair em cima da lateral de metal. Incy abriu o portão e passou um braço ao redor da minha cintura. Estávamos em uma sacada que ocupava três lados do prédio, com vista para o piso principal do armazém. Raios irregulares de luar entravam por buracos no teto de metal enferrujado e pelas janelas quebradas no alto das paredes. Estava gelado aqui dentro, tão gelado quanto ao ar livre. O próprio ar estava contaminado. Este lugar era poluído e sujo, e me enchia de uma repulsa apavorante a cada respiração. Incy conhecia este lugar. O que tinha feito aqui?

Pense, Nastasya, pense. Você é tão poderosa... mostre para nós. Pense em um feitiço, qualquer feitiço que você possa usar. Pense em *alguma coisa*, pelo amor de Deus. Ah, River, *me ajuda*. Sinto muito. Sinto muito!

Incy me puxou como uma mala pesada e desajeitada. Nossos pés chutavam poeira, que enchia minha boca e meu nariz, e eu daria tudo para poder cuspir ou espirrar. Vislumbrei uma luz de velas à frente; quando chegamos mais perto, vi as formas escuras e largadas de Boz e Katy ajoelhados no chão, com as mãos presas às costas, acorrentados a duas vigas de madeira com uns dois metros de distância uma da outra.

Tropecei, e pude ver seus rostos cinzentos e cabelos molhados de suor. Suas respirações eram rápidas e irregulares, e nenhum dos dois ergueu o olhar ou deu a impressão de saber que estávamos aqui. Imagens velozes dos dois ao longo dos anos piscaram em meu cérebro. Boz, vestindo um terno branco de linho, rindo e tomando champanhe; Katy, de preto dos pés à cabeça, com um dedo encostado nos lábios ao me ajudar a arrombar um cofre de parede. Vi o sorriso branco e lupino de Boz quando seus olhos se iluminavam ao ver uma nova vítima; vi os olhos castanhos de Katy quando ela rodopiava em um baile, com as saias girando ao redor do corpo.

— Aqui. Junte-se aos seus amigos. Vocês três podem ficar sentados aqui e pensar no quanto são hipócritas.

Incy me arrastou rudemente até uma viga à frente deles e me empurrou. Meu ombro machucado bateu nela, me fazendo ofegar intensamente enquanto a dor explodia na minha clavícula e nas minhas costas. Deslizei e acabei caindo de lado, quase de cara no chão de madeira imundo. Boz tentou olhar para mim, mas após um momento sua cabeça tombou de novo.

— Foi você que fez isso, não eu — acusou-me Incy, como se estivesse falando sobre uma mancha na minha roupa.

Ele pegou um pedaço de corrente e segurou meus ombros, me empurrando contra a viga, que tinha uns 30 centímetros e era inacabada, cheia de pregos velhos e grampos, além de coberta de farpas. Assim que a corrente tocou minha pele, me encolhi; era como se estivesse eletrificada. Estava enfeitiçada. Era antimagick, antivida. Eu não sabia que uma coisa assim existia.

Incy enrolou a corrente várias vezes nos meus pulsos, e ouvi o estalo de um cadeado. Sentia-me tonta e confusa, a corrente fria me queimando. Não conseguia alinhar dois pensamentos na cabeça. Via o que estava acontecendo à minha frente, ao meu redor, ouvia Incy falando, os sons engasgados e abafados que Boz e Katy emitiam; mas tudo parecia surreal, como se eu estivesse vendo um filme de terror com o canto do olho. Meu ombro ainda latejava, e agora percebi a dor de músculos distendidos, começando nos cotovelos. Senti a madeira crua e cheia de farpas contra meus pulsos.

— Nada disso precisava acontecer.

Incy balançou a mão em direção ao armazém e depois se inclinou na minha frente. Mesmo através da confusão na minha cabeça, vi um brilho amarelo por trás da negritude dos olhos dele. Por que não vi isso ontem? Anteontem? No verão passado?

— Eis sua chance — falou Incy. — Me dê seu poder e tudo isso pode acabar agora. Você não o está usando. Se der para mim, deixo Boz e Katy irem embora.

Ele voltou o olhar para mim, e me imaginei mostrando o dedo do meio para ele. Queria saber um feitiço que me deixasse controlar um dedo de uma das mãos.

Engoli em seco e quase engasguei com tal simples ação.

— Vá se ferrar — consegui dizer com dificuldade.

O rosto jovial de Incy mudou de novo, e ele começou a ter um ataque de fúria, gritando, batendo os pés e fazendo uma camada de poeira insuportavelmente incômoda girar ao nosso redor. Ele balançou um grosso pedaço de corrente, que acertou bem ao lado da minha cabeça, tão perto que o senti tocar meu cabelo. Mas só o que pude fazer foi piscar.

— Odeio você por me obrigar a fazer isso! — gritou, a dois centímetros do meu nariz. — Pelo que você está me obrigando a fazer a *eles*!

Incy girou a corrente de novo, que bateu na viga de Boz e arrancou um pedaço de madeira.

Ele estava furioso, fora de controle, gritando e cuspindo e chutando coisas. Pegou um naco de metal e jogou pelo armazém. O projétil bateu em uma janela velha, que explodiu.

Não havia motivo para pensar que ele nos deixaria viver. Eu sabia disso com uma certeza fria, o medo formando lágrimas sem sentido e ardidas nos meus olhos. Ele ia nos matar e tomar nosso poder. Ninguém sentiria nossa falta. Éramos calejados na arte de desaparecer. As pessoas concluiriam que assumimos outros nomes, fomos para outras cidades. Quem se importaria? Já tínhamos deixado para trás uma multidão de amigos decepcionados, conhecidos feridos e amargurados. Éramos fracassados, e nos perder não incomodaria ninguém.

Depois de tudo que passei, das dezenas de vezes em que enganei a morte, eu realmente morreria esta noite. Não morri 450 anos atrás. Hoje, isso aconteceria. Já estava tremendo de frio, e agora o medo renovado enviou outra onda de adrenalina para meu coração. Sentia-me nervosa e eletrizada, porém imóvel, como se tivesse tomado cem xícaras de café *espresso* e sido amarrada em uma fantasia de múmia logo depois.

Enquanto Incy falava e se inflamava, eu continuava vendo o rosto de River, o modo como ela olhava para mim com gentileza e compreensão. Vi Reyn, e lembrei o quanto ele me deixava irritada, o quanto eu o quis, o quanto não sabia nada sobre ele e o quanto devia tentar entender. Reyn estava lá no dia em que minha primeira vida terminou. Estava no meu presente quando tentei me tornar uma nova eu. Jamais o veria de novo. A ideia era chocante.

Incy parou de repente, com firmeza e fúria, na frente de Boz, que por sua vez ergueu a cabeça com dificuldade e piscou, os olhos perdidos. Ele era tão bonito, lindo mesmo. Eu o conhecia havia uns 90 anos, e vi sua aparência mudar ao longo das eras. Sempre fora o homem mais bonito em qualquer aposento, não de uma maneira extremamente masculina, e nem de um jeito "anjo caído" como Incy. Apenas loiro, com feições delicadas e olhos brilhantes. Agora ele estava em um estado de letargia, com a boca aberta e os cabelos desgrenhados, cobertos de sujeira e suor. Estava muito inclinado para a frente, com quase todo o peso sobre os ombros e as mãos acorrentadas atrás da viga. Ele lambeu os lábios lentamente e pareceu lutar por um minuto.

— Não faça isso, cara. — As palavras mal podiam ser decifradas; sua voz parecia presa na garganta.

— Boz. — Incy pareceu pesaroso ao se ajoelhar ao lado dele. — Sinto muito. Eu queria muito a Nas, mas você estava no caminho.

Que ótimo. Isso nem me assombraria para sempre. Por mais curto que meu "para sempre" fosse ser.

Com delicadeza, Incy esticou os braços e colocou as duas mãos no rosto de Boz, contornando-o com os dedos.

— Me dá seu poder, Boz, meu velho — sussurrou Incy.

Boz lutou para engolir em seco e formou, com fraqueza, as palavras:

— Vai... se... foder.

Os dedos de Incy apertaram o rosto de Boz.

— Me dá seu poder. — A voz dele estava baixa e mortífera.

— Não.

Vi a boca de Boz se mexer, mas não consegui ouvi-lo. Contudo, Incy ouviu. E começou a cantarolar, devagar e baixinho a princípio, depois aumentando a força e o volume. Não consegui decifrar nenhuma das palavras, mas mesmo a 3 metros de distância consegui sentir o rancor delas, o ódio. Minha pele se arrepiou quando senti fragmentos de magick negra se aglutinarem, subindo pelo piso de madeira como insetos atraídos pelo cheiro de lixo. Entrou pelos buracos no telhado, pelas janelas quebradas; eram tendões negros de mal e desespero se espiralando no ar como uma fumaça fria e oleosa.

217

Uma pessoa comum não teria sentido nada, mas todos os pelos dos meus braços estavam eriçados, e me contorci por dentro conforme as trevas cresciam.

— Pare — sussurrei, tão baixo que mal consegui me ouvir. Tentei limpar a garganta. — Pare.

Incy me ignorou e continuou a cantarolar. Ele tinha praticado isso, tinha planejado durante bastante tempo. Provavelmente desde que desapareci. Talvez até antes.

Katy observou a cena sem muita atenção, com as reações também entorpecidas. Será que ela entendia o que estava acontecendo? De repente, senti que, por mais que tivesse saído com Katy, viajado com ela, praticamente morado com ela algumas vezes, eu não a conhecia tão bem. Não conseguia saber o que ela estava pensando, o que faria se pudesse.

O tenor suave de Incy se tornou mais forte, mais rude, e suas palavras pareciam balas, chicotes repletos de intenção maligna. De repente, Boz pareceu despertar e começou a lutar. Seus ombros se sacudiram; ouvi as correntes batendo e se chocando contra a viga de madeira. Seus olhos se acenderam, e ele lançou um olhar descrente para Incy.

— Pare! — falei, cuspindo a palavra como a um pedaço de argila. Mais uma vez tentei me libertar, sem sucesso.

Um som saiu da garganta de Boz, animalesco e ininteligível pela dor e o medo.

— Tudo bem! Tudo bem! OK! Pega! — gritou ele, soluçando. — Pega! Mas pare com isso!

Incy sorriu com crueldade e continuou a cantar.

Boz começou a gritar, emitindo um som fraco e entrecortado. Seus olhos saltaram, e as pupilas invadiram as íris azuis como uma mancha preta de petróleo. O horror tomou conta de mim quando vi o mal roubando Boz de si mesmo. Lembrei-me da visão do irmão de Reyn sendo esfolado pela minha mãe durante o cerco. As palavras dela foram sombrias e terríveis como estas, e o rosto dela ficou quase irreconhecível. Ela levantou a mão, movendo-a na direção do invasor, e o amuleto pareceu brilhar com um poder apavorante. A pele dele se descolou e passou pelas roupas, armadura de couro e camisa de malha de metal. Vi com incredulidade o invasor parado como uma estátua de anatomia, músculos crus e tendões e ossos, olhos enormes e surpresos sem as pálpebras, sem sobrancelhas. Isso não o matou, é claro. Então Sigmundur pulou para a frente e cortou a cabeça nua do invasor, o que o matou de fato.

O poder da minha mãe era tão das trevas quanto este, tão do mal quanto, apesar de ela estar tentando salvar a nós, seus filhos.

— Pare! — pedi, e a palavra soou como um soluço, o que acabou com minha força, me fazendo sentir que ia cair na poeira e ficar cem anos desmaiada.

Mas Incy continuou a cantarolar, agora com a voz vitoriosa, a pele ruborizada de triunfo e vida, os olhos brilhando. O ar parecia poluído, sujo, como se eu estivesse respirando doença, respirando desgraça e desespero.

A voz de Incy se ergueu em uma euforia crescente. Suas mãos apertavam o rosto de Boz com tanta força que a pele brilhava ao redor das pontas dos dedos dele. Lágrimas escorriam dos meus olhos e pelas bochechas.

As costas de Boz se arquearam, e sua voz estava rouca e estrangulada. Katy virou lentamente a cabeça na direção dele, observando sem entender. Incy gritou as últimas palavras e deu um pulo com os braços erguidos, como um toureiro que acabou de matar um touro para a plateia.

A voz de Boz parou abruptamente. A apenas 3 metros de distância de mim, seu rosto... desmoronou para dentro, como se estivesse desinflando. Engasguei com um grito, e meu estômago se embrulhou com o que vi. Os ombros de Boz se dobraram e sua cabeça afundou no peito de uma maneira grotesca e nada natural. Sua pele estava cinza e esfarelada, murcha e enrugada para além de qualquer reconhecimento. Seu corpo tombou para a frente, sustentado apenas pelas correntes que prendiam as mãos nodosas. Era como se Incy tivesse sugado a própria alma de Boz, deixando uma casca ressecada e inumana, uma pele repulsiva e vazia que tinha sido meu amigo um dia. Tudo o que Boz era, tudo que foi, tudo o que fez na vida sumiu para sempre.

Nunca vi um imortal morrer sem que sua cabeça fosse cortada. Era impressionante, e por algum motivo me afetou muito mais do que as ocasiões em que vi um humano morrer. Não sabia que podia ser assim. Incy sabia.

O ar estalou com magick e trevas. O ar estava ao mesmo tempo intenso, lancinante e nojento ao meu redor. Tentei não respirar a podridão, e quase vomitei pelo tanto que me intoxicava. Incy estava rindo, dançando, tão cheio da vida e da energia de Boz que não conseguia ficar parado.

— Sou invencível! — gritou Incy, rodopiando e pulando perto de Katy e de mim. — Sou *invencível*!

Tentei não vomitar de repulsa e medo. Olhei para Katy e, por trás da imobilidade dela, vi pavor e entendimento. Ela sabia que o belo, egoísta e tolo Boz estava morto, sabia que alguma coisa indescritível tinha acabado de acontecer.

E aconteceria com ela e comigo. Fosse como fosse, uma de nós teria que assistir àquilo de novo.

Nesse momento, Katy começou a chorar. Seus ombros, puxados para trás de uma maneira tão estranha e dolorosa, tremeram. Ela sufocou com as lágrimas, tão engasgada quanto eu, e em determinado ponto pareceu desmaiar. Em seguida, ergueu a cabeça de novo, com lágrimas manchando a sujeira no rosto. Sua boca se abriu, mas se fechou sem dizer nada. Eu já a tinha visto bêbada antes, e também doente; rindo histericamente ou chorando com emoção compartilhada quando as pessoas ao redor de nós pulavam nas ruas no Dia da Vitória. Mas nunca a tinha visto assim, desgrenhada, suja, dopada, e muito além do medo, além do terror. Queria poder confortá-la.

Incy continuava a dançar ao nosso redor, vibrando com poder, cheio de magick Terävä, rindo loucamente e esfregando as mãos.

Por fim, ele rodopiou e parou na minha frente, parecendo profano com uma beleza terrível e sobrenatural.

— Nastasya... você é a próxima. Me dê seu poder, como o velho Boz aqui, e Katy não vai ter que bater as botas. Combinado?

Olhei fixamente para ele. Será que estava falando sério? Será que eu podia salvá-la? Mas... o que ele faria com meu poder? Nada de bom. Que escolha... O que River quereria que eu fizesse?

CAPÍTULO 24

A véspera de Ano-Novo parecia ter sido centenas de anos antes. Dancei em um círculo com todo mundo de River's Edge ao redor de uma fogueira e senti magick crescer em mim como um chafariz, como o nascer do sol. E tentei tirar as trevas de mim.

Depois, Reyn esperou por mim. No bosque coberto de neve, eu abri os braços para ele, que me beijou. Ele estava tão quente, tão forte... Contou-me o que queria — eu — e perguntou se eu também o queria. Fui uma idiota, uma idiota medrosa. Aprendi tanto lá, mas tudo voltava para mim como partes e pedaços não relacionados: cristais aqui, ervas ali, estrelas, nomes para as coisas, feitiços, óleos e fases da lua. Fui tão burra que nada se encaixara; nenhum dos pedaços formava uma janela de compreensão. Se eu pudesse tentar mais uma vez...

— O que diz, meu amor? — O rosto de Incy estava reluzente, tão perfeito e eterno quanto a pintura que vi no Met, cheia de vida e energia roubadas.

A voz dele me trouxe de volta ao presente terrível, no qual meus músculos estavam presos e com câimbras, meu cérebro energizado e frenético, esse feitiço irritante me prendendo com força em posição de vítima. Olhei para Incy, me concentrando no rosto dele, e uma palavra surgiu no meu consciente, indistinta a princípio e depois se formando de maneira mais completa: *fjordaz*. Fyore-dish. Era uma palavra antiga para se referir ao que Incy estava roubando; de alguma maneira, indistintamente, eu sabia disso. Ele pegou o *fjordaz* de Boz.

Onde ouvi isso antes? Da minha mãe? Sim. Era uma palavra da música que ela cantava para reunir seu poder. Lembrei-me de sua voz forte e linda cantando e da palavra *fjordaz* no meio. Será que ela estava invocando seu próprio poder? Tentando subverter o de outra pessoa? Fechei os olhos, tentando pensar.

— Tudo bem! — gritou Incy, e meus olhos se abriram quando ele pegou uma espada antiga, com símbolos inscritos na lâmina que fizeram minha pele se arrepiar. O metal brilhou à luz das velas quando Incy a ergueu. — Você sabia que existe mais de uma maneira de se esfolar um gato?

Meu cérebro lutou para acompanhar os pensamentos dele.

— Em Boz, eu arranquei o poder com ele ainda vivo, só para ver se conseguia. — Incy sorriu e mostrou os dentes. — E foi incrível. Espero que tenha sido bom para você. — Ele fez alguns passos de dança, batendo com a espada no chão como se fosse uma bengala. — Mas se eu cortar a cabeça de Katy fora, vou poder tomar o poder dela no ar. Mais fácil, não é?

— Espera! — falei. Eu estava esse tempo todo ajoelhada no chão frio, e meus joelhos ardiam e latejavam de dor. — Espera!

— Esperar? Você quer pensar no assunto? Não.

Incy andou até Katy e levantou a espada acima da cabeça dela. Katy piscou várias vezes, olhando para Incy, e a vi tentando se mexer, se levantar. Tudo parecia surreal, uma lembrança turva de um pesadelo do qual eu logo acordaria.

— Não! — Eu não conseguia gritar, mas usei o tom mais alto que pude. O som saiu distorcido, como se eu estivesse falando por um túnel de feltro. — Não, Incy, espera!

Katy estava tossindo, incapaz de chorar. Seus olhos estavam arregalados, ainda incrédulos.

Incy olhou para mim.

— Você está me obrigando a fazer isso — disse ele claramente, e baixou a espada.

— Katy! — falei, ao mesmo tempo em que ouvi o baque inesperadamente alto. Tudo em mim saltou para a frente, até as correntes me puxarem para trás. O grito inarticulado de Katy foi interrompido.

Meu queixo caiu quando vi a cabeça de Katy tombar no chão e rolar um pouco, virada para mim. Seus olhos se fixaram nos meus, piscaram lentamente apenas uma vez e então ficaram vidrados, como uma camada de mofo se formando sobre leite velho. Um jorro de sangue vermelho vivo surgiu do pescoço dela e pulsou para fora várias vezes, acompanhando seus batimentos. Em uma fração de segundos, voltei para a noite em que minha família inteira foi assassinada. Houve muito sangue naquela ocasião também. Eu andei por ele, com meus sapatos de lã e feltro afundando no tapete encharcado. Agora, vi o sangue de Katy, vermelho e reluzente no piso do velho armazém, escorrer na minha direção, formando pequenos córregos em meio à poeira. O cheiro pesado e acobreado atingiu meu nariz, enchendo minha boca.

Minhas entranhas se contorceram. Inclinei-me para o lado e vomitei, meu estômago em convulsão. As bebidas que consumi horas antes arderam com a bile no fundo da minha garganta.

Incy cantarolou durante o processo, mas então deu um passo rápido para trás para evitar que seus sapatos fossem sujos de sangue. Estava respirando com força, emitindo pequenas nuvens de fumaça, visíveis à luz fraca da lua. Seus olhos brilharam quando ele olhou para mim, e ele parecia maravilhado, impressionado, eufórico por ter realmente feito uma coisa tão hedionda e malévola.

— Está feliz agora? — perguntou, com o sangue pingando da espada que segurava em uma das mãos. — Está vendo o que me obrigou a fazer? É *sua* culpa! — Ele apontou para Katy. — Ela não precisava morrer! *Você* podia tê-la salvado! Mas *seu* egoísmo a matou!

As palavras dele teriam doído ainda mais se ele não estivesse tão animado. Foi nessa hora que meu ódio por ele começou a superar o feitiço de prisão, apenas um pouco.

— Eu odeio você! — falei, ainda com a sensação de língua pesada, mas com a voz mais forte do que antes.

Incy cambaleou para trás de choque; se pelas minhas palavras ou minha capacidade de dizê-las, eu não sabia. Mas agora elas jorravam de mim, assim como o sangue de Katy tinha jorrado do corpo dela.

— Odeio você! Odeio tudo em você! Você é louco! Mau! Está embriagado de poder! — Eu ia morrer mesmo, podia muito bem soltar a língua. Coloquei toda a frieza e repulsa que consegui na voz.

O rosto de Incy se contorceu de raiva.

— *Cala a boca!* É você que é das trevas! *Você* é má, até em sua alma pequena e murcha!

— Eu achava isso. Tinha medo disso — admiti. Ainda era difícil falar, não era um ato fluido e exigia esforço, mas eu conseguia emitir as palavras. — Tudo estava dando errado, e pensei que era por *minha* causa! Mas *não era! Eu* não te-

● 223 ●

nho problemas! Era *você* o tempo todo! É *você* quem é das trevas! — Queria soluçar de alívio pela minha percepção (supondo que fosse verdade), mas como estava prestes a morrer, não fazia muito sentido.

— Cala a boca! — gritou Incy de novo, sacudindo a espada sangrenta na minha direção. — Você não sabe o que está dizendo! Você me ama! Fiz tudo por você!

Meu queixo caiu.

— *Eu amo você*? Você está *maluco*? Olhe ao seu redor! Veja o que fez! Veja o que está fazendo *comigo*!

Minhas correntes rangeram e deslizaram sobre a viga. Senti o ardor intenso de farpas de madeira afundando nos meus pulsos.

Incy realmente olhou ao redor, e um momento de confusão cruzou seu rosto escuro e belo.

Balancei a cabeça.

— Mal consigo imaginar o Incy do passado, o meu amigo — falei. — Todas as lembranças que tenho de você estão arruinadas, mais feias do que eu me lembrava. Quero *apagar* você do meu passado, apagar tudo relacionado a você. — Falei essas palavras verdadeiras e dolorosas com mais calma, e isso levou Incy ao limite.

Dois círculos vermelhos de raiva surgiram no rosto dele.

— Você não está falando a verdade!

Assenti, e minha cabeça parecia pesar uns 25 quilos.

— Ah, acredite, estou sim, Incy.

— É?

Com um grito de raiva, ele pulou para perto de mim, balançando a espada. Eu mal podia desviar, e fechei os olhos para receber o golpe. A espada bateu na viga com muita força, fazendo-a tremer e, com isso, minhas mãos doerem.

Ele levou um segundo para soltar a lâmina afiada, e eu desejei muito poder chutá-lo e derrubá-lo. Visualizei-me batendo nele sem parar, pegando a espada...

Incy libertou a lâmina, deu um passo para trás e apontou-a para o meu rosto, então sustentou-a, ainda grudenta do sangue de Katy, a alguns centímetros dos meus olhos.

— Você me odeia, é? Então nem vou *fingir* que me sinto culpado por tirar seu poder.

Meu queixo se ergueu.

— Você não pode tomá-lo! Não vou deixar.

Incy riu, e sua gargalhada foi perturbadora e aguda.

224

— Como se você pudesse me impedir.

— Eu posso! — blefei, mas Incy não se deixou enganar.

Ele apontou para mim e disse algumas palavras, e na respiração seguinte eu caí pesadamente, mal conseguindo mexer até mesmo os olhos. Ele fortaleceu o feitiço de prisão, e eu queria gritar de frustração e raiva. Meus olhos ardiam pelas lágrimas de novo, e eu não conseguia acreditar que ele venceria assim, que eu não poderia lutar contra isso.

— Seria melhor se você estivesse me *dando* seu poder — admitiu Incy em tom de conversa. Ele se inclinou e começou a traçar um grande círculo ao nosso redor usando o sangue de Katy. Aparentemente, tirar meu poder exigia mais organização, mais preparação do que para tirar o de Boz e Katy e o de qualquer pessoa comum. O aroma horrível de sangue junto com o fedor de vômito e álcool fez meu estômago saltar de novo. — Mas tenho certeza de que consigo tirá-lo, mesmo contra sua vontade. Na verdade, vai ser um desafio interessante.

Eu queria gritar, mas meu maxilar parecia de borracha, além de grande demais para o meu rosto.

Antes de Incy fechar o círculo, ele colocou quatro pedaços grandes de hematita nos quatro pontos cardeais. Em seguida, pegou mais sangue e desenhou uma estrela invertida grande no meio do círculo, no formato de um pentagrama. Eu vira Anne usar isso em um ritual de cura. Como todo o resto, não era uma coisa das trevas por si só. Tudo pode ser uma coisa ou outra, da luz e das trevas. Depende da intenção de quem usa.

Em seguida, Incy posicionou oito velas pretas e quatro roxas, acendendo-as com um isqueiro prateado comum. As velas adicionais tornaram o quadro todo ainda mais doentio: o sangue de Katy agora reluzia em um vermelho mais vivo, o rosto de Boz, encolhido como uma maçã seca, parecia levemente esverdeado. As luzes criavam sombras profundas nos cantos do enorme armazém. Eu queria que um helicóptero de trânsito sobrevoasse o armazém; a equipe poderia relatar uma suspeita de vandalismo e os policiais viriam...

— Todo esse poder adorável — cantarolou Incy. — O poder adorável de Nas. Meu, todo meu. Vou ficar tão forte! Miss Edna vai ficar impressionada. Talvez fique até com medo. — Ele riu.

— Quem é Miss Edna?

Minha língua estava inchada na boca, relutante em formar palavras. Senti-me extremamente ciente, tanto quanto encasulada. Cada segundo demorava uma eternidade para passar, mas eu não conseguia me mover, nem sentir mais as mãos.

225

— Vai ser delicioso. — A voz de Incy estava cantarolada e infantil. — Delicioso e nutritivo. — Ele se empertigou e olhou para mim. — Miss Edna. Miss Edna é... muito velha. Muito poderosa. Mas não tanto quanto seu mestre. — Ele balançou a mão. — Na verdade, este armazém pertence ao mestre dela.

Puta merda.

— *Mestre* dela? — Nós sequer tínhamos coisas desse tipo?

Incy riu de novo e voltou aos preparativos do feitiço das trevas.

— Quem é o mestre dela? — Minha língua ainda parecia inchada; ainda era difícil falar.

Incy franziu a testa e balançou um dedo para mim.

— Não é da sua conta! Agora cala a boca!

Um mestre?

— Vou ficar tão, tão forte — cantou Incy.

Ele parou em cada pedaço de hematita e repetiu palavras, expressões que pareciam cheias de ambição e desejo pervertido.

Logo, eu estaria morta. Era uma percepção estranha. Houve vezes nesses meus 459 anos em que desejei estar morta, definitivamente. Mas só agora, neste ano, neste mês, neste *dia*, eu sabia o que significava estar viva. Que eu até mesmo tinha um propósito na vida. Eu costumava ver o futuro como uma enorme mandíbula aberta no tempo, cuja profundidade se estendia sem sentido, infinitamente. Agora, tudo seria encerrado na próxima hora. Era... tão inesperado.

Se ao menos River...

E então um pensamento invadiu minha cabeça, dissipando a névoa. River era incrivelmente forte por ser da casa de imortais de Gênova. Também por ser muito velha e ter estudado magick profundamente por séculos. Mas muito do que ela tinha era *só por ter nascido naquela casa*. Eu nasci na casa de imortais da Islândia. Eu era como River. Potencialmente tão forte quanto River. É claro que eu era completamente destreinada, não tinha conhecimento algum, era completamente ignorante e só fazia besteira. Mas... eu era a única sobrevivente da Casa de Úlfur, o Lobo. Meu poder foi o motivo de Incy me querer desde o começo. Se *ele* podia acessar meu poder, *por que eu não poderia*?

A ideia era incrível, como se alguém tivesse jogado champanhe no meu rosto. Os pensamentos começaram a disparar com claridade organizada pela primeira vez desde que Incy me sequestrou. Com grande esforço, coloquei de lado minha dor e desgosto pelas mortes de Boz e Katy e olhei para Incy. Ele estava indo de vela em vela, cantando um verso curto para cada uma. Parecia solene, se achando importante e profundamente feliz. Estava determinado e concentrado de uma maneira incomum. Nunca quis tanto alguma coisa na vida quanto isso.

Eu era forte. *Muito* forte. Sobrenaturalmente forte. Pensei em Helgar. Trabalhei para ela como empregada em Reykjavik quando tinha vinte e poucos anos e já era viúva. Foi Helgar quem me reconheceu como imortal e quem me contou isso, para minha surpresa. Ela me contou sobre nossa magick, como nascíamos nas trevas e vivíamos nas trevas, e que era assim e pronto. Essa foi minha verdade durante quatro séculos e meio. Agora, com a idade avançada, eu me agarrava a uma nova verdade: que podemos *escolher* ser da luz ou das trevas, bons ou maus. Era uma verdade tão impressionante, com tantas implicações. Eu queria ter dias só para pensar nisso, em vez de minutos para lamentar a falta de esclarecimento por tanto tempo.

Helgar descrevera nossa magick como uma cobra negra, sempre enrolada dentro de nós. Quando fazíamos magick, abríamos nossas bocas e chamávamos a cobra.

Eu só sabia alguns feitiços básicos e nem conseguia me lembrar deles. Minha cobra negra estava adormecida.

Incy fechou o círculo, olhou para mim com atenção e se ajoelhou no centro. Então colocou as mãos sobre os olhos e começou a cantarolar.

Sou muito forte. Tenho um poder enorme, como River.

Abri a boca.

Essa era a extensão do meu plano. Deixei meus olhos perderem o foco e pensei no meu poder, nos poucos pequenos feitiços que eu sabia, nas aulas que tive. Pensei em minha pedra da lua e percebi, com um susto, que ela estava no bolso da minha calça. Eu a tinha colocado ali automaticamente, por puro hábito. Pensei em minha pedra da lua, no quanto a amava, em como ela parecia ser parte de mim.

Certo, cobra negra, pensei pela primeira vez na vida. Estou te chamando agora. Em seguida, pensei: cobra negra, eca. Que seja uma cobra branca. Não. O poder era meu, e ia ser... uma pomba, uma pomba branca para mim, caramba. Certo, pomba branca, pomba branca, pomba branca... venha até mim.

Fechei os olhos e vi o rosto de Reyn, olhando furioso para mim. *Não seja bundona*, ele parecia estar dizendo. *Simplesmente o evoque! Pare de depender de outras pessoas para fazerem as coisas por você!*

Incy agora cruzou as mãos na frente da boca. O timbre da música tinha mudado. O ar pareceu mais frio, bem mais malevolente. Mais uma vez, percebi magick negra subindo pelo piso como criaturas nojentas e asquerosas, entrando pelas janelas quebradas como um vento do mal, deslizando pelos buracos enferrujados no teto junto à luz inocente da lua.

Hvítr dúfa. Pomba branca, na língua da minha terra natal, na língua dos meus pais. *Hvítr dúfa*, venha para mim. Será que funcionaria se eu não a estivesse chamando de cobra negra? Não sabia. Só sabia que se eu imaginasse uma cobra negra saindo da minha boca, vomitaria de novo.

Hvítr dúfa, venha para mim.

Meus pensamentos foram interrompidos como se estivessem sofrendo interferência estática. A música de Incy estava ficando mais alta. O que eu estava fazendo? Por que estava com tanto frio? Havia trevas em todos os lados, chegando mais perto de mim como ondas, lambendo as beiradas do círculo.

Ah, *hvítr dúfa*. Pense, Nas, se concentre. Comecei a murmurar uma coisa qualquer, o que me veio à mente. Esperava que fosse a música que eu usava para evocar meu poder, mas a essa altura, eu já não fazia ideia. Estava exausta, e minha energia remendada parecia se esvair.

Eu tinha minha pedra da lua. Minha mãe teve uma pedra da lua. Forcei-me a continuar emitindo um som, a manter a imagem nítida de uma pomba branca em minha mente, mas ela estava desbotando, e eu queria chorar.

Os dedos negros das trevas estavam se aproximando cada vez mais. Em pouco tempo estariam tocando meus pés, minha cabeça, minhas mãos, me arranhando, entrando sob minha pele. Em pouco tempo eu os sentiria alcançar meu cérebro e começar a penetrá-lo, invadir meus pensamentos, minha alma.

Mais uma vez, cantei para evocar meu poder ancestral. Libertei-me da dor física, da angústia emocional. *Eu era poder*. Inspire, dois, três, quatro... *Hvítr dúfa*... minha pomba. Minha pomba. Minha pomba branca de poder. Minha herança, meu direito de nascença. Minha mãe. Meu pai. Islândia. Será que eu estava imaginando coisas ou a pedra da lua estava ficando mais quente? Continuei a murmurar, a cantar baixinho, sempre de olho em Incy. Ele estava de pé agora, com os braços nas laterais do corpo. Sua voz estava forte, a nitidez suave manchada pela intenção cruel da música. As palavras eram sujas e antigas, tinham sido usadas para promover morte e destruição por milênios. Com o pânico levemente controlado, senti as trevas ao meu redor se intensificando, ficando mais densas.

Incy estava chegando a um pico. Seu rosto estava coberto de suor, seus olhos, selvagens e cegos, mas sua alegria era evidente. Ele ergueu as mãos para o teto e lentamente girou em um círculo.

O feitiço me tocou como ar glacial vindo de um oceano ártico. Tremi de frio e fechei os olhos, expirando meu cântico de poder, sentindo que jamais ficaria quente de novo. Eu era um condutor, um veículo a ser preenchido pela herança da minha família. Não estava tirando poder de Incy, do piso de madeira, do ar noturno; estava canalizando, deixando que se deslocasse dentro de mim. Não desistiria. Não deixaria que ele vencesse sem resistência. Não deixaria que ele e nem ninguém tirasse o que era meu. Meu poder seria meu para sempre. O frio se espalhava sobre mim como heras. Quando abri os olhos, minha visão estava embaçada. Em pouco tempo, as trevas da mente de Incy desceriam pela minha garganta, entrariam pelas minhas orelhas e meus olhos, e tudo estaria acabado.

Haft, haft, efta gordil, efta alleg, cantei. As palavras eram ancestrais, de antes mesmo dos meus pais nascerem, elaboradas pelos Antigos no nascimento da magick. *Hvítr dúfa, eilil dag... myn hroja, myn gulfta...* minha pomba branca. Eu a visualizei, vislumbrando cada pena, os olhos pretos como os meus. Era o *meu* poder. *Eu* o controlava. Meu poder não tinha limites! Estava nas asas da minha pomba, tão forte e leve, nas penas brancas, abertas como raios do sol. Minha pomba estava vindo a pedido meu, assim como suas encarnações diferentes tinham atendido ao chamado dos meus ancestrais durante séculos. Era muito mais forte do que a colcha de retalhos de Incy, o *fjordaz* roubado. Este era *meu*, como meus ossos, meu sangue.

Agora Incy gritava, girando e girando. A cada volta que dava, o aperto terrível ao redor do meu pescoço ficava mais forte. Eu ia desmaiar. De repente, Incy bateu o pé e ficou imóvel, então baixou o braço com força, como que silenciando uma orquestra.

Minha visão se esvaiu. Não conseguia mais enxergar. Um garrote de magick negra apertava minha garganta...

Hvítr dúfa, *eu liberto você! Eu liberto você!* Na minha mente, me vi lançando as mãos no ar, libertando o poder do meu clã... e então, para minha surpresa, uma onda enorme de poder me percorreu, eletrizando cada célula do meu corpo! Minhas costas se arquearam com violência, e minhas mãos foram puxadas com força contra a viga de madeira. Como se eu tivesse sido atingida por um raio, meus cabelos ficaram de pé e minha pele começou a queimar, parecendo que ia rachar. Meu nariz se encheu de sangue e uma dor lancinante nos meus ouvidos me fez gritar. Senti alguma coisa sair de mim, uma coisa enorme e tangível, como se eu tivesse conjurado um imenso demônio de poeira que estava se afastando de mim para fazer o que mandei.

Em uma fração de segundo, o feitiço de prisão de Incy foi rompido: eu estava completamente desperta e vibrando com geração após geração de poder imortal. A corrente prendendo minhas mãos arrebentou, e o metal destruído voou para todos os lados.

A 2 metros dali, o círculo de Incy explodiu. As velas se apagaram e as hematitas deslizaram pelo chão. Incy deu um pulo como se tivesse levado um tapa, sendo quase derrubado no chão. Ele balançou, se equilibrou e olhou fixamente para mim, com a boca aberta em choque.

Eu mesma não conseguia acreditar. Estava tomada de exultação e humildade.

— Você *nunca* vai pegar meu poder! — sibilei, esticando os ombros dolorosamente. Quando voltei a sentir as mãos, com uma ardência latejante, tive vontade de chorar, e os músculos das minhas pernas gritaram quando fiquei de pé o mais rápido que consegui. — *Nunca* vai ter força o bastante! Você é patético!

Com um grito de raiva, Incy partiu para cima de mim. Suas mãos se fecharam ao redor do meu pescoço, e eu percebi de repente que meu poder tinha sumido, que foi usado completamente naquela explosão única. Eu não sabia o bastante para conseguir sustentá-lo, para bolar outra coisa.

Merda, pensei enquanto tentava chutá-lo, o xingando e dizendo todas as coisas horríveis em que conseguia pensar.

— Você é um assassino, você é louco. Eu *odeio* você, *sempre* vou odiar...

Mas ele era mais forte e começou a me sufocar.

— Como ousa lutar contra mim! — rosnou Incy. — Como ousa tentar ser mais grandiosa do que eu! Você não entende? *Eu* sou o motivo de você ter estragado tudo com os puritanos! Fui eu quem tornou sua vida um inferno! Eu coloquei veneno na sua existência, para mostrar o quanto seu lugar não era ali, o quanto você precisava de mim! Mas mesmo assim você não viu!

Ele estava balançando minha cabeça para a frente e para trás. Senti tontura e enjoo, e tentei segurar as mãos dele, os pulsos. Entre balanços de cabeça, Incy apertou mais o meu pescoço, cada vez mais, e eu tossi ao tentar inspirar. Meus pulmões começaram a doer, e senti vertigens.

— Vá se foder! — falei, sem forças, e mordi a língua quando ele me sacudiu. *Merda!* — Odeio você! Você é um fracasso! Um perdedor! Um *poser*!

— *Você* é o fracasso! — rebateu. — Uma desgraça! Seus pais teriam vergonha de você, de sua fraqueza! Teriam desejado matar você eles mes... *aighh!*

Tudo bem, ele podia ser mais forte do que eu, mas tinha uma vulnerabilidade crucial, certo, moças? Pontos para mim por ter lembrado. No segundo seguinte, enfiei o joelho nas coisas dele com toda força que consegui. Ele ficou paralisado, depois fez um som estrangulado. Tirou as mãos do meu pescoço e caiu no chão, encolhido e ofegante. Foi como *magick*!

Essa era minha chance. Pulei por cima dele, torcendo meu tornozelo ainda dormente ao cair de qualquer jeito. Peguei a espada que ele tinha deixado cair e parei acima dele. Os olhos de Incy saltaram, e ele tentou me chutar e se levantar, sem sucesso, fazendo uma careta e choramingando de dor. O suor pingava da testa dele e sua pele estava cinzenta.

— Vou te matar! — conseguiu dizer, a fúria fazendo as veias em sua testa saltarem.

— Quem está segurando a espada sou eu, gênio! — rosnei.

Ele lutou para se apoiar em um joelho e esticou o braço na minha direção. Levantei a espada, pensando no que ele tinha feito com a minha vida, no que tinha feito com minha vida em River's Edge. Ao longe, pensei ouvir baques e estalos, mas cada sentido estava alterado pela onda mágicka, e eu não podia confiar nos meus ouvidos.

— Você merece morrer! — falei, me sentindo poderosa e invencível. — Depois de tudo que fez. Você matou Boz e Katy! Quase me matou!

Incy ainda tentava se levantar, e prestei atenção na posição dele para o caso de precisar chutá-lo nas bolas de novo.

— Ah, como se você fosse capaz de usar essa espada — desdenhou, mas vi medo por trás dos olhos dele.

Dei um sorriso cruel, um que tinha praticado muitos anos atrás, por diversão.

— Você ficaria surpreso — falei, com meu melhor sorrisinho, e o vi hesitar.

Em seguida, dei vários passos para trás, caso ele tentasse saltar, e baixei a espada, sentindo os braços tremerem no momento em que tomei uma decisão.

— Eu *sou* mais forte do que você. Porque... não vou matar você, seu fracassado. — Inspirei tremulamente, me perguntando como poderia incapacitá-lo por tempo o suficiente para sair daqui. — Você merece morrer — repeti. — E eu *poderia* matar você agora mesmo, e ninguém na face da Terra sentiria falta. Mas sou *melhor* do que você, seu *merdinha*! — Acabei a frase gritando, furiosa novamente, então arranquei o anel que ele tinha me dado e joguei pela sacada.

Em seguida, o chão tremeu, e ouvi outro grito de raiva, ainda mais alto. Incy ergueu o olhar, com a expressão mudando para choque e raiva...

...por causa do invasor do norte furioso que corria pela sacada.

Então eu *tinha* morrido afinal. Depois de tudo aquilo, por mais que eu tivesse me esforçado, Incy conseguiu me estrangular. Estava acabado. Como se estivesse muito distante, vi Reyn agarrar Incy pelo casaco e jogar longe. O paraíso era assim: ver Reyn dar uma surra em Incy. Imaginei que poderia assistir a isso por toda a eternidade. Não era ruim.

E então, várias coisas me ocorreram ao mesmo tempo: eu era imortal, não podia ser morta por estrangulamento. O paraíso provavelmente tinha um cheiro melhor e era mais quente. Eu não sabia se o céu existia, e era um tanto improvável que eu fosse para lá, caso existisse. Além do mais, River, Asher, Solis e Anne estavam correndo em minha direção.

Parecia que eu estava viva, afinal, e que tudo tinha acabado.

CAPÍTULO 25

ão completamente.

— Nastasya!

Asher olhou para o meu rosto, tirou a espada da minha mão dormente e examinou meus pulsos, que estavam machucados, cortados e arranhados. River e Solis foram tirar Reyn de cima de Incy, que estava resistindo, mas não tinha chance de vencer contra uma pessoa que nasceu e cresceu derrotando outras pessoas. River disse alguma coisa e desenhou um sigil no ar, e Incy desmoronou como um saco, com os olhos vidrados para o teto. Solis segurou o braço de Reyn para o afastar, pois ele estava acima de Incy, ofegante e com os punhos cerrados.

Agora que Incy não era mais uma ameaça, me senti tonta e ridiculamente cansada. Percebi que Solis e Anne estavam com Boz e Katy. Ouvi-os murmurando orações e fiquei terrivelmente ciente de que eu levara isso para as vidas deles.

Eles estavam aqui. Durante meus piores momentos com Innocencio, eu desejei ver River de novo, ter outra chance de me acertar com Reyn. Agora estava profundamente aliviada e agradecida, mas também incrivelmente deprimida por eles serem testemunhas do ponto mais baixo da minha vida. Eu desprezei o dom da sabedoria deles, abandonei-os e imediatamente me meti em uma quantidade absurda de confusão. Essas pessoas, cujas opiniões eram muito importantes para mim, estavam me vendo em um momento de derrota completa. Caí de joelhos.

River veio e se ajoelhou ao meu lado. Lembrei-me de quando nos conhecemos; ela veio e se ajoelhou ao meu lado na ocasião, enquanto eu espremia água gelada de vala da minha estola de pele de raposa. Agora, eu não queria olhar nos olhos dela, mas me obriguei. Vi preocupação, aflição e amor. Meu nariz ficou entupido do jeito que ficava antes de eu começar a chorar. Ela afastou meu cabelo magenta-flamingo com uma das mãos e nos viramos para observar a cena. Parecia bem pior agora, vista toda de uma vez, sem eu estar enfeitiçada: o armazém, a casca ressecada de Boz, Katy decapitada, o círculo de sangue, as correntes, as velas usadas para fazer a magick má e odiosa. Eu não via como poderia esquecer isso, e meu triunfo sobre Incy, sobre as trevas, evaporou como fumaça.

Os límpidos olhos castanho-claros de River se prenderam aos meus. Sua mão massageou meu ombro com cuidado, e a dor me fez ter vontade de vomitar de novo. Ela se inclinou para perto do meu ouvido e falou, apenas para mim:

— Isso é muito ruim. Mas já vi cenas piores. Você vai superar.

Comecei a chorar.

— Meu rosto não é tão expressivo assim.

Meu nariz estava gelado. O resto do meu corpo estava quente. O colchão sob mim era duro. Como teste, estiquei a mão para o lado e rapidamente encontrei a beirada da cama. Era estreita. Lentamente, prendendo a respiração, abri os olhos. A primeira coisa que vi foi a rachadura no teto, no formato do Brasil. Deixei meu olhar vagar e vi meu pequeno guarda-roupa de madeira, a porta do meu quarto. A moldura de metal no pé da cama. Minha pia. A mesinha de cabeceira. Minha janela.

Meu quarto na casa de River.

Foi nessa hora que eu soube que estava sonhando. Fiquei completamente parada, para que não acordasse. Daria qualquer coisa para isso ser verdade, para ser a realidade. Mas eu sabia que logo acordaria em um fabuloso quarto de hotel em Boston, com uma cama macia e grande e cheia de travesseiros. Alguém entraria falando alto, pedindo serviço de quarto. Eu me sentiria péssima até ter tomado quatro xícaras de café. Em seguida, viria um dia de compras, comer, passear, seguido de uma noite no teatro ou em uma nova boate esnobe ou um restaurante importante. Em resumo, uma existência insípida, sem propósito, estúpida. Um pesadelo.

Fechei os olhos de novo. Mas não era um pesadelo tão grande quanto o que tive de Incy matando Boz e Katy naquele armazém. Tudo pareceu *tão real*... Por que eu ficava tendo esses sonhos, essas visões?

Ouvi uma batida na porta e ignorei. Devia ser a camareira. Se eu abrisse os olhos de novo, despertaria de verdade, e a ideia de acordar em Boston com Incy me encheu de desespero.

A porta se abriu. Fingi estar dormindo, e senti cheiro de... *ervas?*

— Sei que está acordada — disse River, e meus olhos se arregalaram.

Era ela mesmo. Eu realmente estava aqui. Franzi a testa e lembrei. Minha última lembrança era... Ah, meu Deus, aquilo tudo *aconteceu?* A atrocidade indescritível no armazém? Aquilo foi *real?* Ah, *deusa.*

— Sente-se e beba isto — sugeriu River.

Naquele momento, vi meus pulsos, manchados de hematomas roxos, cobertos de furos das farpas da viga. Minha garganta doía. Levei uma das mãos ao pescoço; alguém tinha amarrado um lenço fino ao redor dele. Fiquei emocionada com essa atenção, e senti meus olhos se encherem de lágrimas. Peguei a caneca da mão de River e bebi.

Um novo horror tomou conta de mim quando me lembrei de mais e mais coisas que tinham acontecido. River se sentou na cama. Eu não conseguia olhar para ela, então apenas tomei o chá de ervas e deixei as lágrimas escorrerem dos olhos.

— Eu... sinto muito — sussurrei, olhando para o edredom.

— Eu sei — disse River.

— Innocencio... Ele está morto?

— Não. O pobre Incy vai ter que aguentar os talentos curandeiros da minha tia Louisette — respondeu. — Nell se mudou para a Inglaterra, para outro centro de recuperação. Acho que Incy vai ficar com Louisette por um bom tempo.

— Mas ele não pode ser ajudado, pode? — Ouvi o ceticismo na minha voz.

— Acho que sim, pode — falou River.

Meu Deus, se Incy podia ser ajudado... então eu era um *piquenique.*

Houve outra batida na porta, e Anne entrou com uma bandeja. Encolhi-me de horror ao ver a tigela de sopa e o pedaço de pão, me lembrando da noite em que abandonei a casa... apenas alguns dias atrás? As trevas de Incy, disfarçadas como minhas, tinham estragado a refeição.

Anne colocou a bandeja no meu colo e se encostou na minha cabeceira.

— Toda hora esqueço sobre seu cabelo — comentou secamente. — O que aconteceu com você?

Passei os dedos pelas mechas magenta.

— Na verdade, acho que o que aconteceu foi que Incy me possuiu — falei lentamente, tentando lembrar as palavras que ele lançou contra mim... quando? Ontem à noite? — Que dia é hoje? Quanto tempo dormi?

— Umas 18 horas — respondeu River. — O que você quer dizer com Incy te possuiu?

— Ontem à noite, quando estávamos brigando, falei tudo de ruim em que consegui pensar, o quanto eu o odiava, o quanto ele era horrível e patético e eu era bem mais forte do que ele e então... — Parei de falar, constrangida.

Certamente não tinha demonstrado essa capacidade maravilhosa fazendo qualquer coisa certa aqui. Peguei o pão, parti um pedaço e mergulhei na sopa alaranjada. Não esperava conseguir comer de novo depois do tanto que fiquei enjoada por tudo que aconteceu, mas percebi que estava morrendo de fome.

— Você é muito mais forte do que ele — garantiu River. — E então o quê?

— Ele disse que eu não era forte o bastante para impedir que ele entrasse. Disse que ele era o motivo de tudo ter começado a dar errado para mim aqui. Foi ele quem fez todas as coisas ruins acontecerem: meus feitiços que deram errado, as discussões, minha demissão. Disse que ele fez tudo aquilo, que estava mandando feitiços ruins para mim e que isso destruiu tudo ao meu redor.

River e Anne se entreolharam.

— Vou pedir a Solis e Daisuke para fazerem uma varredura — avisou Anne, e saiu do quarto.

— Se isso for verdade, então tem alguma coisa aqui que ele estava usando para te atingir — explicou River. — Se tem, eles vão encontrar e destruir. Mas não consigo acreditar que Incy seja forte o bastante para fazer esse tipo de magick.

— Não sozinho — falei, lembrando. Contei a River tudo o que Incy falou sobre a misteriosa Miss Edna; não que ele tenha dito muito. A história do bar de Miss Edna me fez tremer de novo, e baixei a cabeça nas mãos. — Eu trouxe isso tudo para cá — murmurei com as bochechas quentes.

— Trouxe — disse River. Ela pegou um pedaço do meu pão e comeu. — Mas não se gabe de ser a pior, ou de isso ser o pior, ou de você ter batido um novo recorde em fazer besteiras.

— Você só está tentando me fazer sentir melhor — argumentei, e tomei um pouco da sopa. Era de abóbora manteiga com curry, absolutamente fantástica; o primeiro alimento de verdade que comi em dias.

River sorriu rapidamente.

— Sim. Não estou tentando minimizar o que aconteceu. Foi incrivelmente ruim. Profundamente das trevas, muito do mal. Incy é uma pessoa perigosa, e provavelmente continuará assim por um tempo. Lamento muito as duas mortes que ele causou. Lamento por qualquer parte que você tenha tido nesse fiasco todo.

Agora me sentia terrível de novo. Pousei a colher na bandeja.

— Mas você não fez Incy ser das trevas; você não matou aquelas pessoas — tranquilizou-me River. — E isso, apesar de trágico, ainda não é tão ruim quanto o que outras pessoas trouxeram para cá ao longo dos anos.

Eu estava louca para saber o que e quem, mas achei que seria inconveniente perguntar.

— Como o quê, e quem?

Peguei a colher de novo.

River deu um pequeno sorriso.

— Não vou trair a confiança de ninguém. Mas aposto que, nos próximos dias, as pessoas vão se sentir compelidas a contarem suas histórias. Algumas vão fazer seus cabelos se arrepiarem. E algumas delas provocaram consequências infelizes e até desastrosas para nós aqui.

Ah, graças a Deus.

Você entendeu.

Mesmo assim, eu ainda estava envergonhada pelo quão mal aproveitei meu tempo aqui. E todo mundo, todos os outros alunos obviamente saberiam o que aconteceu. Não, não seria *nada* constrangedor encarar todo mundo de novo. Seria *fabuloso*. Ugh.

Comi devagar. River segurou minhas mãos uma de cada vez e espalhou uma espécie de unguento nos hematomas e cortes de farpas. Tinha cheiro de borragem, óleo de árvore-do-chá e parafina, e ofereceu alívio imediato. Ainda tinha muita coisa que eu queria saber: como eles souberam que eu precisava de ajuda? Como conseguiram me encontrar? O que aconteceu com os corpos de Boz e Katy? Onde estava Reyn? Por que ele estivera lá?

De repente, me senti exausta, esmagada pelo peso do que tinha acontecido. Apesar do que River disse, era uma situação terrível, e eu me sentia maculada.

Só que...

— No final, derrubei Incy no chão — contei, devagar. — Peguei a espada, a que ele tinha usado para... enfim, eu estava com tanto ódio dele, e ele tinha tentado me matar, e matara meus amigos, e me enviara coisas ruins quando eu estava aqui. E eu queria matá-lo. Eu me vi matando-o, visualizei Incy morto para sempre.

🌼 237 🌼

River ficou sentada em silêncio, ouvindo de um modo que fazia você querer contar tudo.

— Decidi não matá-lo. O que quero dizer é que eu não estava *com medo* de matá-lo. Eu realmente o queria morto naquele momento. Mas... tive escolha. E escolhi não matá-lo. — Maravilhei-me com isso por um momento.

Olhei nos olhos de River e ela assentiu, depois levantou a mão.

— Excelente. Bate aqui por não ter matado Incy.

Os cantos da minha boca se curvaram para cima e senti uma leveza repentina no coração. Estiquei a mão e bati na dela por não ter matado Incy.

Fiquei fora por quatro longos dias. Consegui reunir uma quantidade incrível de destruição naquele período. Mas também um monte de compreensão e até... de crescimento, ouso dizer.

River se levantou e pegou a bandeja.

— Durma. Nos vemos quando você acordar.

Ela desligou meu abajur e saiu em silêncio, e por um minuto fiquei deitada na cama, tentando começar a absorver tudo e falhando completamente. E então, dormi.

CAPÍTULO 26

Demorei quase uma semana para reunir coragem o suficiente para descer. Em um mundo ideal, eu teria que ficar no quarto para sempre, uma eremita, e as pessoas teriam que enfiar comida por uma abertura na porta.

Nosso mundo não é o ideal. Mas você sabe disso.

Durante dias, escutei as pessoas passando pela porta, falando baixinho. Brynne viera me ver, e foi calorosamente solidária. Eu estava com esperanças de ela me contar alguma coisa horrenda que fez (além de tentar incendiar uma pessoa, o que eu já sabia), mas ela apenas mostrou compaixão e pediu para que eu mudasse o cabelo de novo, pelo amor de Deus

Percebi que ela era minha amiga. Não sabia disso antes. Ela me falava a verdade. Era generosa e preocupada. Quando eu pensava nos meus antigos amigos, não conseguia me lembrar de nenhum deles realmente se preocupando *comigo*, com meus sentimentos, com o que eu estava fazendo, com que decisões estava tomando. Exceto no quanto aquilo iria afetá-los. Essa era a diferença. Uma delas.

Certa tarde, River e Asher foram até meu quarto.

— Encontramos o que Incy estava usando — contou Asher, com franqueza. — Sabe o espelho grande na sala de jantar? Com a moldura dourada? Estava enfeitiçado. Não sabemos como ele fez isso. Normalmente, você precisa tocar uma coi-

☙ 239 ☙

sa fisicamente para fazer o que ele fez. Ele estava usando o espelho como condutor, enviando feitiços das trevas direcionados a você. Acreditamos que esses feitiços foram o motivo de você ter tido momentos tão ruins aqui nas últimas semanas.

— As primeiras semanas são sua culpa mesmo — adicionou River solenemente, e isso me fez abrir um sorriso.

— O espelho foi destruído em um ritual — prosseguiu Asher. — A sala e a casa foram fumegadas e limpas. Tudo deve ficar bem melhor agora.

Assenti, torcendo para ele estar certo.

Um dia, acordei e havia duas malas no meu quarto, com algumas das roupas que comprei em Boston.

Mais tarde, River me contou que tinham sido encontradas no porta-malas do carro de Incy. Ele as tinha levado naquela noite porque, se eu "desaparecesse", pareceria que fiz as malas e fui embora. Olhei tudo e me livrei das coisas que usei com Incy e com o resto do pessoal. Em seguida, enfiei o que sobrou no meu armário, ao lado das camisas de flanela e suéteres de lã. Eu não era de verdade a garota festeira punk/gótica de quando cheguei aqui pela primeira vez, mas também não era a pastorinha Hilda. Era um pouco das duas.

River ajeitou meu cabelo com o mesmo feitiço que usou da última vez. Eu não estava nem um pouco acostumada com o magenta, e foi um alívio ver meu cabelo louro platinado de novo. Pelo menos o corte ainda ficava bonito quando eu me lembrava de pentear enquanto estava molhado.

Os hematomas e cortes nos meus pulsos cicatrizaram. As marcas roxas de dedos ao redor do pescoço cicatrizaram. Minhas emoções ainda estavam maltratadas.

Não demorou até que eu tivesse a ideia repentina de rastejar para debaixo da cama, soltar o pedaço solto de rodapé e enfiar a mão no buraco. Meu coração bateu desesperado quando senti o cachecol e o metal quente lá dentro. Eu o desenrolei e olhei para ter certeza: era a metade do amuleto da minha mãe, o tarak-sin da minha família. River o tinha colocado no lugar, e isso fez lágrimas surgirem nos meus olhos de novo. Ela confiava em mim para ficar com ele. Não achava que eu era das trevas e nem que o usaria para propósitos malignos. E... achou que eu voltaria para reavê-lo.

Todos os dias, sentia a presença de Reyn em frente à porta, mas ele nunca batia, nunca pedia para entrar. Eu não tinha coragem o bastante para ir até a porta, como uma pessoa normal. Queria falar com ele, visualizava seu rosto sem parar. Mas fui covarde por tanto tempo que era difícil mudar.

Por fim, pararam de levar comida para mim, para me obrigar a sair. Durei oito horas. Algum filho da mãe começou a fazer biscoitos na cozinha, e o cheiro subiu pela escada e entrou por baixo da porta. Deviam estar apontando um ventilador na minha direção para piorar. Eu estava quase delirante quando desci a escada, seguindo o aroma.

Na cozinha, Amy e Lorenz estavam colocando massa de biscoito nas formas. Ou pelo menos Amy estava, enquanto Lorenz ficava sentado em um banco sendo lindo.

— Rá! — disse Amy para Lorenz quando me viu. — Falei que isso ia funcionar!

Ela sorriu, pegou um biscoito ainda quente e jogou para mim. Era o favorito de Anne, feito de tofu, amêndoas e gergelim, mas tinha um gosto muito bom, e como era "saudável", comi uns 12 só de lanche.

Lorenz se aproximou e beijou minhas duas bochechas no estilo italiano.

— Lindo corte de cabelo — aprovou. — Muito chique.

— Obrigada.

E isso foi tudo. Essas pessoas eram tão evoluídas e generosas e clementes que simplesmente me receberam de volta como se eu não tivesse muito recentemente estado envolvida em uma tragédia horrível, mortal e autoinduzida. Era difícil suportar.

Mas eu não podia ficar aqui comendo biscoitos para sempre. Em um mundo ideal, blá-blá-blá... Então saí da cozinha e vi River no corredor, em frente ao quadro de tarefas.

— Oi — cumprimentou-me com alegria. — Estou colocando seu nome aqui de novo. Você vai pegar ovos amanhã de manhã!

— Ah, Deus — suspirei, e ela riu. — Hum... será que você sabe... hum, onde Reyn está? — Falei as últimas três palavras muito rapidamente, porque isso sim tornaria impossível que ela somasse dois mais dois.

— Vamos ver. — River, completamente impassível, verificou o maldito quadro de tarefas. — Deve estar no celeiro agora.

Sim, porque o celeiro é minha droga de lugar favorito, onde me sinto à vontade, onde não sou atormentada por cem lembranças de cavalos que amei e perdi. Ou não salvei.

Suspirei

— Vá em frente — disse River.

Reyn estava colocando Titus de volta na baia. Ele me ouviu entrar e olhou por um segundo. Quando Titus já estava lá dentro, Reyn murmurou alguma coisa para ele e fechou o portão. Titus respondeu com um *whuff*.

— Você realmente tem jeito com cavalos — falei, tentando ser casual, mas minha voz falhou e soei como uma criança com medo, então, merda.

Reyn chegou mais perto e olhou para mim com atenção, como se quisesse ter certeza de que eu estava bem, ou que era real, sei lá.

— Como você está? — perguntou.

Quase dei uma risadinha nervosa. Porque eu era descolada assim.

— Eu... Na verdade, não sei — admiti. — Estou... feliz por estar aqui. Mas é difícil. — Coloquei uma mecha de cabelo atrás da orelha. — É difícil ser eu. Eu acho. Sei que isso te surpreende.

Reyn assentiu (ele nem ia fingir discordar disso) e disse:

— Também não é nenhum piquenique ser eu.

Essa era a coisa número 6.237 dentre as que nunca me ocorreram.

— Ah. É, acho que não é.

Nunca tinha pensado em como *ele* poderia se sentir sobre si mesmo, sobre seu passado. Acho que faz parte da minha questão do egocentrismo. Mas sim, devia ser difícil ser ele também. Ou, *veja bem*, sem dúvida todo mundo tem momentos difíceis, sente-se sobrecarregado ou cheio de dúvidas. Eu passei mais de 400 anos remoendo o sofrimento de ser imortal, sem parar um momento para perceber que, imortal ou não, a vida podia ser uma merda.

Isso foi uma revolução enlouquecedora que eu examinaria em detalhes mais tarde. Agora, eu tinha perguntas.

— Como você e River souberam onde eu estava?

Reyn abriu o portão de uma baia, e vi um espaço limpo com vários fardos frescos de feno. O feno me lembrou da noite em que Reyn e eu nos beijamos pela primeira vez, no mezanino. A noite em que descobrimos nossa terrível história compartilhada. Parecia uma década atrás. Reyn colocou o casaco no chão e se sentou. Sentei-me em um fardo ao lado dele para ficar mais alta. Um raio pálido de luz do fim da tarde entrava pela janela e batia nele, realçando os ângulos do maxilar e fazendo os fios claros de seus cabelos brilharem. Ele parecia cansado. Ainda um deus lindo de 20 anos, talvez 22, porém cansado.

— Procuramos por você — contou. — Naquela noite. Mas sentimos que tinha alguma coisa errada, como se você estivesse perto, mas não conseguíssemos vê-la.

— Eu não estava longe. Imagino que talvez Incy tenha colocado um feitiço em mim. — Era difícil dizer o nome dele.

Reyn assentiu, e seu maxilar se contraiu de raiva por causa de Incy.

— Acho que sim. De qualquer modo, você tinha sumido, e chegou uma hora que não conseguíamos mais te sentir. River e os outros, Anne e Solis e Asher, tentaram usar feitiços de busca para te encontrar. Não adiantou.

Reyn expirou profundamente, e lamentei *de novo* por tê-los feito passar por tudo aquilo.

— Tentamos todos os dias. River contatou pessoas que conhecia, mas ninguém tinha visto você ou ouvido nada. Então, finalmente, um amigo de River ligou. Ele tinha visto Innocencio em Boston. River já o conhecia, de forma que sabia como ele era, de um modo geral — explicou Reyn. Incy estava comigo naquela noite na França, em 1929, quando conheci River. — Concluímos que você tinha que estar com ele. — Reyn parecia cada vez mais distante, e agora ele olhou para mim com os olhos frios. — Ele é seu amante?

— Incy? Não — falei, balançando a cabeça. — Caraca. Nunca.

Caraca é uma das coisas que pessoas descoladas dizem. Assim como *credo*.

— Ele é gay?

O olhar de Reyn era muito direto, e ele estava tão... não sei. Bonito? Ele tinha cara de *lar* para mim. De vizinhos e amigos que conhecia havia muito tempo. Pensei nele me procurando no bosque na noite em que fui embora, indo para Boston me encontrar.

— Não exatamente — contei. — Ele... joga nos dois times. Mas nunca tivemos isso entre nós.

E... gente? Esse é um exemplo do velho truque de "desviar do assunto". Você pode perceber como uma pessoa pode ficar agradecida por desviar especificamente desse assunto.

— Vocês só são amigos.

— Sim. Bons amigos. Melhores amigos — suspirei, e me senti velha, então apoiei a cabeça em uma das mãos.

— Enfim, fomos para Boston — disse Reyn. — No caminho, quando já era noite, de repente sentimos você, sentimos você muito viva. Apenas... uma grande emoção. River conseguiu seguir isso.

Deve ter sido quando eu estava no bar de Miss Edna, ou talvez logo depois, quando estava discutindo com Incy no carro dele.

— E então, você de repente passou a sensação de estar morta. — Reyn engoliu em seco e puxou alguns fios do joelho gasto da calça jeans. O que aquele homem fazia com uma calça jeans devia ser engarrafado e vendido. Pisquei e me concentrei no que ele estava falando. — Vimos seu cachecol na beira da estrada, encharcado de chuva. Eu sabia que você nunca o teria largado, não se ainda estivesse respirando. Então, pensamos o pior. Mas River disse: "Vamos ao menos buscar o corpo dela", e continuamos seguindo qualquer sensação que tivéssemos.

— Vocês tiveram todo aquele trabalho apenas pelo meu *corpo* — constatei, impressionada e muito grata.

Reyn ergueu o olhar com irritação no rosto.

— É. Íamos empalhar você, como exemplo para futuros alunos.

Sorri.

— Vocês podiam colocar rodinhas em mim e me levar de sala em sala.

Reyn assentiu secamente.

— Acabamos chegando naquele armazém. Passamos por ele duas vezes. River acha que ele tinha sido escondido por um feitiço. Vimos luzes brilhando nas janelas de cima e começamos a tentar abrir a porta de carregamento. E então sentimos uma onda enorme de magick, bem forte, um grande poder. — Ele balançou a cabeça ao lembrar. — Nós sabíamos que era você. Dava para sentir. Foi incrível.

Minhas bochechas se aqueceram com o assombro e a admiração na voz dele. Lembrei-me da mistura de êxtase e dor, da sensação de ser atingida por um raio ao libertar minha pomba branca. Queria sentir aquilo de novo. Porém com mais treinamento, e menos sangramento no nariz.

Ele deu de ombros.

— E entramos para te buscar.

Engoli em seco. Falar as palavras seguintes seria como comer pregos.

— Eu... agradeço muito por vocês terem ido me procurar. Para me salvar, se necessário. Ou para recolher o que tivesse sobrado.

Reyn olhou para mim com calma.

— É claro. Não tínhamos escolha. Você era uma das alunas de River.

— Uau — falei, magoada. — Isso é ótimo. Obrigada.

Reyn passou a mão pelo cabelo.

— Não foi o que quis dizer.

— Não? Então o que você quis dizer? — Decidi colocar nossas questões em foco aqui. — Tudo bem, River tinha que ir atrás de uma das alunas dela. Está certo. Mas e *você*? Por que *você* estava lá? Só porque é grande e valentão e poderia apagar alguém? — Pronto. Preso que nem um inseto.

— Não — disse ele, franzindo a testa. — Deixa de ser tão implicante. Eu fui porque o que existe entre mim e você ainda não acabou.

❧ 244 ❧

A honestidade que eu exigi me desarmou. Olhei nos olhos dele, tão profundamente dourados e levemente puxados e tão inteligentes, tão sábios, tão experientes.

Assenti. Não tinha tempo de fingir que não sabia o que ele queria dizer. Prendi a respiração; era agora que ele ia me tomar nos braços e nos beijaríamos como estudantes enlouquecidos. Comecei a sentir uma deliciosa sensação antecipada de Reyn + feno = felicidade.

— Espera aqui — pediu, então se levantou de repente e saiu da baia.

Fiquei olhando para ele. Será que estava se acovardando *agora*? Mas ele voltou em menos de um minuto com uma coisa nas mãos. Uma coisa meio branca e que parecia uma larva. Reyn se ajoelhou no feno e me mostrou: era o filhote raquítico da ninhada de Molly.

— Humm — falei, sem entusiasmo.

O filhote se mexeu nas mãos dele, então se virou e bocejou enquanto esticava as longas pernas. Eu não o via desde a noite em que nasceu, e continuava tão esquisito e magrelo quanto antes.

— Ela é minha — comentou Reyn, e meus olhos se arregalaram com o olhar de orgulho e amor dele.

Nunca tinha visto isso nele antes, e era incrível vê-lo parecendo mais jovem e mais feliz. Era como pegar o homem perfeito e transformá-lo inexplicavelmente em ainda mais perfeito. Meu queixo quase caiu, e fiquei ali sentada, hipnotizada.

Ele passou um dedo gentilmente pela lateral magrela do filhote, que bocejou de novo e abriu o pequeno focinho, deixando à mostra pequeninos dentinhos perfeitos de filhote. Então, ele virou a cabeça e piscou para mim.

— Os olhos dele estão abertos. — E percebi que as orelhas estavam maiores e molengas.

— É uma menina — corrigiu-me Reyn, delicadamente. — O nome dela é Dúfa.

Olhei para ele fixamente.

— Pomba — explicou.

— Sim, eu falo norueguês antigo — falei enfaticamente.

Olhei para o filhote de novo, aquela coisinha branca raquítica e feia que Reyn adotou e amava e batizou de Pomba.

— Hã — falei, impressionada com as viradas estranhas que minha vida sofreu, principalmente nos últimos três meses. — Bem, ela... é uma coisinha e tanto.

※ 245 ※

Reyn sorriu para ela.

— É. — Ele dirigiu o sorriso largo para mim, o que me fez sentir que ia desmaiar, depois ficou de pé para colocar o filhote junto a Molly, que tinha começado a choramingar. Ele voltou antes de eu ter parado de me maravilhar com os mistérios da vida, e se sentou de novo, mais perto de mim. Lentamente, esticou a mão e colocou sobre a minha. O toque era quente e elétrico, e tentei não hiperventilar. — Você pode dividir ela comigo se quiser.

Foi isso que me fez parar. Eu não queria um cachorro; nunca mais queria ter um cachorro enquanto vivesse. Dúfa só ia envelhecer e morrer, nos deixando com outra cicatriz em nossos corações.

Era... tão apavorante. Quero dizer, não no mesmo sentido de Incy querendo sugar meu poder e me matar, mas ainda assim apavorante à sua maneira.

Senti meus dedos se fecharem ao redor dos de Reyn.

— Reyn?

Ele olhou para mim.

— Qual é seu nome de nascença?

Era uma coisa intensamente pessoal que poucos imortais saíam por aí dizendo uns para os outros. Eu sabia que ele era filho de Erik, o Derramador de Sangue. Ele sabia que eu era filha de Úlfur, o Lobo. Mas quem ele foi antes de ser parte da destruição da minha família?

— Eileif — disse ele. Ei-lif. — Eileif Eriksson.

Também era norueguês antigo, o que fazia sentido, é claro. Eu reconheci as raízes do nome: o *Ei* significava "sozinho". O *leif* significava "herança" ou "legado". É, isso nem era um peso para se botar nas costas de uma criança. Credo.

— Eileif — repeti, tentando visualizar esse homem feroz como uma criança sorridente de cabelos da cor do sol e cara de travessa.

— É. — Ele parecia perplexo, talvez se lembrando de si mesmo na época. — Qual era seu nome de nascença?

— Eu... Meu nome era Lilja.

— Li-lia — repetiu. — Lírio.— Ele sorriu.

Assenti.

— Me beija, Lilja — disse ele, baixinho.

— Me beija você, Eileif — sussurrei.

E então nossos braços aninharam o corpo um do outro e nos beijamos como se tivéssemos passado séculos afastados. Para mim, ele parecia sólido como uma rocha na Islândia. Antes disso, eu teria dito que não era uma pessoa muito física, que não gostava de carinhos, que não dava demonstrações de afeto. Nem mesmo em séculos. Mas tudo o que eu queria naquele momento era estar envolvida no calor de Reyn.

Contorci-me para chegar mais perto dele, e ele caiu para trás sobre o feno, me puxando junto. Ele rolou, me segurou no lugar com uma das mãos e então o peso dele estava em cima de mim, me confortando, me excitando, me recebendo de volta. Nos beijamos várias e várias vezes, incapazes de nos satisfazermos um do outro, nos apertando com o máximo de força que conseguíamos, considerando que ainda estávamos completamente vestidos e em um celeiro relativamente público. Minhas mãos se emaranharam no cabelo dele enquanto ele beijava minhas pálpebras, minha testa, minhas bochechas, meu queixo, meu nariz. Eu ri, pois aquilo fez cócegas, então abri os olhos e o vi sorrindo também. Puxei a cabeça dele em minha direção e encontrei a boca, lembrando o quanto eu queria vê-lo e falar com ele quando estava longe.

Esta era uma escolha que eu estava fazendo, e achava que era uma boa escolha. Não estava me deixando levar pelo que Reyn ou qualquer outra pessoa queria.

— Eu quero isso — murmurei, com a boca encostada nos lábios dele. Ele se afastou com a respiração pesada e os olhos brilhando. — Eu quero você.

— Eu também quero você — murmurou, me beijando de novo e empurrando um dos joelhos entre os meus.

E então minha mente girou com sentimentos e emoções e com a sensação embriagada de estar completamente presa a ele, desesperada para estar com ele, com fome dele, do toque dele. Era como se eu tivesse conjurado magick com nossos beijos: a mesma luz branca e intensa enchendo meu peito, a explosão de alegria quase dolorosa, os sentimentos tanto de poder quanto de curiosidade. Essa paixão era magick muito forte.

Reyn se afastou de novo. A respiração dele estava rápida e entrecortada, os lábios, vermelhos, e os olhos cor de âmbar, fixos no meu rosto como laser.

— Em que você está pensando? — perguntei.

Sentia-me vermelha e pesada, tomada pelo desejo e pela emoção. Não pensei que me sentiria assim algum dia. Não queria. Mas Reyn estava destruindo meus sentimentos de cuidado e relutância.

— Eu acha a que isso não ia ser fácil — disse ele, a cautela voltando a aparecer nos olhos.

Ele estava esperando que eu o empurrasse e mudasse de ideia, como sempre fiz antes. Coloquei a palma da mão no maxilar dele, decorando o formato do rosto, a sensação dos ossos, a barba que tinha começado a crescer e que arranhava minhas bochechas.

— Não — concordei. — Considerando o quanto você é impossível.

Os olhos dele ficaram atentos.

— Eu? É você que não...

Eu o interrompi.

— Mas quero tentar.

Surpresa, um resto de cautela e possivelmente alívio cruzaram seu rosto, fazendo minúsculas alterações no lindo cenário viking.

— Você quer? — A voz dele estava rouca, e fez meu peito tremer.

— Quero.

Ele sorriu, lenta e lindamente, e então ficou sério de novo. Ajoelhou-se e pegou o casaco, depois revirou um bolso e tirou de dentro uma bandana vermelha e amassada.

— Eu ia te dar isto antes de você ir embora — falou. — Estava guardando para você. Mas é seu.

Olhei nos olhos dele, mas não vi nenhuma dica. Ele enfiou o pedaço de pano na minha mão. Assim que toquei nele, franzi a testa. Não... claro que não. Era impossível.

Desenrolei a bandana amassada lentamente. Quando vi o que tinha dentro, abri a boca, mas não tinha palavras. Com a mão trêmula, acompanhei o desenho antigo que eu não via desde a noite em que minha família morreu, 449 anos antes. O desenho da outra metade do amuleto da minha mãe.

Engoli em seco, com a garganta ardendo.

— Eu pensei... Ele não foi destruído? — Minha voz saiu como um sussurro rouco.

— Não. Tudo ao redor dele foi destruído. Mas ele não, nem eu.

Estendi a outra mão e abri os primeiros botões da camisa de flanela de Reyn, depois enfiei os dedos por dentro dela para tocar sua pele. Em seu peito, acima do coração, senti a cicatriz em alto-relevo que espelhava esta metade do amuleto.

— Ele explodiu e voou para cima de mim, queimando minha camisa e meu peito — disse Reyn. — O tecido se fundiu com a pele. Tive que arrancá-lo com uma faca.

Fiz uma careta.

— Tudo ao meu redor tinha virado cinzas. Meu pai. Meus dois irmãos que ainda estavam vivos. Os homens do meu pai. A maior coisa que encontrei foi um pedaço do osso da perna do meu pai. Eu o peguei e ele desmanchou na minha mão.

O pai dele estava tentando usar magick que não o pertencia.

Reyn olhou para o amuleto.

— Não era nosso e não podíamos pegá-lo nem usar. Mas depois eu procurei por ele e o encontrei na lateral do campo de turfa. Quando peguei, nem percebi que estava quebrado. Não o tinha visto antes. Mas guardei. Sempre guardei comigo.

— Por quê? — Parecia que só serviria como um lembrete terrível.

O sorriso de Reyn foi um tanto amargo.

— Para me lembrar... de não querer demais.

Inspirei fundo e acompanhei com o dedo o símbolo de novo, lembrando-me de quando eu era pequena e me sentava no colo da minha mãe, brincando com o colar. Eu enrolava a longa trança loura dela ao redor do amuleto, tentava olhar através da pedra da lua e decorar os símbolos, que eu não entendia.

— Quando me dei conta de quem você era, sabia que ia devolvê-lo para você. Não devia ter sido tirado da sua família, em primeiro lugar. De alguma forma, eu esperava que devolvê-lo ajudaria... a recuperar o equilíbrio.

Fiquei estupefata com o presente, a única coisa que eu desejaria acima de tudo, da única pessoa que eu desejava como... nunca.

— É claro que primeiro eu tinha que ter certeza de que você não era má — disse ele, objetivamente. — Mas agora... agora sei que você deve ficar com ele.

— Porque eu me peguei com você? — Minha voz estava tremendo.

— É. Por isso mesmo. — Reyn revirou os olhos.

Pare de se esconder, Nastasya. Apenas... pare.

— Não consigo acreditar.

Reyn parecia um pouco incrédulo também.

— É um presente principesco — comentei, sabendo que ele entenderia a referência arcaica. Era prático o fato de que, por sermos igualmente velhos, eu não teria que explicar as coisas o tempo todo.

— Eu o dou para você — anunciou ele, formalmente.

Assim como o coração dele. Também tinha me oferecido isso. Eu sabia que sim. E, aparentemente, parte de um filhote.

Aninhei o amuleto na mão, mal conseguindo esperar a hora de poder encaixá-lo na outra metade que River tinha me devolvido. Eu devia ter percebido isso semanas atrás, mas é claro que sou um tanto cega e burra às vezes.

❦ 249 ❦

Enfiei a mão no bolso da calça. Minha pedra da lua estava lá, como sempre. Ela tinha me ajudado a lutar contra Incy naquele armazém, e eu jamais ficaria sem ela. Peguei-a e segurei junto ao amuleto. Não tinha forma, e só tinha sido polida por minhas mãos. Mas... se encaixaria lindamente entre as duas partes. Assim como quando era da minha mãe.

— O tarak-sin da minha família vai ficar inteiro de novo.

Pela primeira vez em quatro séculos, eu teria as duas partes da minha vida destruída, da minha infância arruinada. E quando o amuleto ficasse inteiro e recebesse minha pedra da lua, ele me permitiria ter um poder incrível: o poder da Casa de Úlfur. Eu seria a filha da minha mãe, a herdeira do meu pai. Lilja af Úlfur. Lilja, filha de Úlfur.

Reyn traçou a runa *othala* na minha perna. Direito de nascimento.

— Obrigada, Eileif — falei.

Sentia-me quase insustentavelmente feliz, assustadoramente feliz. Mas eu não ia fugir disso. Não desta vez.

Reyn segurou minha mão e beijou meus dedos.

— Pertence a você, Lilja. Eu só estava guardando.

Era uma responsabilidade enorme. Eu precisava de ajuda para aprender o que fosse preciso, como usá-lo, como fazer magick com ele.

Segurei-o em uma das mãos e coloquei-a contra o peito. Reyn segurou minha outra mão e ficamos sentados juntos, recostados em um fardo de feno, silenciosos e cheios de pensamentos e lembranças.

Eu era Lilja af Úlfur: a filha Tähti de pais Terävä. Meu legado seria diferente.

Este livro foi composto na tipologia Minion Pro,
em corpo 11/14,3, e impresso em papel offwhite bold 90g/m²,
no Sistema Cameron da Divisão Gráfica
da Distribuidora Record.